LES
ÉTUDIANS.

DE L'IMPRIMERIE DE CRAPELET,

RUE DE VAUGIRARD, N° 9.

LES

ÉTUDIANS

A PARIS,

SCÈNES CONTEMPORAINES,

PAR ÉMILE RENARD.

SECONDE ÉDITION.

A PARIS,

CHEZ A. ALLOUARD, LIBRAIRE,

QUAI VOLTAIRE, N° 21.

1841.

« S'il est beau de voir une jeunesse avide
d'instruction accourant à Paris de tous les
points du royaume, pour y puiser aux sources
les plus vives et les plus fécondes de la science,
ce n'est pas sans une sorte d'effroi qu'on la
suit et qu'on l'observe dans cette vaste capitale, où tant de séductions l'entourent, où
tant d'écueils sont semés sous ses pas ; et si à
l'attrait des plaisirs vient se joindre encore
l'agitation qui naît des événemens politiques,
combien de jeunes gens, trompant l'espoir de
leurs familles et du pays, perdront à de vaines

préoccupations les années si précieuses qu'ils doivent à l'étude, et manqueront à leurs destinées !

« Un autre sujet de réflexions non moins grave est celui qui naît du nombre toujours croissant des Élèves qui fréquentent chaque année les Facultés de droit et de médecine. C'est une ambition noble sans doute, et digne d'encouragement, que celle d'un père qui, né dans une condition obscure, veut placer son fils à un degré plus élevé de l'échelle sociale ; mais il faut dire aussi que trop souvent cette volonté n'est pas assez réfléchie. Combien il serait à désirer qu'examinant avec plus de soin, d'un côté les dispositions de leurs enfans, et de l'autre les difficultés de la carrière à laquelle ils les destinent, les parens s'abusassent moins sur leurs chances de succès : ainsi on ne verrait plus tant de jeunes gens déserter la profession de leur père, pour encombrer de candidats sans espoir les avenues du barreau et de la magistrature; ainsi deviendraient plus rares d'amères déceptions. »

C'est ainsi qu'en 1835, époque à laquelle parut cet ouvrage, j'en indiquais le but et la moralité. La pensée m'en avait été inspirée par les événemens des années précédentes : on se rappelle les troubles si fréquens qu'on vit éclater alors et auxquels la jeunesse des Écoles prit souvent une part active. Peut-être même faut-il reconnaître que, cédant trop à l'influence des préoccupations politiques du jour, j'ai pu oublier parfois que j'écrivais un roman. C'était aussi l'époque où le drame moderne, introduit récemment sur la première scène française, y soulevait, comme on sait, de violens orages. Enfin il n'est pas jusqu'aux doctrines Saint-Simoniennes qui n'aient aussi vivement passionné quelques jeunes têtes du monde étudiant; il m'a paru qu'elles devaient aussi trouver place, ne fût-ce que pour mémoire, dans les *scènes contemporaines* que j'essayais de peindre et auxquelles j'ai rattaché l'action de mon roman.

En un mot, la matière était riche et féconde; il est à regretter qu'elle n'ait pas tenté une plume plus habile et surtout plus exercée que la mienne dans ce genre de composition. Tel qu'il est cependant, cet ouvrage a rencontré dans plus d'une classe de lecteurs, des suffrages et des sympathies dont je m'honore.

I.

Héritier d'un petit commerce de toiles et nouveautés, où son père n'avait su trouver qu'une chétive existence, M. Dubourg, en homme du siècle, avait compris tout le parti qu'on pouvait tirer de son établissement. Joignant à un esprit actif la prudence et le tact qui font les bonnes maisons, il avait étendu peu à peu et presque toujours avec succès le cercle de ses opérations : aussi trouvait-on chez lui l'assortiment le plus complet des étoffes du jour ; enfin, depuis quelque temps, il n'était bruit dans la petite ville de Pézénas que des *magasins* de M. Dubourg, tandis qu'avec un génie stationnaire, il eût misérablement végété dans la *boutique* paternelle.

Il est juste de dire que madame Dubourg, femme intelligente et économe, n'avait pas peu contribué, de son côté, à la situation florissante de la maison. Bien qu'elle n'eût qu'une dot fort légère, M. Dubourg avait recherché sa main, parce que, fille elle-même d'un négociant, elle avait été élevée dans les habitudes du commerce ; il avait su d'ailleurs remarquer en elle des qualités peu ordinaires, que l'usage et un certain esprit d'observation avaient encore beaucoup développées depuis leur mariage. Polie sans affectation, et pas trop causeuse, elle avait à-la-fois ce ton de bonne humeur qui plaît aux chalands, et cet air de réserve qui attire la confiance.

Heureux dans leur commerce, M. et Mme. Dubourg ne l'étaient pas moins dans leur intérieur. Ils avaient deux enfans : Abel et Marie, tous deux pleins de tendresse pour leurs parens, et reconnaissans de l'éducation vraiment distinguée qu'ils en avaient reçue.

Abel venait de terminer ses classes au collége de Montpellier. Son père, qui n'avait d'abord d'autre intention que d'en faire son successeur, se proposait de le retirer dès qu'il aurait fait sa troisième, ne voulant pas, disait-il alors, le pousser trop avant dans les sciences; mais le hasard voulut que, cette même année, Abel obtînt un accessit à la distribution des prix; nous disons le hasard, car, s'il ne manquait pas, comme on le dit vulgairement, de *moyens*, il ne montrait que peu d'ardeur au travail et ne faisait que des progrès fort ordinaires. Or, ce succès inattendu causa au papa Dubourg une joie si vive, il fut si fier de voir couronner son fils, lui qui précisément était venu cette fois pour le chercher, que, dès ce moment, ses dispositions furent changées. Il pensa que l'arracher ainsi brusquement à ses études pour l'enfermer dans un comptoir, c'était s'exposer à priver la société d'un sujet digne des plus hauts emplois; d'ailleurs Abel était si jeune encore que deux années de plus passées au collége ne pouvaient nuire à son établissement, quelle que dût être sa vocation définitive. Il acheva donc ses humanités, mais sans obtenir de nouveaux succès, restant toujours dans les limites d'une honnête médiocrité.

C'est alors qu'il fallut prendre un parti. Décidément que ferons-nous d'Abel? se demandaient à chaque instant M. et Mme. Dubourg; et, après avoir long-temps discuté, ils ne décidaient rien. La carrière du barreau était celle qui eût le plus chatouillé l'orgueil paternel de M. Dubourg, il y revenait constamment; mais sa femme lui objectait la difficulté d'y réussir, et les sacrifices que, sans doute, ils seraient encore obligés de faire long-temps après qu'il aurait terminé son droit. « Et Marie, ajoutait-elle, sais-tu bien qu'elle a quatorze ans passés, et qu'à la même époque il faudra s'occuper de sa dot?

— C'est pourtant vrai, murmurait M. Dubourg. Mais faut-il donc laisser perdre le fruit de longues et dispendieuses études? »

Abel, de son côté, ne se sentant aucune vocation déterminée, évitait de se prononcer, heureux de jouir pendant quelque temps de cette libre et douce oisiveté qu'on n'apprécie jamais si bien qu'au sortir du collége; il était d'ailleurs vivement préoccupé d'un autre objet : une amie intime de sa sœur, mademoiselle Ernestine, venait souvent à la maison : elle avait seize ans, une jolie figure et le caractère le plus aimable. Enfans, ils avaient joué plus d'une fois ensemble ; mais peu à peu l'âge et l'absence avaient changé cette innocente familiarité en un sentiment plus tendre et plus profond. Chaque fois qu'Abel, à son arrivée en vacances, revoyait Ernestine, il éprouvait une sensation nouvelle qu'il ne pouvait définir ; tandis qu'Ernestine, non moins étonnée du trouble que lui causait la présence d'Abel, se demandait ce qu'était devenue son insouciante gaîté d'autrefois.

C'est que tous deux ne s'aimaient plus comme des enfans. Leurs parens commençaient bien à s'en apercevoir ; mais loin de chercher à combattre cette inclination, ils la voyaient avec plaisir. Ernestine, fille unique de M. Hersan, négociant retiré, était un parti que ne pouvait dédaigner la famille Dubourg ; et, de son côté, M. Hersan n'avait pas de plus hautes prétentions pour sa fille : homme positif, il voyait même avec peine que M. Dubourg voulût envoyer son fils à une école de droit, au lieu de le garder tout simplement près de lui, pour le mettre plus tard à la tête de son commerce.

Telle n'était pas tout-à-fait la manière de voir de madame Hersan : elle aimait à rappeler que feu son père avait été procureur, et elle parlait souvent d'un cousin, M. P***, ancien avocat au parlement, et alors conseiller à la Cour royale de Paris. On conçoit alors que madame Hersan, sans trop vouloir tirer vanité de sa naissance, n'eût pas été fâchée de voir sa fille entrer dans le barreau ou dans la magistrature ; elle pensait d'ailleurs que son cousin le conseiller, homme riche et sans enfans, flatté de voir le mari d'Ernestine suivre la même carrière que lui, pourrait s'y attacher, et lui être utile par son crédit. Voilà ce que madame Hersan avait même eu soin d'insinuer adroitement à M. Dubourg.

Les choses en étaient là, lorsque vint à éclater la révolution de Juillet. La politique était par elle-même assez indifférente à M. Dubourg, pourvu qu'il fût content du commerce ; mais, toujours préoccupé de l'avenir de son fils, il vit avec joie l'établissement d'un ordre de choses libéral sous lequel la magistrature et les hauts emplois présenteraient à la

classe moyenne un accès plus facile. Dès-lors
son parti fut pris : il fut bien décidé qu'Abel
ferait son droit, si toutefois il n'y avait pas
opposition de sa part ; mais Abel ne demandait pas mieux. Une seule chose pouvait le
retenir à Pézénas : c'était son amour pour
Ernestine, et le désir d'obtenir bientôt sa
main. A cette dernière condition, il se fût
estimé heureux de succéder modestement à
son père, laissant de côté toutes les sciences ;
mais sa mère, confidente de ses plus intimes
pensées, lui répondait en riant qu'il avait à
peine vingt ans, et que ce serait folie de songer de si bonne heure au mariage.

Abel, quoique déjà bien épris, se disait que
sa mère avait raison ; puis il allait habiter une
grande ville, Paris sans doute, et là, il ne serait plus enfermé dans un collége, il jouirait
de toute sa liberté. Quel bonheur ! s'écriait-il
dans les transports de sa jeune imagination ;
puis, songeant tout-à-coup à Ernestine, il
sentait bien que les plaisirs les plus vifs ne
pourraient remplacer les jouissances du cœur
qu'il éprouvait près d'elle ; mais une autre
pensée venait encore adoucir l'amertume de
cette séparation : sa sœur Marie serait toujours

là et lui donnerait souvent des nouvelles de son amie.

Nous venons de voir qu'Abel espérait faire son droit à Paris, mais sa famille n'était pas encore fixée sur ce point : une école, beaucoup plus rapprochée de Pézénas, est celle de Grenoble, et c'est là qu'on avait d'abord le projet de l'envoyer ; c'était particulièrement l'avis de madame Dubourg : car, outre la grande distance de Paris, elle craignait beaucoup pour son fils le séjour de la capitale, surtout dans un moment où l'ordre public, ébranlé par une si grande commotion, avait peine à se rétablir, où l'émeute apparaissait menaçante à chaque instant ; mais, d'un autre côté, on avait dit à M. Dubourg que ce n'était vraiment qu'à Paris qu'on faisait de bonnes études ; il savait d'ailleurs que le juge-de-paix, M. Dermenon, y envoyait cette même année son fils Théodore, excellent sujet, pour y faire également son droit, et il se réjouit de penser qu'un tel compatriote serait déjà pour Abel une société sûre ; bien plus, madame Hersan promit à ce dernier une lettre de recommandation pour son cousin le conseiller, qui pourrait, disait-elle, lui servir

de mentor, et le guider à-la-fois dans sa conduite et dans ses études; enfin Abel promit
à sa mère, que tout cela ne rassurait pas
encore entièrement, de ne s'occuper que
de son droit, jamais de politique, et de fuir
avec soin les rassemblemens, en un mot
d'être bien sage. « Tu me le promets bien,
n'est-ce pas? » s'écria madame Dubourg en se
jetant dans les bras de son fils, et deux larmes brillèrent dans les yeux de cette bonne
mère.

Dès ce moment, il était décidé qu'Abel
irait à Paris, et l'on s'occupa des préparatifs
de son départ. Ernestine en fut d'abord vivement affectée; mais bientôt, par un effet
de cette heureuse mobilité d'impressions naturelle à son âge, elle s'en réjouit presque en
songeant qu'Abel serait avocat et qu'elle serait
sa femme! Pourvu cependant, disait-elle, qu'il
ne vienne pas à m'oublier, ou qu'il ne me
juge plus digne de lui! Mais non, c'est impossible : quel que puisse être son sort, Abel
se rappellera toujours son amie d'enfance et
ses tendres sermens.

Enfin, dans les premiers jours du mois de

novembre ; Abel partit en compagnie du jeune Théodore, non sans avoir embrassé plus d'une fois son père, mais surtout sa mère et sa sœur, qui pleuraient.

II.

C'est toujours un événement dans la vie,
qu'un premier voyage à Paris; qu'est-ce donc
à vingt ans? à cet âge où les passions et le
goût des plaisirs se développent, où le prisme
d'une imagination toute fraîche ajoute encore
ses vives couleurs aux merveilles de ce Paris
si vanté. Aussi, combien le voyage parut long
à l'impatience de nos jeunes gens!

Enfin, on approchait: après avoir mis
bien des fois la tête à la portière, ils avaient

déjà découvert avec joie quelques monumens, dont le sommet se dessinait au loin à travers de légers brouillards ; mais leur âme, qui s'était dilatée à cet aspect, se resserra bientôt, lorsqu'après avoir franchi la barrière et les faubourgs, ils ne traversaient encore que des rues souvent sales et obscures, et dont les plus belles n'avaient rien, disaient-ils, d'extraordinaire. Tous deux enfin cherchaient le Paris qu'ils s'étaient fait dans leur imagination, et encore n'osaient-ils témoigner hautement toute leur surprise. Mais laissons-les un peu sous le coup de ce désenchantement, qui bientôt fera place à une admiration raisonnée et chaque jour mieux sentie des beautés de cette vaste capitale. Essayons maintenant de donner une idée de la physionomie particulière qu'elle offrait alors.

Ce fut assurément une grande et belle révolution, que celle de juillet 1830 ; elle punit un odieux parjure et la violation des lois les plus saintes. Dans son triomphe, elle demeura pure des réactions sanglantes, suites ordinaires des grandes commotions politiques : voilà ce qui fait sa gloire et lui assure l'admiration de la postérité. Mais la révolution la

plus légitime comme la plus pure, n'en produit pas moins de funestes conséquences pour
le pays qui en a subi la nécessité. L'ordre
même rétabli, de nouvelles crises sont à chaque instant menaçantes, car l'anarchie est
encore long-temps dans les esprits, quand
elle n'est plus dans les rues.

Tel était donc, en général, l'état de la
France au mois de novembre 1830, alors que
trois mois seulement s'étaient écoulés depuis
la révolution ; mais c'est à Paris surtout, au
milieu d'une population encore ivre de sa
victoire et de sa souveraineté reconnue, proclamée, qu'il était difficile de contenir le
mouvement des esprits.

Déjà, l'on commençait à discuter sur la
nature et les conséquences de la révolution
qui venait de s'opérer. Selon les uns, ce n'é-
tait qu'une simple résistance du peuple à des
ordonnances illégales ; il avait combattu au
nom de la Charte, contre le prince qui l'avait
violée ; la victoire obtenue, il ne s'agissait
donc que de rentrer dans la Charte ; et, si
dans ce naufrage d'une antique dynastie, on
n'avait pu sauver le principe salutaire de la
légitimité, au moins on avait dû appeler au

trône celui qui, par sa naissance, en occupait déjà les degrés. Selon d'autres, au contraire, les ordonnances du 25 juillet n'avaient fait que hâter le dénoûment d'une conspiration permanente, dont l'origine datait de l'époque même du retour de cette famille anti-nationale, ramenée par deux invasions ; et si la couronne avait été offerte à Louis-Philippe, ce n'était point *comme Bourbon*, mais *quoique Bourbon*. Que fallait-il donc faire? Ne conserver de l'empire que ses gloires, oublier la restauration, reprendre l'œuvre de la révolution de 1789, et l'achever enfin en mettant à profit l'expérience des longues vicissitudes qui en avaient arrêté le développement. Les partisans de cette opinion, tout en regardant comme imminente une guerre européenne, ne s'opposaient point cependant à ce qu'on obtînt, s'il était possible, le maintien de la paix, par le respect des traités. Mais d'autres plus ardens voulaient que la France, déchirant au plus tôt ce qu'ils appelaient les infâmes traités de 1815, redemandât les frontières du Rhin aux puissances encore interdites du coup qui venait de les ébranler ; que promenant partout le drapeau tricolore, elle offrît aux peuples des constitutions libres, et s'en fit des alliés contre les rois. Quant au parti républicain proprement dit, presque nul dans les premiers momens, on le voyait se grossir chaque jour d'une foule d'ambitions déçues ; affectant un profond mépris pour tout ce qui avait été fait par le concours des Chambres, il demandait à grands cris le suffrage universel. Les légitimistes, qui plus tard devaient se rallier au même symbole, attendaient, encore frappés de stupeur, l'issue du procès des ministres qui devait bientôt commencer.

Au milieu de ces divers partis, on conçoit que la jeunesse des écoles, aux passions généreuses, ardentes, devait plutôt embrasser ceux qui flattaient l'orgueil national par l'appât des conquêtes, et en même temps annonçaient une plus grande réforme sociale.

Les nouvelles qui arrivaient de toutes parts étaient bien propres à entretenir et à accroître cet élan. Toute l'Europe, au bruit d'une révolution si prompte et si merveilleuse, avait tressailli comme agitée par un mouvement électrique. Déjà la Belgique avait aussi, en trois journées, secoué le joug de la Hollande, et reconquis son indépendance ; puis des mouvemens d'un caractère grave avaient éclaté en Angleterre, en Italie, en Suisse et dans quelques états de l'Allemagne ; enfin on venait d'apprendre, avec une joie mêlée de terreur, que l'héroïque Pologne, qui devait servir d'avant-garde aux armées du Czar marchant contre nous, que la France du nord avait aussi levé l'étendart de la révolte, et nous tendait les bras !...

On voit quel vaste champ était alors ouvert aux passions politiques ; aussi une grande agitation régnait-elle dans Paris, centre de ce grand mouvement.

C'était aussi le moment où les diligences, toujours pleines, y déposaient à toute heure, soit des députations de gardes nationales, venant protester de leur sympathie pour le nouvel ordre de choses, soit des patriotes, qu'attiraient vers le pouvoir dispensateur des places, quelques épurations restant à faire dans leur département ; soit les fonctionnaires révoqués, se disant fort étonnés de leur disgrâce, et sollicitant leur maintien ; soit enfin les titulaires, qui ayant eu vent de certaine pétition, ou de certain voyage à Paris, venaient parer le coup qui les menaçait, car

dans cette immense curée des places, il n'é-
tait pas jusqu'à l'honnête débitant de tabac
ou de papier timbré, qui ne fût exposé à être
signalé comme un carliste des plus dangereux.
Il fallait voir alors toutes ces grandes et ces
petites ambitions rivales, s'agitant et se coudoyant dans les rues, en attendant qu'elles
allassent se heurter dans les bureaux des mi-
nistères, ou dans les antichambres du Palais-
Royal.

Ajoutez à cela, les groupes lisant à haute
voix les journaux sans timbre et sans cau-
tionnement placardés sur les murs, les crieurs
publics vous poursuivant de leurs vociféra-
tions impies ou obscènes, le bruit des tam-
bours battant le rappel pour la répression de
quelque émeute, et vous aurez une idée de
l'aspect tumultueux que présentait alors la
population de Paris, augmentée d'une bonne
partie de celle de la province.

III.

Dès 'qu'Abel et Théodore furent descendus de voiture, ils demandèrent la rue Saint-Jacques, où se trouvait un hôtel que M. Dermenon avait recommandé à son fils. Il savait par le père d'un jeune homme qui l'avait habité, que cette maison était bien tenue, c'est-à-dire avec une sorte de discipline, qui n'exclut pas, bien entendu, la liberté, dont on ne peut raisonnablement vouloir priver des jeunes gens de vingt ans.

Ils allaient donc s'y installer, lorsqu'en traversant le Pont-Neuf, Abel est abordé par un jeune homme, qu'il reconnaît aussitôt. C'était Adrien Belmont, un de ses meilleurs camarades de collége, arrivé depuis quelques jours à Paris,pour y faire sa seconde année de droit. Grande fut la joie des deux amis de se revoir, surtout lorsqu'ils apprirent, que suivant l'un et l'autre la même carrière, ils allaient se retrouver compagnons d'études.

« Où allez-vous prendre un logement ? dit Adrien, je vous emmène à mon hôtel, rue Saint-Hyacinthe; on y est parfaitement, et vous y trouverez la société la plus agréable. »

Abel ne demandait pas mieux, mais Théodore fit observer que son père ne serait peut-être pas content qu'il choisît un autre hôtel que celui qu'il lui avait indiqué.

« Peu lui importe, sans doute, répliqua Adrien, pourvu que vous soyez bien, et vous ne pouvez être mieux qu'avec nous ; venez. »

Et les deux futurs étudians s'acheminèrent avec leur guide vers la rue Saint-Hyacinthe. Arrivés à l'hôtel, Adrien s'empressa de les présenter à M. et à Mme Bonnin, qui ne manquèrent pas de leur faire l'accueil le plus empressé.

M. Bonnin était un gros homme court, d'une bonne physionomie et d'humeur assez joviale, qui tenait avec succès, depuis quelques années, l'hôtel du Midi, fort connu dans le monde étudiant; il jouissait même dans son quartier d'une certaine considération, dont il avait reçu tout récemment un nouveau témoignage. Il venait d'être nommé, à la presque unanimité, caporal de sa compagnie, et l'on peut dire que par le zèle qu'il apportait dans l'exercice de ses fonctions, il répondait dignement à la confiance de ses concitoyens. Quant à madame Bonnin, elle n'était pas moins avenante que son mari, et avait comme maîtresse de maison, une merveilleuse entente du service.

Nos jeunes gens furent donc enchantés, sous tous les rapports, de la rencontre qu'ils avaient faite d'Adrien. Quelques chambres restant vacantes, chacun choisit la sienne et s'y installa; mais à peine avaient-ils eu le temps de secouer leurs habits poudreux, et de rafraîchir un peu leur toilette, qu'on les appela pour dîner; il était cinq heures.

La salle à manger était au premier, dans l'appartement occupé par M. et Mme Bonnin.

Une table de douze couverts y était dressée et devait encore s'augmenter pendant quelques jours, car on n'était pas encore au 15 novembre, terme fatal pour la clôture du registre des inscriptions.

Abel et Théodore, introduits par Adrien, devinrent naturellement l'objet de l'attention des convives déjà réunis, et parurent leur convenir assez; quant à eux, ils furent vivement frappés de l'aspect vraiment pittoresque de quelques-unes de ces physionomies nouvelles. Les commencemens du repas furent assez silencieux; mais peu à peu la conversation s'engagea, et, passant bientôt de sujets indifférens à la politique, elle devint très animée; une voix surtout y dominait : c'était celle de Bourdillac.

Voyez-vous au côté droit de madame Bonnin, à la place d'honneur, se dessiner cette tête à l'œil noir et vif, aux longues moustaches et aux longs cheveux bouclés et flottans? Voilà Bourdillac. On s'étonne qu'à l'âge de trente ans environ, qu'accuse une figure tout-à-fait mâle, il soit encore étudiant; mais, privé de bonne heure de ses père et mère, et joignant l'amour le plus vif de l'indépendance à une répugnance presque invincible pour le travail, Bourdillac n'est pas allé vite dans ses études, malgré tous les efforts d'un oncle, son ex-tuteur, qui administre encore aujourd'hui son modeste héritage. Enfin Bourdillac a commencé son droit il y a trois années; mais il n'a encore passé que son premier examen, et dit toujours qu'il va bientôt s'occuper des autres. En revanche, il n'est pas un élève qui soit de sa force au billard, qui fume mieux un cigare, et s'effraie moins d'une bouteille de bière ou d'un bol de punch; aussi a-t-il fait, en quelque sorte, élection de domicile à l'estaminet voisin : c'est là qu'après les repas on est sûr de le trouver, quand il n'y a pas d'émeute dans la rue ou de tapage à l'école de droit; souvent encore vous pourrez le voir au parterre de l'Odéon, parlant et gesticulant avec force au milieu de quelque groupe; c'est lui à coup sûr qui, dans l'entr'acte, demandera le premier *la Marseillaise* ou *le Chant du départ*. A le voir et à l'entendre, on ne manque pas de dire : c'est un républicain. Il s'en vantera lui-même, mais ne l'en croyez pas; il n'a point d'opinions arrêtées, encore moins de ces fortes convictions que l'on n'acquiert

que par l'étude : seulement il est dans la nature de Bourdillac d'aimer trop l'opposition et
le bruit pour jamais être de l'avis du gouvernement ; du reste *bon enfant*, disent ses camarades ; et, en effet, son esprit original et
la gaîté de son caractère en font pour eux une
société précieuse ; joignez à cela son âge,
certain air de gravité répandu sur sa personne, et vous concevrez aussi qu'il doit
exercer sur tous ses jeunes amis un grand ascendant. On est flatté, honoré de l'amitié et
pour ainsi dire du patronage de Bourdillac :
c'est à qui applaudira le premier à ses discours ou rira le plus fort de ses bons mots.
S'il propose une partie de plaisir, tout le
monde applaudit et accourt. A-t-il besoin
d'argent ? Fier de l'avoir pour obligé, quelque
nouveau pensionnaire s'empresse de lui ouvrir sa bourse ; il saura plus tard qu'il ne
rend jamais.

Mais une autre physionomie avait aussi fixé
particulièrement l'attention des deux nouveaux pensionnaires : c'était celle d'Achille
Lejéas, beau jeune homme au teint pâle et
au front mélancolique. Ardent prosélyte de la
nouvelle école, Achille s'est fait décidément

moyen-âge : aussi porte-t-il de petites moustaches retroussées, la royale et la barbe pointue, avec col de chemise rabattu, sur lequel descendent en épais rouleaux des cheveux d'un noir de jais ; c'est pourquoi vous le voyez aussi lever de temps en temps au ciel ses grands yeux pour se donner des airs de rêverie et d'inspiration. Du reste Achille a, comme Bourdillac, le goût des plaisirs, et, de plus que lui, une famille très riche qui pourvoit largement à ses dissipations, ce qui ne l'empêche pas de s'ennuyer beaucoup. Oui, comme tant d'autres jeunes gens dont l'unique but est de s'amuser, Achille s'ennuie, et dit souvent que la vie n'est qu'une longue mystification.

Il est bien rare que dans une pension d'étudians, il ne s'en trouve pas un sur lequel s'exerce plus habituellement la verve caustique et railleuse de la société : tel est Giraud à la pension Bonnin ; c'est celui qu'on aperçoit au bout de la table, et qui semble être là pour servir de point de mire aux lazzi des convives. Il faut convenir aussi qu'on trouverait difficilement une physionomie plus grotesque : figurez-vous un front bas, couvert d'une chevelure rude et plate , d'un blond ardent, et tombant carrément sur les oreilles , de petits yeux que protègent à peine quelques cils blancs , une barbe et des moustaches rebelles à tous les efforts de l'art ; le tout se rengorgeant dans une ample cravate rouge, et surmonté d'une petite toque de même couleur. Si vous ajoutez maintenant à ce portrait le gilet à la Robespierre et le pantalon cosaque , vous aurez une idée assez complète de ce personnage, se disant essentiellement romantique et républicain. Giraud suit, ou est censé suivre les cours de médecine ; mais hâtons-nous de dire que, n'ayant reçu qu'une demi éducation et ne devant jamais habiter que son village, il borne ses prétentions au diplôme d'officier de santé.

Inutile de joindre à cette légère esquisse quelques autres figures passablement originales qu'on remarque en outre à la table de madame Bonnin. Il nous suffit d'avoir fait connaître au lecteur les personnages qu'il doit retrouver plus d'une fois dans le cours de cette histoire.

On était au dessert ; madame Bonnin ayant alors quitté la table, selon son habitude, la conversation était devenue encore plus expansive et plus bruyante, lorsque tout-à-coup Bourdillac demanda un instant de silence, annonçant qu'il avait à faire une motion : tout le monde se tut.

« Voilà, messieurs, dit-il en montrant Abel et Théodore, voilà des jeunes gens charmans que nous devons nous féliciter de voir augmenter notre pension déjà si bien composée, j'ose le dire. Ils me sauront gré, j'en suis sûr, de leur apprendre qu'il est d'usage que chaque nouveau pensionnaire paie sa bien-venue. »

A peine Bourdillac avait-il achevé ces mots que des bravos unanimes couvrirent sa voix. Théodore et Abel se regardèrent, d'abord un peu déconcertés ; mais bientôt, s'exécutant de bonne grâce, ils applaudirent eux-mêmes à la motion ; seulement ils ne savaient que demander.

« Oh ! mon Dieu, reprit Bourdillac, une bagatelle : quelques bouteilles de Champagne avec les petits gâteaux, ou bien encore un ou deux bols de punch ; ce qu'on veut... »

M. Bonnin, qui préférait le Champagne parce qu'il en avait dans sa cave, courut en chercher deux bouteilles sans même attendre les ordres des nouveau-venus. Les deux bouteilles disparurent bientôt, et trois autres suffirent à peine aux amples libations des joyeux convives.

Le dîner s'étant ainsi beaucoup prolongé, Abel et Théodore, bien fatigués de cinq jours de voyage, allèrent se coucher, remettant au lendemain le plaisir de parcourir la capitale et d'en admirer les beautés; Adrien et Bourdillac offrirent de les accompagner, ce qui fut accepté avec empressement.

IV.

Le lendemain dès le matin, Abel et
Théodore se dirigèrent, accompagnés de
leurs guides, vers les quartiers les plus
brillans de Paris; bientôt ils purent contempler, à la clarté d'un beau soleil, les quais et
les ponts où se déploient tant de grandeur
et de magnificence, les boulevards d'un aspect si riche et si varié, les passages dont le
luxe éblouit, et tant de monumens célèbres
que le génie ancien et moderne de la France,

étale de toutes parts à l'œil étonné. Ce n'était plus le Paris obscur et boueux, qui d'abord avait attristé leurs regards : peu s'en fallait que celui-ci ne fût aussi beau que le Paris de leur imagination.

Ainsi qu'un grand nombre d'étudians, Bourdillac avait joué un certain rôle dans les mémorables journées, mais à l'entendre il n'y avait pas de combattant qui y eût pris une part aussi active. Il se vantait particulièrement avec une assurance tout-à-fait méridionale, d'être entré le premier au Louvre.

En montrant à ses jeunes camarades les traces de la mitraille encore empreintes sur les murs des monumens , théâtre du combat, il leur retraçait les faits qui en avaient signalé l'attaque, les derniers efforts de la garde royale et des Suisses, le courage du peuple, son enthousiasme et son noble désintéressement dans la victoire. Puis au récit de chaque événement, Bourdillac ne manquait pas d'ajouter : j'étais ici, j'étais là... Et nos jeunes gens l'écoutaient avidement, frappés d'admiration à la vue de ces vastes édifices, comme à la pensée des grandes choses qui s'étaient accomplies sous leurs murs.

Lorsqu'ils furent devant l'Hôtel-de-Ville :
« C'est là , dit Bourdillac en montrant le bal-
con, que je vis Lafayette proclamer *la meilleure
des républiques…* . Nous verrons ; je n'aurais
voulu, moi, qu'une bonne république qui,
nous vengeant de quinze années d'humiliation , reprît nos frontières et bouleversât les
rois et empereurs de la sainte-alliance, ou au
moins les forçât de donner la liberté à leurs
peuples.

— Diable ! comme vous y allez, dit Théodore, c'était tout risquer ; il fallait alors vaincre ou mourir, et l'on pouvait mourir.

— Impossible, dit Bourdillac, et d'ailleurs
sans parler ici de conquête et de propagande,
puisque ces mots-là font peur, qu'avait-on
promis ? *Une monarchie entourée d'institutions républicaines* : or, je vois bien la monarchie, mais les institutions, où sont-elles ?
Où est le programme de l'Hôtel-de-Ville ?

— Voudriez-vous, répliqua Théodore,
d'une république entourée d'institutions mo-
narchiques ? Vous diriez avec raison qu'il y
a incompatibilité.

— Oh ! c'est bien différent, s'écria Bourdillac.

— En quoi ?

— Comment ! vous ne sentez pas... On voit bien, mon cher, que vous n'avez pas assisté aux séances de la société des *Amis du Peuple*; c'est là qu'il fallait entendre exposer les vrais principes du gouvernement qui convient à la France; malheureusement le club est maintenant fermé *, mais nous ferons bien en sorte d'en organiser d'autres, et si vous voulez je vous y ferai recevoir ainsi que votre jeune compatriote, ajouta-t-il en montrant Abel, qui m'a aussi l'air d'être un peu en retard. »

Tous deux se récrièrent à cette proposition. « Grand merci pour mon compte, dit Théodore, je ne suis venu à Paris que pour y faire mon droit, et je veux m'y livrer tout entier; d'ailleurs ce n'est pas à notre âge qu'il convient de s'occuper beaucoup de politique.

— Allons, répliqua Bourdillac, je vois que vos parens vous ont fait la leçon et que vous voulez être bien sages; mais vous conviendrez

---

* On se rappelle que ce club, à peine ouvert, fut fermé spontanément par la garde nationale.

cependant que la jeune France ne peut rester étrangère aux destinées du pays, et par conséquent à la marche du gouvernement qui me paraît déjà peu conforme à la révolution de juillet. »

Dans ce moment, Adrien et Théodore, étant restés un peu en arrière, Abel marchait seul à côté de Bourdillac, lorsque tirant de sa poche la lettre qu'il avait pour M. P***. « A propos, dit-il, indiquez-moi donc cette rue...

—Vous connaissez ce Monsieur? dit Bourdillac, après avoir lu l'adresse.

— Mon Dieu non, répondit Abel; c'est un conseiller, parent d'une dame de Pézénas, madame Hersan, qui me recommande à lui.

— Eh! bien, mon cher ami, je vous plains, si vous avez un tuteur qui vous surveille.

— Pourquoi donc? il ne s'agit pas de surveillance; et d'ailleurs, n'ayant pas l'intention de me conduire mal, je n'aurais point à la craindre.

— Cela dépend de la manière dont vous entendez vivre à Paris; si vous voulez être rangé comme un petit saint...

— Non, assurément; mais je pense bien

que ce monsieur ne trouvera pas mauvais que
je jouisse un peu des plaisirs de mon âge,
pourvu d'ailleurs qu'ils ne nuisent pas à mes
cours.

— Ah! nous y voilà ; et vous croyez bonnement que votre vieux conseiller... vous verrez.

— Je sens bien, à vous dire vrai, ce que
peut avoir de gênant parfois un tel patronage ;
mais enfin, c'est uniquement par intérêt pour
moi que cette dame me recommande à son
parent.

— Eh bien ! à votre place, je me passe-
rais volontiers de la recommandation.

— Sachez donc, puisqu'il faut tout vous
dire, que cette même dame a une jeune fille
charmante.

— Ah! je comprends : et vous aimez la
jeune fille charmante, et naturellement vous
craignez de déplaire à la maman.

— Justement ; or, vous sentez que madame Hersan, ayant bien voulu me donner
cette lettre pour son cousin, elle trouverait
fort mal que je n'allasse pas la lui porter. D'ailleurs, séparé pour long-temps de ma chère
Ernestine, il me sera doux de voir des personnes qui la connaissent et qui aimeront à

m'en entendre parler. Il est même probable
que, dans cette lettre, madame Hersan m'annonce comme son gendre futur.

— Raison de plus, mon cher, pour redouter la connaissance de ce brave M. P***.
Voilà un homme qui, par intérêt pour la
petite cousine, dont vous devez être l'époux,
se croira obligé de se constituer votre mentor
et de venir vous visiter souvent. Ah! mon ami,
croyez-moi, il n'est pas de bien plus précieux
pour les jeunes gens, et surtout à Paris, que la
liberté. O liberté!... non pas sans doute qu'on
veuille en abuser, mais enfin... on veut être
libre.

— Que faire cependant? il faut bien que je
porte cette lettre.

— Mais je n'en vois pas la nécessité.

— Comment?

— La chose est bien simple; ce monsieur
ignorant que vous êtes porteur de cette
lettre, vous pouvez la garder ou la jeter au
feu. Qu'en peut-il résulter? Que vous ne ferez
pas sa connaissance et que vous n'aurez pas
de vieux tuteur qui vous sermonne. Voilà tout.

— Oh! que me dites-vous là? c'est impossible. Que dirait madame Hersan, quand elle

viendrait à savoir... et elle le saurait tôt ou tard. Écoutez, j'irai toujours le voir et lui remettrai sa lettre ; mais je déclare que, s'il voulait s'ériger en surveillant, en censeur de ma conduite...

— Eh bien ! que feriez-vous ?

— Je saurais bien lui dire que cela ne me convient nullement.

— Vous n'oseriez pas, jeune homme.

— Et pourquoi ?

— Vous n'oseriez pas, vous dis-je, ou bien savez-vous ce qui arriverait ? Que le vieux conseiller serait piqué au vif, et qu'alors il vous surveillerait encore de plus près, et que, par des rapports faux ou exagérés, il finirait par vous brouiller avec votre Ernestine ou au moins avec sa mère.

— Mais vous m'effrayez.

— Je vous dis franchement ce que je pense ; après cela, faites ce que vous voudrez ; c'est à vous d'y réfléchir.

— Au fait, rien ne presse, dit Abel déjà fortement ébranlé par la logique pressante de Bourdillac, et remettant la lettre dans sa poche, je puis aussi bien la porter dans trois ou quatre jours. »

3..

Peu d'instans après, les deux interlocu-
teurs avaient été rejoints par leurs camarades ;
après avoir fait encore quelques courses, ils
rentrèrent tous à l'hôtel.

V.

Déja huit jours presque uniquement con-
sacrés aux promenades, aux cafés et aux
spectacles, s'étaient écoulés; et l'argent va
vite à Paris! Abel et Théodore commençaient à s'en apercevoir; ce dernier surtout,
d'un caractère plus grave, s'étonnait de la
facilité avec laquelle on se laisse entraîner aux
plaisirs, malgré les plus beaux projets de travail. Et puis il se reprochait de ne pas s'être
conformé aux intentions de son père, en se

logeant dans la maison qu'il lui avait indiquée.
Il avait pu remarquer aussi combien il lui
serait difficile de travailler paisiblement, entouré de camarades occupés de toute autre
chose que de leurs études : voulait-il se ren-
fermer dans sa chambre un instant ? aussitôt
on venait lui proposer quelque nouvelle
partie. Souvent il refusait, mais les instances devenaient si vives qu'il ne pouvait toujours résister. Plus d'une fois aussi le langage
et les habitudes de Bourdillac lui avaient
rappelé tout ce que son père lui disait, en
partant, sur le danger des mauvaises connaissances. Toutes ces réflexions le jetaient par
momens dans un état de préoccupation et de
tristesse, que ne faisait qu'augmenter la gaîté
de ses camarades. Enfin, après avoir encore
hésité quelques jours, Théodore prit un
parti violent, celui de quitter la pension et
de se loger dans l'hôtel de la rue Saint-Jacques. Cette résolution, qu'il présenta comme
uniquement motivée sur les intentions de son
père, fut, comme on le pense, vivement
combattue ; mais rien ne put l'y faire renoncer.
Il dit adieu à ses camarades, en promettant
de venir souvent les voir.

Abel, après avoir fait en particulier tous ses efforts pour le retenir, ne songea point à le suivre ; d'abord parce qu'il était moins lié avec lui qu'avec Adrien, et ensuite parce qu'il s'était déjà fait une douce habitude de la société de l'hôtel du Midi, et de la vie joyeuse qu'on y menait.

Privé dès-lors d'un bon exemple qu'il aurait eu du moins sous les yeux, Abel allait céder encore plus facilement aux entraînemens de ses camarades. Ainsi malgré les conseils de Bourdillac, il avait toujours l'intention de porter à M. P*** la lettre de madame Hersan, sauf à se justifier comme il le pourrait de son peu d'empressement à remplir ce devoir ; mais un jour qu'il en était question, en sortant de table, Bourdillac rendit compte de la conversation qu'il avait eue avec Abel, à ce sujet, et des observations qu'il avait cru, disait-il, devoir lui faire dans son intérêt. Presque tous applaudirent et s'écrièrent qu'Abel aurait grand tort en effet de se donner ainsi volontairement un tuteur ennuyeux et incommode. Incertain de nouveau sur le parti qu'il prendrait, le jeune Dubourg agitait machinalement entre ses mains la malheureuse lettre, lorsque tout-à-coup Giraud, qui se trouvait près de lui, s'en empara sur un geste de Bourdillac, et la jeta au feu. De bruyans éclats de rires accueillirent ce bel exploit, tandis qu'Abel, dont la figure s'était subitement colorée, avait peine à contenir un mouvement d'indignation. La faute qu'il avait faite en ne portant pas cette lettre aussitôt après son arrivée étant ainsi devenue irréparable, il en prit son parti en songeant d'un autre côté aux inconvéniens du patronage dont il se trouvait débarrassé.

Non seulement Abel était d'un caractère faible, mais il avait aussi un genre d'amour-propre trop commun parmi les jeunes gens : sans considérer, soit les différences de position et de fortune, soit la nécessité ou la convenance des choses, il voulait *faire comme les autres* ; dès qu'on le prenait par la crainte du ridicule, on était maître de lui. Voici, entre beaucoup d'autres, un exemple de cette puérile faiblesse.

Peu occupé jusqu'alors du soin de sa toilette, le jeune Dubourg s'était laissé confectionner, à Pézénas, sous les ordres de sa mère, une garde-robe complète qu'il avait apportée à

Paris. Celle-ci, en faisant choix du plus habile tailleur du pays, avait pensé faire au luxe du jour une ample concession. Mais, disait-elle, ces habits coûteront toujours moins cher qu'à Paris, et notre Abel en aura pour long-temps.

Malheureusement la dernière mode du pays n'était plus celle de la capitale ; et d'ailleurs n'est-il pas une certaine élégance de coupe qu'on ne trouve qu'à Paris, sous les ciseaux de nos artistes du jour? Il s'en fallait donc que le jeune Dubourg fût habillé dans le dernier genre, et c'en était assez pour que sa mise, qui du reste n'avait rien de ridicule, fût pour ses camarades, devenus plus libres avec lui, un texte assez fréquent de plaisanteries ; après en avoir ri d'abord, Abel avait fini par en être humilié. Comparant ses habits non à ceux de Giraud, où la mode était ridiculement exagérée, mais à ceux de Bourdillac, d'Achille et même d'Adrien, il trouvait en effet une grande différence.

« Enfin, dit un jour Bourdillac, qui en pareil cas prenait presque toujours l'initiative, ne trouvez-vous pas comme moi, messieurs, que pour un mois tout au plus que notre ami Dubourg habite Paris, il ne s'est pas mal dégourdi? Il faut convenir qu'il n'y a vraiment plus que le costume qui trahisse encore le nouveau débarqué de Pézénas. Tenez, regardez-moi ce diable de collet, dit-il en le rabattant sur les épaules de manière à le faire grimacer horriblement, est-ce là une tournure? Allons, décidément je le conduis chez mon tailleur qui nous en fera un jeune homme accompli.

— Que voulez-vous donc que je fasse, dit Abel, de tous les habits que j'ai apportés ? Il faut bien les mettre tels qu'ils sont.

— On les vend..... repartit Bourdillac. »

A ces mots éclata un rire général.

« Eh bien ! soit, reprit-il, garde-les ; mais au moins faut-il en avoir un présentable.

— Enfin, messieurs, dit Abel, j'ai dans tous les cas une bonne raison pour ne pas faire maintenant cette dépense.

— C'est que tu n'as plus d'argent, je parie.

— Justement.

— Belle raison, est-ce qu'on paie son tailleur ? Est-il bon enfant !

— Comment ! si on paie son tailleur ?

— Je veux dire... comptant ; allons, c'est entendu ; tu vas venir avec moi chez le mien et tu verras s'il te demande de l'argent. Quand tu en auras de reste, tu le paieras, et il sera bien content, et il aura pour toi beaucoup d'estime, je t'assure. »

Enfin Abel se laissa entraîner chez le tailleur de Bourdillac, un des plus célèbres du quartier du Palais-Royal. Là il fut introduit dans un magnifique salon resplendissant de glaces et d'ornemens de tout genre, où il osait à peine marcher. Bourdillac l'ayant présenté au chef d'atelier, on lui prit aussitôt mesure d'un habillement complet, non sans quelques nouvelles plaisanteries sur les modes et les artistes de Pézénas.

Ce n'est pas tout : séduit à la vue d'un superbe manteau qu'on lui fit essayer, le jeune Dubourg ne se fit pas prier pour en commander un pareil. Tels furent les premiers articles d'un mémoire qui ne devait pas tarder à s'augmenter.

VI.

Dès le lendemain de son arrivée, le jeune Dubourg avait écrit un petit mot à sa mère, ainsi qu'il l'avait promis, pour faire part à la famille de son heureux voyage ; dans cette lettre il en annonçait une autre très prochaine pour son père ; mais celle-ci avait été un peu perdue de vue au milieu des distractions de toute nature qui l'avaient occupé jusque là. Abel se reprocha vivement cette négligence et se mit aussitôt en devoir de la réparer. Après avoir parlé avec plus de détails de son arrivée à Paris, de l'heureuse rencontre qu'il avait faite d'Adrien et enfin de ses plaisirs, il ne manquait pas de s'étendre aussi sur ses occupations, citant les cours qu'il suivait, les noms de ses professeurs, etc... N'osant encore faire une demande d'argent, car il en avait apporté beaucoup, il voulut du moins y préparer son père pour la première lettre; il eut donc soin de dire que tout était bien cher à Paris, et que les premières dépenses excédaient de beaucoup ses prévisions. Du reste pas un mot au sujet de la lettre de madame Hersan. N'osant avouer la vérité et craignant de dire un mensonge, il avait résolu d'attendre qu'on lui en parlât.

Au moment où la pensée du jeune Dubourg se reportait ainsi vers sa famille, il se rappela les beaux projets de travail et d'économie qu'il avait faits avant son départ, et sentit que déjà il s'en était beaucoup écarté. Il songea bien aussi qu'il était faible et cédait trop volontiers aux entraînemens de ses amis; qu'il devrait peut-être se défier de la morale facile de Bourdillac et de ses habitudes dispendieuses. Mais ces réflexions passagères ne pouvaient encore laisser de traces profondes dans son esprit. Bourdillac avait d'ailleurs, comme nous l'avons dit, des manières et un genre d'esprit qui faisaient trouver beaucoup de charmes dans sa société; c'est ainsi qu'Adrien, qui ne l'avait connu d'abord que comme compatriote (ils étaient tous deux de Montpellier), s'y était attaché, quoiqu'ils différassent beaucoup entr'eux de caractère et de mœurs; Adrien, d'un naturel doux, eût préféré des plaisirs moins bruyans, un genre de vie plus paisible. D'ailleurs, sans avoir beaucoup d'ardeur pour le travail, il tenait cependant à passer régulièrement ses examens. Le projet de sa famille était de lui acheter une étude de notaire, dès qu'il aurait terminé son droit. Anciens camarades de collége, Abel et Adrien avaient entre eux une grande conformité de goûts et de caractère. Tous deux enfin avaient l'un pour l'autre beaucoup plus de sympathie que pour Bourdillac, mais celui-ci les fascinait en quelque sorte par sa gaîté toujours vive et entraînante; et quelque désir qu'ils eussent parfois de lui résister, rarement ils en avaient la force.

Abel qui en écrivant à son père faisait,

comme nous l'avons dit, un premier retour sur lui-même, avait pris dans ce moment les plus belles résolutions pour l'avenir. Assez de temps avait été donné aux plaisirs ; il allait maintenant bien travailler et surtout suivre ses cours avec la plus grande assiduité.

Malheureusement une nouvelle cause de dérangement allait bientôt se présenter. Le professeur de son principal cours était accusé par l'opinion, de devoir autant aux faveurs de la restauration, qu'à son propre mérite, la chaire qu'il occupait. C'était dès lors un *carliste*, qu'il fallait en expulser à tout prix ; déjà ses premières leçons avaient été l'occasion de quelques désordres de peu d'importance, mais une grande fermentation régnait dans les esprits. Quelques meneurs à tête chaude, avaient rallié à leur plan un assez grand nombre d'élèves, et des manifestations plus énergiques se préparaient.

Au jour convenu, presque tous les étudians, qu'ils fussent ou non de ce cours, s'étaient portés de bonne heure à l'école, les uns pour *agir*, comme Bourdillac qu'on distinguait en première ligne, les autres en plus grand nombre, pour *voir*, comme Abel et Adrien ;

quelques élèves en médecine étaient même venus se joindre aux plus ardens pour les seconder au besoin : on sait que les deux écoles ont assez pour habitude de se prêter assistance mutuelle en pareil cas.

Ainsi plus de deux mille élèves rangés sur la place du Panthéon, attendaient avec impatience l'heure du cours. Quelques-uns préludaient par des sifflets et des cris, au rôle qu'ils étaient venus jouer ; d'autres chantaient en chœur *la Marseillaise* et *la Parisienne*.

Dès que la salle fut ouverte, la foule s'y précipita par torrens, et la place resta encombrée de tous ceux qui ne purent entrer.

Bientôt le professeur parut; il y eut à son aspect un moment d'hésitation, et il put arriver paisiblement à sa chaire; mais à peine eut-il pris la parole, que des brouhaha et des sifflets couvrirent entièrement sa voix. D'autres élèves en petit nombre, voulurent protester contre cette interruption, mais aussitôt ils furent eux-mêmes couverts de huées.

Lorsqu'un instant de silence semblait vouloir succéder à ce bruit, le professeur reprenait la parole, heureux s'il fût parvenu à faire entendre l'allocution paternelle qu'il avait préparée ; mais aussitôt les murmures et les sifflets se renouvelaient avec plus d'intensité.

Vainement le doyen, qui était accouru au bruit, voulut-il calmer les esprits par de sages exhortations ; on parut d'abord l'écouter avec respect, mais lorsqu'en terminant il invita les élèves à laisser continuer le cours, le tumulte recommença, et devint encore plus violent. Il ne restait plus qu'un moyen de réprimer ce désordre : la force armée arriva et fit évacuer la salle.

Le cours fut suspendu. Quelques élèves s'en réjouirent comme d'un triomphe, mais le plus grand nombre s'en affligèrent, et la nouvelle qui s'en répandit bientôt en province porta dans les familles la plus vive inquiétude. On sait qu'en pareil cas, les récits des journaux, et plus encore l'imagination des parens, ne manquent pas d'exagérer la gravité des troubles.

Peu de temps après eut lieu le beau convoi de Benjamin-Constant * ; on ne put que louer

* 10 Décembre 1831.

cette fois la jeunesse des écoles qui, comme aux funérailles du général Foy, venait avec tous les amis de la liberté, payer son tribut d'admiration et de reconnaissance, au profond publiciste et au grand orateur. Nous la retrouverons plus tard au convoi de Lamarque. Pourquoi eut-elle le malheur de compter alors dans ses rangs, quelques promoteurs de désordre et de guerre civile !

Enfin, à la même époque, le procès des ministres vint jeter une grande agitation dans le quartier des Ecoles. On se rappelle les rassemblemens nombreux qui, tous les jours, se pressaient dans les rues voisines du Luxembourg ; ces groupes menaçans où retentissaient, mêlés aux chants révolutionnaires, des cris de vengeance et de mort, que ne pouvait toujours réprimer la voix même de Lafayette. Drame imposant, terrible, dont le dénoûment fut encore une des gloires de la révolution.

Parmi les nombreux spectacles auxquels le jeune Dubourg avait été conduit depuis son arrivée, les magnificences de l'Opéra avaient seules répondu à son attente ; il est

vrai qu'il n'était pas encore allé au Théâtre-
Français, et c'est là qu'il espérait se reposer
un peu des cauchemars de la Porte-Saint-
Martin, et du scandale de certains vaudevilles
qu'il avait vus au Palais-Royal et aux Variétés : ignobles parades, fruit du dévergondage
qui avait tout-à-coup succédé à la censure.
Aussi dès que l'affiche des Français annonçait
quelque pièce de nos bons auteurs, il mani-
festait le plus vif désir de la voir ; mais ses
camarades l'en empêchaient toujours. Achille
tenait particulièrement à réserver tout son
enthousiasme pour un nouveau drame, dont
la représentation serait, disait-il, une grande
solennité littéraire.

VII.

C'était l'époque où d'ardens novateurs poursuivaient avec un zèle et une persévérance dignes d'un meilleur succès, l'œuvre de notre régénération littéraire, commencée déjà depuis quelques années. Il se trouvait, comme on sait, que Racine et Voltaire, réputés jusque-là les maîtres de l'art, ne s'étaient seulement pas doutés de la tragédie. Le *vrai* surtout, mot de ralliement de la nouvelle école, ne se rencontrait point dans leurs productions sans force

et sans couleur. En un mot, le prestige était
tombé, les chefs-d'œuvre avaient disparu.

Il appartenait donc à nos réformateurs de
nous faire connaître la vraie tragédie, celle
dont les acteurs anglais, interprètes de leur
Shakspeare, nous avaient déjà donné quelque idée ; et, il faut en convenir, à l'époque
où parurent les premiers essais du genre, on
était bien disposé à les accueillir. Talma,
mourant, laissait tomber le sceptre de l'ancienne tragédie que nul autre ne devait relever de sitôt. Il fallait donc ouvrir au public
une nouvelle source d'émotions et de plaisirs ;
et le public ne demandait pas mieux.

Malheureusement on avait trop promis :
au lieu de se placer modestement à la suite
ou même à côté de leurs illustres devanciers,
nos auteurs modernes avaient voulu s'élever sur
leurs ruines, immolant tout à leurs succès et à
leur gloire à venir. Quel fut donc le désappointement du public qui, malgré tous les soins
qu'on prenait pour le circonvenir, s'obstinait
à ne voir que des succès bien éphémères, une
gloire bien équivoque !

Attendez, disait-on, le public n'est pas
mûr, il a peine encore à sortir de l'ornière et

à suivre le génie dans des routes inconnues jusqu'ici ; laissez donc aux auteurs le temps de former leur public , puis après vous verrez.

On ne manquait pas non plus de s'en prendre à la censure qui régnait alors. N'était-ce pas toujours les plus grandes beautés de la pièce , les scènes les plus hardies et les plus neuves qu'il fallait sacrifier aux susceptibilités méticuleuses de la commission et des ministres ? Ne fallait-il pas pour obtenir leur agrément , transporter le lieu de la scène , changer les noms des personnages , en un mot tronquer , dénaturer l'histoire * ? Oh ! vienne un ministre , s'écriait on , qui comprenne les véri-

---

* Loin de moi , sans doute , l'intention d'approuver la manière dont la censure était exercée à cette époque ; mais il faut convenir aussi que plus d'un auteur malheureux lui a souvent attribué des torts qu'elle n'avait pas. Si l'expérience de ces derniers temps en a fait sentir de nouveau la nécessité, on voudra , sans doute , en prévenir les abus. Espérons que les Chambres, qui auront bientôt à s'occuper d'un règlement à cet égard, sauront concilier avec les droits de la morale publique, les intérêts de l'art et de la propriété littéraire. Déjà M. de Lamartine a pris l'initiative d'une proposition qui semblerait devoir atteindre ce double but.

tables intérêts de l'art et du progrès ; celui-là proclamera la liberté du théâtre ; et si de ce jour l'école n'enfante pas des chefs-d'œuvre, c'est alors seulement qu'elle sera convaincue d'impuissance.

Il est venu, comme on sait, plus qu'un ministre : une révolution, qui abolissant partout la censure, n'en laissa d'autre au théâtre que la pudeur publique. Ainsi le vœu de l'école a été plus que réalisé. Eh bien ! qu'avons-nous vu depuis ce moment sur la scène ? Des choses inouies il est vrai ; le laid et l'horrible s'y multipliant sous toutes les formes, l'adultère et le viol presqu'en action, les échafauds dressés, le poison coulant à flots, les cercueils tout prêts pour les victimes ; ajoutons, ce qui est encore pis, des héros de bas étage discuter avec un insolent dédain les lois de la société et de la morale ; la religion livrée au ridicule ou indignement prostituée dans ses ministres ; voilà bien ce que le drame moderne nous a fait voir ; mais les chefs-d'œuvre, où sont-ils ?

Quoi qu'il en soit, le romantisme comptait à cette époque d'assez nombreux prosélytes dans le monde, et particulièrement dans la jeunesse des écoles. Il n'en était pas surtout de plus chauds et de plus dévoués qu'Achille et Bourdillac ; mais il est à remarquer qu'ils différaient beaucoup entre eux dans les motifs de leur engouement.

Achille ne manquait pas d'esprit et surtout d'imagination , mais la conscience de sa fortune et ses goûts de dissipation l'ayant toujours éloigné du travail, il n'avait fait que des études fort médiocres. Lancé maintenant dans le monde, et ne pouvant rester étranger aux grandes questions du jour, il trouvait commode de sacrifier une littérature qu'il n'avait jamais voulu étudier dans les livres, à celle qui surgissait alors, et qu'il pouvait se rendre familière avec quelque assiduité au théâtre et dans les cercles littéraires. C'est ainsi qu'il portait aux nues les productions nouvelles qu'il connaissait, tandis qu'il affectait le silence du mépris, dès qu'il était question de celles qu'il ne connaissait pas. Il devait d'ailleurs à un ami la faveur d'être admis dans le cercle intime des chefs de l'école, et participait largement aux distributions de billets, les jours de premières représentations. A tous ces titres, le drame moderne n'avait pas d'adepte plus fervent ; ses nombreuses connaissances à l'école, et les billets dont il pouvait disposer, le mettaient même en position *d'encamarader* au besoin quelques élèves.

Quant à Bourdillac, peu lui importait au fond la querelle des classiques et des romantiques ; nous avons dit qu'il n'avait pas d'opinions bien arrêtées en politique, et il en était de même en littérature ; mais un long séjour à Paris, et l'habitude des plaisirs, ayant déjà blasé ses goûts, Bourdillac recherchait avidement tout ce qui s'offrait à lui sous l'aspect de la nouveauté et de la bizarrerie, ou lui promettait de fortes émotions. Il aimait surtout le bruit ; aussi ne manquait-il jamais une première représentation, et ce qu'il désirait avant tout, c'était qu'elle fût orageuse ; oh ! alors, il fallait le voir s'agiter, crier et applaudir à tout rompre pour couvrir le bruit des sifflets. Du reste il avouait assez volontiers qu'il n'éprouvait pas moitié de l'admiration qu'il témoignait d'une manière si bruyante, que souvent même il s'ennuyait, comme par exemple, aux longs monologues d'ailleurs si poétiques de M. Victor Hugo.

Parmi les autres pensionnaires de M. Bonnin sur lesquels la nouvelle école pouvait aussi compter dans l'occasion, nous citerions notamment Giraud, si d'après le portrait que nous avons tracé plus haut de ce personnage, on avait pu conserver le moindre doute à cet égard.

En ce temps-là donc, le romantisme était à son apogée. Déjà *Henri III* lui avait ouvert les portes du Théâtre Français, puis était venu *Hernani*, puis *Marion Delorme*; et de son côté, la Porte-St.-Martin donnait asile aux nouveautés plus hardies devant lesquelles reculait encore la rue de Richelieu.

Mais il n'était bruit surtout dans ce moment, que d'un nouveau drame ayant pour titre *le Roi s'amuse*, et qui était en répétition au Théâtre-Français. Grâces aux indiscrétions d'usage, des amis de l'auteur et des coulisses, quelques journaux prenaient soin d'exciter encore davantage l'impatience du public, en recueillant et en propageant tous les bruits propres à faire pressentir un mémorable succès. Enfin c'était là, disait-on, que devait se vider la querelle, parce que là brillaient au plus haut degré *les deux types du réel, le sublime et le grotesque*, dont l'alliance, aux termes de la nouvelle poétique, constitue seule le drame. Nous verrons bien, disaient les classiques, et avec eux beaucoup de gens fort accommodans quant au genre, mais qui sont bien aises de voir avant d'admirer.

Arriva le jour de la première représentation. Achille avait reçu, comme à l'ordinaire, un assez grand nombre de billets, dont il fit part à ses amis. C'était surtout une grande fête pour Abel qui, comme nous l'avons dit, n'avait pas encore vu le Théâtre-Français.

Ce jour là, on dîna de bonne heure à la pension Bonnin, et tous allèrent aussitôt après, non pas se joindre à la queue, qui déjà se repliait en nombreux circuits sur les flancs du théâtre, mais prendre fort paisiblement leurs positions dans le camp, je veux dire au centre du parterre, où ils furent discrètement introduits par une porte privilégiée. Aussi, à l'ouverture des bureaux, à peine avait-on distribué quelques billets de parterre, qu'il n'y en avait plus; et la foule des curieux qui se pressait encore à la porte, de se retirer fort désappointée.

Je n'essaierai pas de peindre l'agitation et le bruit qui signalèrent l'heure d'attente; les annales de l'Odéon en fourniraient à peine un exemple. Enfin, aux rumeurs bruyantes, aux cris et aux trépignemens, précurseurs de la tempête, succéda un *chut !* universel ; la toile se levait, un profond silence s'établit.

On put contempler alors les riches appartemens du Louvre dans tout l'éclat d'une fête donnée chez François Ier. ; c'était un spectacle éblouissant que celui de tous ces groupes de seigneurs et de dames de la cour étincelans de pierreries, et qu'animaient la musique et les danses.

Il est à remarquer que le drame moderne, quelque foi qu'il paraisse avoir en lui-même, est loin de dédaigner l'appui de la mise en scène. Au contraire, il est telle pièce de MM. Dumas ou Hugo, dont la mise en scène a plus coûté au Théâtre-Français que celle de tout le répertoire de Corneille ou de Racine.

On s'amusa peu d'abord des galanteries fort peu édifiantes que le roi débite aux jolies femmes de sa cour, ainsi que des propos plus ou moins saugrenus de Triboulet et de tous les courtisans. Mais vint heureusement, à la fin de l'acte, M de Saint-Vallier avec sa belle

tirade, et alors éclatèrent des applaudissemens
unanimes; parce que de nobles pensées, re-
vêtues du coloris poétique de l'auteur, pro-
duiront toujours et partout un grand effet.
Seulement, on se demandait bientôt comment le roi, au milieu d'une fête et en présence d'une grande partie de sa cour, écoutait
avec une impassible résignation la longue et
foudroyante malédiction du vieillard. « Comment ne l'a-t-il même pas interrompu ? disait
dans l'entr'acte, un voisin de Bourdillac. —
Ne savez-vous pas, répondit gaîment celui-ci,
que François 1er., qui aimait beaucoup les jolies femmes, aimait aussi les beaux vers ?
C'est joli, hein ? ajouta-t-il en se retournant
du côté d'Achille. »

Le second acte fut écouté moins tranquillement : c'est là que paraît Saltabadil, cet
homme qui, pour quelques paraguantes, tue
en ville ou chez lui, comme on veut, mais
toujours décemment et sans bruit, soit qu'il
se promène le soir armé d'un estoc bien
pointu, soit que sa sœur Maguelonne, fort belle
fille, attire le galant chez lui. C'est là qu'on
voit aussi dame Bérarde, cette vénale et igno-
ble matrone, à qui Triboulet se trouve avoir

confié l'innocence de sa fille ; puis, dans les actes suivans, cette jeune fille enlevée et transportée au Louvre, cherchant, effrayée (la pauvre enfant !), un asile dans la chambre du roi ; le roi la poursuivant et fermant la porte sur lui ; puis après, ce même roi, François Ier. , arrivant dans l'infàme taudis de Saltabadil, s'accoudant à table avec Maguelonne près d'un broc de vin ; puis Saltabadil, pendant le sommeil du roi, aiguisant son couteau, et faisant raccommoder par sa sœur un vieux sac qui doit, à l'aide d'un pavé, entraîner la victime au fond de l'eau ; puis, la fille de Triboulet, invisible témoin de toutes ces scènes, venant, pour sauver le roi qui l'oublie dans les bras d'une prostituée, tendre sa gorge au couteau ; puis son cadavre enfermé dans le sac et traîné sur le théâtre ; puis enfin, Triboulet, qui croit tenir le cadavre du roi, l'injuriant et le frappant du pied, jusqu'à ce qu'il ait reconnu sa fille !...

On conçoit que de tels personnages et de telles scènes, n'aient pas été du goût de tout le monde. Aussi, plus d'une fois vit-on éclater avec violence les murmures et les sifflets ; souvent aussi des éclats de rire et des huées accueillaient les trivialités à-la-fois ignobles et prétentieuses du dialogue ; mais d'un autre côté, une cohorte bien compacte, bien disciplinée et manœuvrant comme un seul homme, répondait à toutes ces protestations par de frénétiques applaudissemens. Achille et Bourdillac surtout, non contens d'éclater à chaque instant en transports d'enthousiasme, se levaient quelquefois furieux et lançaient aux auteurs des sifflets, les apostrophes les plus véhémentes. « *A la porte les brutes,* s'écriaient-ils ; *à la porte les stupides, les malheureux ! — Pitié ! malédiction !* ajoutait Giraud, heureux quand il trouvait à placer quelques locutions du moyen-âge.

Au milieu de ce conflit, le pauvre Abel avait d'abord saisi avec empressement l'occasion de payer aussi, à l'exemple de ses camarades, son tribut d'applaudissemens ; mais d'une part, le bruit des sifflets, de l'autre l'enthousiasme assourdissant de ses voisins, et enfin, la chaleur étouffante de la salle l'avaient comme hébété, anéanti, au point qu'il ne portait plus sur la scène que des regards indifférens, presque stupides. Puis se rappelant qu'il était bien au Théâtre-Français, et qu'on jouait devant lui une pièce qui allait avoir un grand retentissement dans le monde littéraire, il secouait alors son apathie, et relevait avec effort sa tête affaissée qui bientôt retombait de fatigue et d'ennui.

Enfin, la pièce finit au milieu d'une mêlée confuse, qui ne permit pas même d'entendre le nom de l'auteur, jeté péniblement au parterre sur la demande des fidèles.

Abel sortit bien fatigué et peu satisfait d'une première représentation. On croira sans peine qu'il se faisait une autre idée de la dignité de la scène française, de celle qu'avaient illustrée Corneille, Molière, Racine et Voltaire. Quant à la pièce en elle-même, il n'osa d'abord exprimer tout l'étonnement et encore moins le dégoût et l'ennui qu'elle lui avait causés; il avait vu ses amis l'applaudir avec trop de chaleur, pour qu'il ne craignît pas de les fâcher. Ceux-ci soutenaient d'ailleurs que malgré la cabale, la pièce avait eu un beau succès, tandis qu'il entendait dire à d'autres que tous les efforts de la camaraderie n'avaient pu conjurer une chute complète. Lesquels croire? Il espérait que les journaux du lendemain allaient résoudre ce problème, et il les lut tous avidement; mais vain espoir! cette lecture ne fit que le jeter dans une plus grande incertitude. Selon les uns, la pièce nouvelle, sans réaliser peut-être toutes les espérances qu'on en avait conçues, faisait faire un grand pas de plus à la nouvelle école vers l'époque de son triomphe définitif; enfin, c'était un éclatant succès; selon d'autres, c'était une lourde chute, et la partie était décidément perdue pour les romantiques.

Quoi qu'il en soit, l'affiche du Théâtre-Français annonçait pour le lendemain une seconde représentation. Achille, qui eut encore des billets, courut aussitôt les distribuer à ses amis. Lorsqu'il entra dans la chambre d'Abel, il y trouva Théodore qui lui-même avait vu la pièce, et en causait avec son camarade. Encore plein des bonnes traditions dont l'avaient imbu d'excellentes études, Théodore avait peu d'estime pour les productions de la nouvelle école; mais, comme tant d'autres, il s'était laissé prendre à l'appât d'une représentation annoncée avec tant de fracas, et il était entré, lui, par la porte du public, non sans beaucoup de patience et d'efforts. Lorsqu'Achille leur offrit des billets pour la représentation du lendemain : « Grand merci pour moi, répondit Théodore, on ne m'y reprendra plus.

— Quoi ! dit Abel, je ne suis pas encore remis de ma soirée d'hier, et tu veux que je recommence dès demain ?

— Sans doute ; on parle d'une cabale plus forte encore qui veut absolument faire tomber la pièce, et tu conçois que les amis doivent être tous à leur poste.

— Eh bien ! quel intérêt si grand avons-nous donc à soutenir cette pièce ?

— Comment ! quel intérêt ? L'intérêt de l'art et du progrès ; le désir de voir triompher enfin des doctrines littéraires plus en harmonie avec les besoins du siècle et la liberté actuelle des théâtres.

— Ecoute, mon cher ami, permis à toi de regarder cette pièce comme un chef-d'œuvre ; mais tu me permettras aussi de ne pas partager ton enthousiasme. Sans doute, on y rencontre de belles pensées et de beaux vers que j'ai moi-même applaudis, comme la tirade de M. de Saint-Vallier, et quelques-unes de Triboulet...

« — Eh bien ! c'est justement ce qu'il ne fallait pas.

— Comment ?

— Non, sans doute ; assez d'autres applaudissaient ; nous avons, nous, pour système d'applaudir surtout les beautés neuves et hardies que ne peut goûter encore le public, contre lesquelles il se révolte même quelquefois par la raison qu'il n'est pas encore formé. Ainsi n'oublie pas cela pour demain.

—Je ne l'aurais pas deviné, je te l'avoue. »

Théodore rit beaucoup de la naïve observation d'Achille, et comme il exprimait à son tour son opinion sur le mérite de la pièce, une discussion assez vive fut bientôt engagée entre eux ; mais comment lutter contre un engouement qui, surtout à cette époque, allait jusqu'à l'idolâtrie ? « Dussé-je vous faire pitié, dit en se résumant Théodore, je me déclare incapable d'apprécier des scènes qui m'ont paru d'une immoralité révoltante, pas plus qu'un dialogue *grotesque* si l'on veut, mais où l'on ne trouve, selon moi, que d'ignobles lazzi, sans esprit, sans comique et sans goût, indignes sous tous les rapports du talent de l'auteur. Quant aux vers, il y en a de beaux, de très beaux , mais je regrette de les voir là ; ils seraient beaucoup mieux dans le recueil de ses odes. »

Achille allait faire de nouveaux efforts pour vaincre la résistance des deux jeunes gens, lorsque Bourdillac entra d'un air tout effaré et leur dit : « Vous ne savez pas la nouvelle ?

— Non , qu'est-ce donc ?

— Vous savez que l'affiche du théâtre annonçait pour demain la seconde représentation.

— Oui, eh bien !

— Eh bien ! un ordre du ministre défend cette représentation , et supprime la pièce du répertoire.

—Pas possible ! s'écrie Achille; et pour quel motif ?

— C'est ce qu'on ne sait pas encore , mais quel qu'il soit, la mesure est arbitraire, odieuse , épouvantable.

— Sans doute , dit Achille ; et moi qui parlais tout-à-l'heure de la liberté actuelle du théâtre : c'est pis que la censure.

— Faites donc des révolutions , ajouta

Bourdillac, mais l'affaire ne peut en rester là; il faudra bien qu'on joue la pièce ou nous verrons. »

Abel, qui se trouvait ainsi dispensé de venir en aide à ses camarades, pour la seconde représentation, n'avait pas appris cette nouvelle sans en éprouver un certain mouvement de satisfaction.

« Pour moi, messieurs, dit Théodore, à part la question de légalité sur laquelle je me récuse, je pense que la morale publique approuvera cette mesure, et que l'art n'y perdra pas grand'chose. »

VIII.

Pourquoi faut-il que le temps des études
sérieuses soit placé à cet âge où les passions
ardentes surgissent, éclatent dans le cœur de
l'homme et lui livrent les plus rudes assauts !
Heureux celui à qui le sentiment du devoir et
une volonté ferme donnent la force de les sur-
monter ! Heureux encore celui dont les écarts,
bientôt réprimés par la voix de la conscience,
n'ont pas flétri son âme et souvent perdu son
avenir ! Mais voyez dans les écoles, à Paris

surtout, combien de jeunes gens, espoir de leur famille, cédant aux entraînemens du plaisir, dévorent en peu d'instans toute une existence qui promettait d'être heureuse, brillante, honorée ! Ne parlons pas de ceux chez qui d'ignobles penchans ont promptement étouffé les germes de toute ambition généreuse, et qui, se jouant indignement de la crédulité d'un père, portent dans d'infâmes tripots, les économies souvent amassées à la sueur de son front. Ceux-là, heureusement en petit nombre, qui n'auront su trouver à Paris que des écoles de vices, n'en rapporteront qu'une âme blasée et un corps usé par les excès et les maladies. Mais combien d'autres n'avaient cru faire aux goûts et aux passions de leur âge, qu'une part raisonnable, et qui, une fois engagés sur cette pente rapide, se sont laissé entraîner à des fautes qu'ils ont ensuite déplorées bien amèrement. Pour celui qui veut rester pur et fidèle à ses devoirs, c'est peu de fuir les lieux dont il connaît les dangers ; il faut que partout il exerce sur lui-même une vigilance de tous les instans. C'est quelquefois au sein de la réunion la plus innocente, qu'il trouvera l'écueil le plus dangereux.

Un riche tapissier, ami de **M.** Bonnin, mariait sa fille ; il l'invita naturellement au bal ,
ainsi que madame Bonnin ; mais il voulait
que ce bal fût nombreux et brillant, surtout
qu'il y eût beaucoup de danseurs. Pouvait-il
mieux faire que d'inviter aussi les pensionnaires de la maison ? Il en eut heureusement l'i-
dée, et tous, à l'exception d'Achille, acceptèrent avec empressement. Achille dédaigna
ce qu'il appelait un *bal d'ouvriers* ; il aimait
peu la danse et il n'était pas, lui, pour des
amours vulgaires. Bourdillac, au contraire,
était de son naturel très populaire ; lui qui
faisait habituellement ses délices de la *Chaumière* et de l'*Ermitage* , était loin de déroger
en cette occasion. De son côté, Adrien préférait les plaisirs décens d'une société choisie, à
la gaîté souvent licencieuse des bals publics.
Enfin, un sentiment de curiosité suffisait pour
qu'Abel se promît aussi beaucoup d'agrément
à cette soirée.

Le jour de la noce arriva. Le bal, qui se
donnait dans un des salons publics à la mode,
fut en effet des plus brillans. A huit heures,
au moment où le joyeux orchestre de Musard
avait déjà mis en mouvement de nombreux

quadrilles, parurent nos jeunes gens émer-
veillés du coup-d'œil qu'offraient toutes ces
jeunes danseuses, élite du quartier de l'Odéon.
Partout on voyait se dessiner les tailles les plus
gracieuses et une foule de jolies figures, que
relevait encore l'éclat d'une toilette souvent
riche et toujours élégante. Abel avait peine à
concevoir comment un bal, donné par un
simple tapissier de Paris, pouvait surpasser à
ce point ceux des plus riches habitans de Pézénas.

« Eh bien ! lui dit Bourdillac, après avoir
fait avec lui le tour de la salle, et en lui frappant sur l'épaule, tu vas, j'espère, faire la
cour à quelqu'une de ces jolies femmes.

— Moi, répondit Abel, y penses-tu ? Tu
oublies donc...

— Ma tendre Ernestine, vas-tu dire? Eh !
non, mon cher, je ne l'oublie pas ; mais qu'y
a-t-il de commun, je te le demande, entre un
amour pur, légitime, ayant enfin pour but le
mariage, tout ce qu'il y a de plus respectable
au monde assurément, et ces connaissances
passagères qui sont de notre âge et font le
charme de nos loisirs.

— Infidèle à mon Ernestine... oh ! jamais.

« — On n'est pas pour cela infidèle ; je dis plus : c'est que, pour mieux apprécier celle à qui vous voulez unir votre destinée, il est bon de connaître un peu les autres. Ainsi, tel homme qui, jusqu'à son mariage aura vécu trop éloigné du monde et des plaisirs, sera souvent tenté de les rechercher plus tard, et voilà le mal. C'est pendant qu'on est jeune, libre, et qu'on ne doit qu'à soi-même compte de ses actions, qu'il faut tout voir, tout connaître, s'amuser enfin pour couler ensuite paisiblement, comme dit Verther, des jours filés par l'indifférence conjugale.

— Au fait, ce raisonnement a bien quelque chose de spécieux ; mais tu conviendras, mon cher Bourdillac, que ta morale, en général, est fort accommodante.

— Que veux-tu ? mon grand principe est, qu'avant tout, il faut passer gaîment le temps de sa jeunesse. Eh ! mon Dieu, vient toujours assez tôt le moment de se caser dans sa petite ville et de penser au mariage ; en un mot, de faire une fin. »

Ce langage ne manqua pas de produire, comme à l'ordinaire, une certaine impression sur l'esprit d'Abel que le mauvais génie de Bour-

dillac circonvenait ainsi de tous côtés ; mais
heureusement son cœur était encore trop plein
de l'image d'Ernestine pour qu'il ne repoussât
pas loin de lui une pensée d'infidélité. Sa
curiosité une fois satisfaite, il put même s'a-
percevoir qu'un bal n'avait réellement d'attraits pour lui qu'autant qu'*elle* y était. Il
dansa cependant quelques contredanses, mais
il n'était pas encore onze heures qu'il songeait
à se retirer. Voulant en prévenir ses deux
camarades qu'il avait perdus de vue depuis
quelque temps, il se mit à les chercher dans
la foule.

Adrien, qu'il rencontra d'abord, dansait
en ce moment avec une jeune personne qu'il
paraissait entretenir, non de cet air indifférent ou empesé qu'on met à débiter quelques
lieux communs sur la beauté du bal, la danse,
la musique, etc., mais avec une expression
de plaisir dont il fut frappé. Sans être une
beauté remarquable, la jeune fille était douée
d'une heureuse physionomie, où se peignait
sous les traits les plus délicats une de ces
âmes pures et naïves que n'a point encore
ternies le souffle des passions. Sa toilette,
d'une exquise simplicité, et un air décent

et gracieux, répandaient sur toute sa personne un charme indéfinissable. De beaux cheveux noirs disposés en larges bandeaux permettaient de contempler ses grands yeux dans toute leur expression de candeur et de modestie.

Abel comprit à la vue de cette femme l'impression qu'elle paraissait avoir faite sur le cœur d'Adrien, à en juger par la vivacité et l'abandon déjà presque affectueux de sa conversation. Le voyant aussi peu disposé à quitter le bal, il jugea même inutile de lui en faire la proposition et se mit à la recherche de Bourdillac.

Celui-ci, après avoir aussi dansé deux ou trois contredanses, s'était bientôt ennuyé de la contrainte à laquelle il devait plier ses manières et son langage avec des femmes honnêtes qu'il fallait respecter, lui essentiellement ennemi de ce qu'il appelait *étiquette* ou tout simplement *grimaces.* Peu susceptible d'amour, Bourdillac ne voyait dans une connaissance de femme qu'une distraction et le plaisir du moment. Aussi n'adressait-il habituellement ses hommages qu'à ces jeunes grisettes peu exigeantes près desquelles un sentiment vrai

et une cour assidue ne sont point des conditions indispensables de succès. Il n'eût pas
sans doute dédaigné la conquête d'un cœur
neuf, mais le temps et la patience lui manquaient pour l'entreprendre.

A peine avait-il donc payé à la société son
tribut de danseur, qu'attiré par un instinct
puissant, Bourdillac était allé prendre place
à l'une des tables de jeu disposées dans un
salon voisin ; c'est là qu'Abel le trouva enfin
après l'avoir cherché assez long-temps. A cette
table, où quelques amateurs avaient débuté
par un modeste écarté, le jeu s'était animé
peu à peu, et dans ce moment, Bourdillac, qui
tenait les cartes, exploitait avec ardeur, et à la
grande satisfaction des nombreux parieurs, rangés autour de lui, une excellente *veine*; après
avoir *passé* neuf ou dix fois, il fut enfin *chassé*,
mais la veine restant toujours de son côté, il
engagea vivement son jeune camarade à en
prendre sa part, étalant complaisamment à
ses yeux la somme assez forte qu'il avait déjà
gagnée.

Le pauvre Abel eût trouvé fort agréable
de combler ainsi le déficit de ses finances,
qu'il voyait avec effroi s'augmenter chaque

jour ; il ne sut pas résister à la tentation. Il joua donc assez prudemment d'abord, ne voulant, disait-il, que risquer fort peu de chose ; mais le jeu s'échauffait de plus en plus. Les adversaires, espérant toujours au premier moment reprendre l'avantage, doublaient, triplaient leurs mises, et ceux-ci tenaient tout, soit qu'ils s'y crussent obligés en quelque sorte, soit qu'ils eussent toujours la même confiance dans la fortune. Ainsi, Abel cédant lui-même à l'impulsion se laissait entraîner beaucoup plus loin qu'il n'aurait cru : il n'eut pas d'abord à s'en repentir, la veine se soutenant toujours quoiqu'un peu chancelante. Mais arriva enfin la débâcle, que le jeu habile de Bourdillac et son impassible sang-froid ne purent conjurer. Tout l'argent qu'ils avaient gagné en peu d'instans, ils le perdirent encore plus vite, et celui qu'ils avaient apporté eut aussi bientôt disparu. Le parti le plus sage eût été de se retirer : c'était l'avis d'Abel, quelque douloureux qu'il fût pour lui de renoncer à l'espoir, bien plus, à la douce réalité d'un joli bénéfice qui venait de lui échapper ; mais Bourdillac voulut rester et faire tête, disait-il, à ce bonheur insolent qui ne pouvait durer ; et , comme les fonds manquaient, Abel fut dépêché par lui d'abord près d'Adrien , puis de Giraud qui jouait lui-même avec plus de bonheur à une table de bouillotte , puis enfin d'autres camarades de la pension qui tous s'empressèrent de vider leurs poches. Vains efforts !..... Nos deux joueurs ne purent ramener à eux la fortune infidèle. Déjà depuis long-temps le bal était fini , les lustres éteints , et un silence morne avait succédé au bruit de la musique et des danses, lorsque les malheureux luttaient encore à la lueur de quelques bougies expirantes !...

L'habitude du jeu avait depuis long-temps aguerri Bourdillac à ses cruelles vicissitudes, mais pour Abel , qui n'avait jamais joué que chez son père ou dans quelques réunions bourgeoises, quel début ! quelles poignantes émotions durent l'agiter durant cette longue et fatigante veille, et que de réflexions amères sur sa malheureuse faiblesse ! Pourquoi ne s'être pas au moins retiré du jeu, après avoir perdu ce qu'il avait gagné? L'exemple de Bourdillac et la trompeuse amorce d'un gain si incertain, si fugitif, avaient donc suffi pour qu'il livrât aux chances du hasard un argent qu'il n'avait même pas !

Enfin le jour parut. Les gagnans attendaient avec impatience ce moment qui leur permettrait de lever honnêtement la séance. Ils ne voulurent donc pas rester plus longtemps malgré les instances de Bourdillac. Abel, au contraire, tout-à-fait découragé et presque défaillant de lassitude et de sommeil, ne chercha point à les retenir.

Adrien, depuis la fin du bal, était venu rejoindre ses camarades et les attendait, mais il faisait peu d'attention au jeu, tant il était préoccupé de la jeune fille dont nous avons parlé, de Valérie enfin ; car il avait entendu prononcer son nom. C'était du reste tout ce qu'il avait pu apprendre de tant de choses qu'il aurait voulu savoir. Et d'abord quels étaient ses parens ? Cette dame près de laquelle il la voyait toujours s'asseoir après la contredanse, était-elle sa mère ? Il était porté à le croire d'après la distance de leur âge et l'apparente familiarité de leurs causeries, et cependant il en doutait encore. Il avait trouvé dans la conversation de Valérie tant d'esprit et de charmes qu'il devait lui supposer une éducation distinguée, et sa mère n'aurait sans doute pas cet air assez commun qu'il avait remarqué dans la dame qui l'accompagnait. Enfin, cet homme d'une figure assez noble mais d'un extérieur fort modeste, qui était venu leur donner le bras à la sortie du bal, était-il le père de Valérie? Que faisait-il? Où restait-il? Toutes ces choses, sur lesquelles il n'avait pu obtenir aucuns renseignemens, l'intriguaient beaucoup: aussi ne cessait-il, en s'acheminant vers la rue Saint-Hyacinthe avec ses deux camarades, de leur parler de sa Valérie; mais ceux-ci l'écoutaient à peine, absorbés qu'ils étaient encore par la pensée de leur mauvaise fortune. Adrien avait donc beau s'écrier dans son enthousiasme : — Que d'esprit, de grâce, et quelle jolie figure ! Tu l'as vue, Abel? — Celui-ci répondait froidement et d'un air distrait : — Sans doute elle m'a paru fort bien ; tandis que de son côté Bourdillac se rappelant de si belles parties qu'ils avaient perdues, déclamait de toutes ses forces contre l'inconcevable fatalité qui les avait poursuivis jusqu'au bout. — Si au moins, ajoutait-il, on pouvait bientôt retrouver ces gaillards-là et prendre une revanche *soignée!* Mais pas moyen ; qui est-ce qui les connaît seulement ?

C'est ainsi que les trois étudians arrivèrent à l'hôtel, pleins d'émotions diverses qui allaient encore agiter leur sommeil.

IX.

Abel avait à peine reposé quelques heures qu'il se réveilla, poursuivi par le souvenir de cette nuit d'agitation pénible et d'anxiété ; mais, dans ce vague souvenir, il croyait d'abord ne retrouver qu'un rêve ; hélas ! sa mémoire trop fidèle et la vue d'une bourse longue et plate, étendue sur la cheminée, le ramenèrent bientôt à la triste réalité. S'efforçant alors de prendre son parti, tâchons du moins, disait-il, de profiter à l'avenir d'une telle leçon ; mais pour le moment que faire? où trouver de l'argent? Quelques pièces de cinq francs qui lui restaient sur la dernière somme qu'il avait reçue, ne suffisaient même pas pour rembourser ses emprunts de la veille : et cependant il n'osait faire encore une nouvelle demande à son père. Il eût fallu d'ailleurs attendre trop long-temps cet envoi.

Telles étaient les pensées qui agitaient Abel, lorsqu'il entendit quelqu'un fredonner gaîment dans l'escalier ; il reconnut bientôt la voix de Bourdillac qui, entrant dans sa chambre : « Eh bien ! mon ami, lui dit-il, tu ne viens donc pas déjeuner? nous t'attendons; pour moi, j'ai une faim...

— Déjà ! dit Abel qui était loin de se sentir l'appétit aussi ouvert.

— Sans doute ; mais que diable as-tu donc? je te trouve un air triste, abattu... Est-ce que tu penses encore à notre soirée d'hier ? Bah ! il faut oublier cela.

— Vraiment j'admire ta philosophie; tu as cependant perdu plus que moi.

— Bagatelle, mon cher; à la première occasion nous regagnerons cela, va ; j'en ai perdu bien d'autre, et sans en être plus affecté.

« — Tu es heureux ; mais . pour moi, je t'avoue que je ne puis prendre les choses aussi gaîment ; et quant à jouer encore, surtout un pareil jeu, je te déclare qu'on ne m'y reprendra pas de sitôt.

— Oh ! cette naïveté ; voilà bien ce que je me suis dit cent fois en pareil cas, c'est-à-dire quand je n'avais pas le sou ; mais je sais trop maintenant à quoi m'en. tenir sur ces belles résolutions.

— La mienne est inébranlable, je t'assure, dit Abel ; et d'ailleurs, ajouta-t-il avec un sourire forcé qui faisait peine, pour le moment je n'ai pas à craindre une rechute : car pour jouer il faut… .

— De l'argent, n'est-ce pas ? et moi en ai-je plus que toi ? reprit Bourdillac, en frappant sur ses poches ; mais, dis-moi, est-ce que nos amis n'en ont pas ? Enfant ! penses-tu donc qu'ils nous laisseraient ainsi dans l'embarras ? Tu vas voir avec quel empressement ils nous feront eux-mêmes leurs offres. Eh ! mon Dieu ! à charge de revanche ; voilà comme cela se pratique entre bons camarades ; allons, viens déjeuner. »

Et ils descendirent à la salle à manger, où les attendaient les autres pensionnaires.

On se mit à table, et aussitôt la conversation s'engagea vivement sur le bal et les plus jolies danseuses. On parla beaucoup en particulier de celle qui fut appelée *la belle*, *l'intéressante* Valérie, et que mettaient en première ligne tous ceux qui l'avaient remarquée. Adrien, qu'ils avaient vu danser plusieurs fois avec elle, et qui d'ailleurs ne se cachait pas de l'intérêt qu'elle lui avait inspiré, accueillit froidement beaucoup de plaisanteries auxquelles il ne pouvait échapper. Il se fâcha même sérieusement de quelques-unes d'assez mauvais goût lancées par Giraud avec son esprit ordinaire. Déjà l'honneur de Valérie lui était assez cher, pour qu'il voulût le défendre contre d'insultans propos.

La conversation passa ensuite au jeu : Bourdillac raconta les vicissitudes de sa bonne et de sa mauvaise fortune à laquelle Abel s'était associé, et enfin toutes leurs communes tribulations. Il eut soin de faire entendre, en terminant, que dans l'état de pénurie auquel ils se trouvaient réduits, ils comptaient sur l'obligeance de leurs amis. Comme il l'avait prévu, des offres arrivèrent de la part de ceux qui avaient quelques fonds disponibles; Bourdillac accepta celles de Giraud, qui plus heureux avait fait de brillantes affaires à la bouillotte, et Abel celles d'Achille, à qui ses riches parens ne savaient rien refuser, et qui avait même un crédit ouvert chez un banquier de Paris.

C'était pour la première fois qu'Abel se voyait obligé de recourir à la bourse d'un ami, mais le besoin était pressant et l'offre faite de la meilleure grâce; il sentit beaucoup moins en l'acceptant l'obligation qu'il contractait que le soulagement qui venait succéder tout-à-coup au sentiment d'une détresse effrayante. Il résolut toutefois de vivre, dès ce moment, avec plus d'économie, et pour cela non seulement d'éviter les occasions de jouer, mais encore de fréquenter moins les cafés et les spectacles, en un mot d'adopter un régime de vie plus compatible avec ses facultés pécuniaires, comme avec ses devoirs d'étudiant qu'il avait jusque-là beaucoup trop négligés.

Bien qu'en effet l'ordre fût rétabli à l'école de droit, en ce sens, au moins, que les cours s'y faisaient régulièrement, Abel n'y allait que fort rarement et seulement de compagnie avec Adrien; car pour ses autres camarades, tels que Bourdillac et Achille, le soin de leurs plaisirs, joint à leurs préoccupations politiques et littéraires, ne leur laissait pas un instant.

Ces bonnes résolutions d'Abel tinrent pendant près d'un mois, non pas qu'il travaillât beaucoup, mais au moins était-il parvenu à partager son temps dans des proportions beaucoup plus convenables entre l'étude et les plaisirs. Il avait donc pu résister pendant ce temps aux plaisanteries comme aux instances de ses camarades, qui voulaient toujours l'entraîner avec eux ; mais comment ne pas succomber à des tentations sans cesse renaissantes? Quelquefois, il regrettait de n'avoir pas quitté la pension avec Théodore, car il sentait que, pour rompre définitivement avec les habitudes de ses camarades, il eût fallu rompre en quelque sorte avec eux-mêmes; mais aujourd'hui, la force lui eût manqué pour prendre un tel parti, quand même il l'eût désiré sincèrement. Il retomba donc dans le même genre de vie qu'auparavant, perdant bientôt, dans de vaines dissipations, le fruit de quelques semaines de travail.

Adrien, de son côté, ne pouvait l'exciter à l'étude par son exemple. Sans cesse, il pensait à la jeune fille du bal, dont l'image s'était déjà profondément gravée dans son esprit. Il n'osait se flatter, il est vrai, d'avoir fait en si peu de temps quelque impression sur son cœur; mais tous ses souvenirs le portaient à croire que du moins il avait été l'objet d'un sentiment de préférence, et à cet âge, que faut-il de plus pour se bercer des plus douces rêveries !

Adrien pouvait d'ailleurs avoir quelque confiance dans ses moyens de plaire. Bien pris dans sa taille, et joignant à une physionomie expressive les manières les plus gracieuses, il était ce qu'on peut appeler un joli cavalier. Valérie avait dû au moins être flattée de ses hommages; elle avait pu remarquer aussi dans ses traits cette expression de douceur et de franchise qui leur était naturelle, et que rendaient encore plus entraînante les émotions de la danse et du plaisir. Quel écueil pour un jeune cœur qui ne demande qu'à s'ouvrir à la confiance et à l'amour !

Cependant Adrien, faisant parfois un retour sur lui-même, se disait qu'il y avait folie à s'occuper plus long-temps d'une femme qu'il ne connaissait même pas, que peut-être il ne reverrait jamais. Et d'ailleurs, quelles prétentions pouvait-il avoir sur elle? Valérie ne pouvait appartenir à cette classe nombreuse dite des *grisettes*, où l'étudiant cherche une conquête facile et sans conséquence. Son air modeste et ingénu, sa conversation toujours aussi décente que spirituelle, tout repoussait une semblable supposition. D'un autre côté, à en juger par les personnes qui accompagnaient Valérie au bal, elle ne devait pas être d'une condition en rapport avec la sienne; mais vainement s'efforçait-il de l'oublier; sa pensée y revenait incessamment, et partout il cherchait à obtenir quelques renseignemens sur sa famille. **M.** Bonnin, qui ne la connaissait que très imparfaitement, n'avait satisfait qu'à demi sa curiosité; mais des personnes mieux instruites lui donnèrent à ce sujet tous les détails qu'il pouvait désirer.

X.

Le père de Valérie, Antoine Maubert, était
un brave sergent de l'Empire qui, dans le désastre de Waterloo, avait été mis hors de
combat par une blessure assez grave. Il n'avait
alors que trente-cinq ans, et la croix d'honneur, qu'il venait de gagner sur ce même
champ de bataille, était pour lui le gage
d'une assez belle carrière, si nos armées en
fussent sorties victorieuses. Mais l'Empire n'é-
tait plus ; vint la restauration avec ses rancu-

nes et ses antipathies pour nos gloires militaires, qu'une politique plus généreuse eût pu
mieux rallier à sa cause.

Rentré dans ses foyers, Maubert se trouva
réduit à une modique retraite, et pour comble
de malheur, cette décoration, qu'il avait si
noblement gagnée, il ne put la porter, ni jouir
de la pension qui y était attachée. On sait que
le nouveau gouvernement avait refusé de reconnaître les décorations données par l'Empereur dans les Cent-Jours.

Heureusement, Maubert avait une belle
écriture et quelque habitude de la comptabi-
lité qu'il avait acquise dans ses fonctions de
sergent. Un banquier le prit à son service, et
il se trouva, grâce à ce modeste emploi, dans
une sorte d'aisance. Peu de temps après, il
fit la connaissance d'une jeune veuve qu'il
épousa, et celle-ci, habile ouvrière, ne pouvait qu'ajouter, par son travail, au bien-être
du ménage.

De trois enfans qu'ils avaient eus, Valérie
seule leur restait ; aussi, que d'amour et de
soins avaient entouré son enfance ! Heureux
d'embellir, par les charmes de l'éducation,
les dons qu'elle avait reçus de la nature, ils

s'étaient imposé dans ce but des sacrifices beaucoup au-dessus de leur position, et encore madame Maubert ne trouvait-elle jamais qu'ils eussent assez fait. La prétention de cette bonne mère était de compenser la légèreté de la dot par l'instruction et les talens ; avec cela, disait-elle, et sa beauté, que manquera-t-il à notre Valérie *pour fixer un homme comme il faut?*

Le père Maubert, qu'aveuglait moins la vanité, avait souvent combattu les idées de sa femme sur ce point. « Sans doute, il convient, disait-il, de cultiver les bonnes dispositions de Valérie, mais n'allons pas, cependant, jusqu'à lui donner des idées et des habitudes au-dessus de son rang. Femme, ne nous abusons pas ; on sait trop, par le temps qui court, qu'il est une chose qui passe avant la beauté, l'esprit, les talens, tout ce que tu voudras, et c'est précisément ce que n'aura pas ta fille ; et remarque encore, que je ne parle pas de notre condition à nous ; car, bien que nous soyons de petites gens, j'admets encore qu'au moyen d'une riche dot, *un homme comme il faut,* puisque c'est là ton ambition, pourrait bien s'arranger de notre Valérie ; mais cet argent !

c'est toujours là qu'il faut en revenir, et tu sais que, s'il s'agissait de la marier dès aujour-d'hui, nous aurions déjà bien de la peine à lui arrondir une pauvre dot de mille écus, sans compter le trousseau; gardons-nous donc de faire de Valérie une grande demoiselle qui croirait se mésallier en épousant un honnête ouvrier. Et d'ailleurs, n'a-t-elle pas un bon mari tout trouvé? Certainement, Didier, quoi que tu en dises, lui convient sous tous les rapports; c'est le fils de mon ancien compa-gnon d'armes; puis un jeune homme sage, laborieux et plein de bons sentimens; il est vrai qu'il n'a pas encore demandé Valérie; mais ce n'est pas, je crois, faute d'envie, car il paraît bien l'aimer.

— Sans doute, répondait madame Mau-bert, c'est un excellent garçon que j'estime beaucoup; mais tu conviendras que, si nous ne voulions faire de Valérie que la femme d'un simple tailleur, ce n'était pas la peine de tant nous gêner pour son éducation.

— Eh bien! c'est aussi le tort que nous avons eu. Ne t'ai-je pas dit cent fois, qu'au lieu de lui donner des maîtres de musique, il valait mieux la faire travailler de ton état;

car enfin, c'était un moyen bien simple d'augmenter notre aisance et par suite sa dot.

— Ah ! la chère enfant ; non certainement
je ne veux pas qu'elle ait autant de maux que
sa pauvre mère. Moi, je n'avais ni sa beauté,
ni son éducation, et enfin rien de rien ; il a
bien fallu prendre ce métier-là, mais Valérie,
c'est différent ; je ne veux pas qu'elle fasse d'autres robes que les siennes. Et après tout, je ne
vois pas, moi, que les mariages d'inclination
soient si rares. Tiens, par exemple, tu connais cette jeune Bonnivet de la rue Monsieur-
le-Prince ? C'est vrai qu'elle n'est pas mal, et
qu'elle a des manières on peut dire distin-
guées. Dame ! aussi, quelle éducation ! oh !
ça, faut rendre justice aux parens. Eh bien !
si je te disais que ses bans sont publiés avec
un sous-chef aux finances, rien que cela.
Voilà un mariage ! mais je t'en citerais bien
d'autres... Et la petite Lambert, qui est-ce
qui aurait dit qu'elle trouverait un avocat ?

— Ah ! pour celle-là, disait en souriant
M. Maubert, il y avait une raison majeure que
tu sais bien, et si ce mariage a eu lieu, on peut
dire que ce n'est pas de la faute des parens du
jeune homme, et puis comment tournera-t-il ?

D'ailleurs, tu auras beau me citer quelques exemples, je te dis qu'il ne faut pas compter là-dessus. Après cela, je ne m'oppose pas, comme tu penses bien, à ce que notre Valérie fasse un brillant mariage, mais...

— Eh bien ! c'est donc pour cela, répliquait madame Maubert, qu'il faut tout faire pour l'en rendre digne. »

Ainsi parlaient les deux époux ; mais le père Maubert était bonhomme ; le plus souvent il laissait le dernier mot à sa femme, et se contentait de secouer la tête d'un air d'incrédulité ; si parfois il voulait résister sérieusement à quelque demande nouvelle, les caresses de Valérie venaient au besoin achever sa défaite.

Tel était l'intérieur de cette honnête famille. Ainsi les prévisions d'Adrien se trouvaient réalisées : Valérie ne pouvait être ni sa maîtresse ni sa femme ; et cependant il faisait de vains efforts pour en éloigner sa pensée, et il désirait plus que jamais la revoir. L'occasion s'en présenta bientôt.

Madame Bonnin, qui ne négligeait aucun moyen de rendre sa maison plus attrayante

pour les jeunes gens, avait l'habitude de donner quelques soirées : on enlevait alors la
grande table de la salle à manger qui communique au salon par une porte à deux battans ,
et ces deux pièces réunies formaient un local
propre à recevoir une société assez nombreuse.
On y faisait de la musique , puis on dansait
quelques quadrilles aux sons d'un orchestre
composé le plus souvent des pensionnaires de
la maison.

Or , madame Bonnin voulut donner une
brillante soirée en forme de retour de noce ,
et elle dut naturellement y inviter une partie
des personnes qui assistaient au bal. Cousine
germaine de la mariée , Valérie Maubert ne
pouvait manquer d'être du nombre , et d'ailleurs les vives recommandations d'Adrien
n'eussent pas permis à madame Bonnin de
l'oublier.

La soirée fut nombreuse et fort animée.
Valérie s'y était rendue de bonne heure , ac-
compagnée de sa mère. Adrien la revit avec
joie toujours belle autant que simple et modeste ; mais il se trouva tout-à-coup si ému
qu'il n'osa d'abord la saluer ; il se contentait
de la regarder , lorsque leurs yeux s'étant

7.

rencontrés, il s'élança près d'elle. Les battemens de son cœur lui permirent à peine d'a-
chever quelques mots de complimens qu'il
avait préparés. Soit que son trouble eût réagi
sur Valérie, soit qu'elle-même ne pût se défendre d'une certaine émotion en présence
d'Adrien, qu'elle n'avait point oublié, un léger incarnat vint se répandre sur sa figure,
habituellement pâle, et donner à ses traits
une nouvelle expression. En ce moment elle
était encore plus jolie qu'Adrien ne l'eût vue,
même dans ses souvenirs, alors qu'il pouvait
craindre d'en avoir conservé une impression
trop favorable.

Il est facile encore de triompher d'une passion naissante lorsqu'aucun indice n'est venu
révéler la sympathie de celle qui en est l'objet ; mais combien cette victoire devient plus
difficile dès qu'un mot, un regard a trahi son
secret ! Certainement Adrien avait pu se flatter d'avoir été distingué par Valérie, entre les
jeunes gens qui, au dernier bal, avaient,
comme lui, cherché à fixer son attention ;
mais un accueil honnête et gracieux était tout
ce qu'il osait en espérer. Quelle fut donc sa
joie lorsqu'au trouble de la jeune fille, il

vit que son cœur avait été entendu et compris! Ainsi un penchant qu'il aurait pu vaincre, s'était tout-à-coup changé en une passion qu'il n'avait plus la force de combattre.

Une circonstance de la soirée fut pour Adrien et Valérie une nouvelle source d'émotions et de sympathies. On avait commencé, selon l'usage, par faire de la musique, et quelques demoiselles furent priées de chanter ; vint aussi le tour de Valérie, qui ne put résister aux instances de la société. Deux romances qu'elle chanta d'abord avec une expression et une grâce parfaites, excitèrent les plus vifs applaudissemens. Adrien, qui l'accompagnait au piano, en était dans un ravissement inexprimable : comme il avait lui-même une jolie voix, il lui proposa de chanter un duo. Qui ne connaît celui de Frontin et Marton, de *Ma Tante Aurore?* De tous ceux qui étaient étalés sur le piano, c'était le seul qu'eût appris Valérie, et encore ne l'avait-elle pas répété depuis long-temps ; elle consentit à *l'essayer*, dit-elle, craignant d'avoir un peu oublié sa partie. L'exécution n'en fut pas moins très satisfaisante : leurs voix, d'abord émues et tremblantes, reprirent bientôt leur aplomb. Arrivés à ces accords d'une si touchante harmonie :

> Voilà comme on aime !
> Sans or ni grandeur !

elles s'animèrent de l'expression la plus vive et la plus entraînante : un doux pressentiment disait alors à Valérie qu'insensible aux séductions de la fortune, le cœur d'Adrien saurait franchir la distance qui la séparait de lui ; et tous deux s'abandonnaient à l'un de ces momens d'enthousiasme que connaît seul un âge étranger encore aux réalités et aux déceptions de la vie.

L'effet de ce morceau fut tel, que tout autre eût paru ensuite pâle et insignifiant. On se mit à danser. Dès le commencement de la soirée, Adrien avait engagé Valérie pour la première contredanse ; leur conversation, devenue plus affectueuse, était aussi plus souvent embarrassée ; quelquefois même elle se trouvait tout-à-coup interrompue, car dès que l'étudiant laissait échapper quelques mots qui ressemblaient à une déclaration, la jeune fille n'y répondait que par la rougeur de son front, et alors succédait un moment de silence ; puis, craignant d'en avoir trop dit, Adrien ramenait la conversation sur un sujet indifférent, jusqu'à ce qu'une nouvelle occasion s'offrît d'exprimer des sentimens qu'il ne pouvait contenir.

Jaloux de se concilier aussi les bonnes grâces de madame Maubert, l'étudiant avait pour elle ces petites attentions auxquelles les femmes en général, et les *mamans* en particulier, ne sont jamais insensibles : tantôt faisant les honneurs de la maison, il avait soin de lui offrir de temps à autre des rafraîchissemens ; tantôt il venait s'asseoir à ses côtés, lorsqu'il ne dansait pas avec Valérie, et quelques mots adroitement tournés sur les talens et les grâces de sa fille, ne manquaient jamais leur effet : aussi madame Maubert l'accueillait-elle toujours d'un œil caressant et le sourire sur les lèvres. Ce serait bien là, se disait-elle, le mari qui conviendrait à Valérie. S'il allait en devenir amoureux ! Et au fait, pourquoi pas ? Sans doute le jeune homme est très bien et appartient certainement à des gens plus riches que nous ; mais

enfin il a su distinguer Valérie ; il a pu apprécier son esprit et son éducation, j'ose dire,
peu ordinaires. Qui est-ce qui sait?...

La danse finie, ces dames se disposèrent à
partir. Après les avoir aidées à s'envelopper
de leurs manteaux, qu'il courut chercher lui-
même, Adrien ne manqua pas de s'offrir
pour les accompagner. Il était beaucoup plus
tard qu'elles ne pensaient, et de la rue Saint-
Hyacinthe à la rue de Sorbonne, où elles demeuraient, la course est encore longue ; elles
acceptèrent. Ce fut pour Adrien le complé-
ment de cette soirée délicieuse, que de sentir
pendant ce trajet, qui lui parut trop court,
le bras de Valérie légèrement appuyé sur le
sien ; mais une pensée l'inquiétait : quand la
reverrait-il ? Elle sortait peu, lui avait-elle
dit, et n'allait dans aucun bal public. Tout
au plus pourrait-il l'apercevoir au Luxembourg, où elle allait quelquefois. Il eût bien
pu demander à madame Maubert la faveur
d'être reçu chez elle, et sans doute il l'eût
obtenue ; mais il sentait que c'eût été faire
en quelque sorte une demande en mariage,
et telle ne pouvait être sa pensée. Craignant
de s'interroger lui-même, il s'abandonnait à

l'ivresse d'une première passion, sans vouloir même en pressentir les conséquences et les dangers.

XI.

IL fut un temps où les règlemens des écoles laissaient la plus grande latitude à ceux de messieurs les étudians qui, pour cause, reculaient toujours autant que possible l'époque de leurs examens : c'est ainsi qu'ils pouvaient prendre jusqu'à leur dernière inscription sans en passer un seul; mais aussi, quand venait le moment fatal, il y avait de quoi frémir à la seule pensée de tout l'arriéré qu'il fallait tout-à-coup solder. Or, demandez aux propriétaires de maisons ce qu'ils pensent d'un locataire qui n'a pu payer le terme échu ; ils vous diront, qu'à plus forte raison il n'en pourra payer deux, trois encore moins, et ainsi de suite. Il en était souvent de même des étudians, qui se laissaient malheureusement acculer à une série de trois ou quatre examens sans compter la thèse. Les uns succombaient à cette rude tâche, d'autres ne parvenaient à s'en tirer qu'à l'aide d'une prolongation de séjour, dont les parens faisaient naturellement les frais d'assez mauvaise grâce.

Comment obvier à cet inconvénient ? le moyen était facile. On fixa d'une manière rigoureuse le nombre d'inscriptions que chaque élève pourrait prendre avant d'avoir passé tel examen ; et depuis ce moment, les retardataires sont devenus beaucoup plus rares. C'est quelque chose, en effet, même pour les élèves les moins zélés, que la perte d'une inscription ; et de toute la pension Bonnin, Bourdillac était le seul qui ne fût pas homme à s'en affliger. Que risquait-il ? De rester forcément une année ou deux de plus à Paris ; mais c'était précisément ce qu'il demandait, s'inquiétant assez peu de ce qu'en dirait son cher oncle.

Déjà, on était à la fin de juin ; si d'un côté Abel voyait venir avec joie le temps des vacances, de l'autre il sentait avec effroi s'approcher le moment de son examen. Il n'y était point préparé ; ne travaillant qu'à de longs intervalles et pour ainsi dire par boutades, il éprouvait toujours cette répugnance qu'inspirent aux jeunes gens les abords d'une science aride en apparence, mais qu'on ne trouve pas sans attraits, dès qu'à l'aide d'un travail soutenu, on est parvenu à en bien saisir les premiers élémens.

La résolution que prit alors Abel de se préparer d'une manière convenable à son examen, le porta en même temps à rechercher davantage la société de Théodore, qu'il avait beaucoup négligée. Au moment où ce dernier avait quitté la pension, ils s'étaient bien promis de se voir souvent ; mais on conçoit que la différence de leurs habitudes dut rendre leurs rapports de plus en plus rares. Aussi, ne se voyaient-ils plus guère qu'à l'école, et dès qu'ils s'étaient demandé réciproquement des nouvelles *du pays*, leur conversation était à bout.

Théodore n'avait pas trouvé dans sa nouvelle pension, une société aussi gaie et surtout aussi bruyante que celle qu'il venait de quitter. C'étaient, pour la plupart, des jeunes gens studieux et rangés, comme il voulait l'être lui-même. La table, moins bien servie peut-être que celle de madame Bonnin, était aussi un peu moins chère; on y trouvait, du reste, une nourriture *saine et abondante*, comme disent les prospectus. En un mot, Théodore s'y trouvait bien, et puis il y était libre, chose fort essentielle à ses yeux. Ainsi, personne ne venait le distraire de son travail, pour l'entraîner de gré ou de force à quelque partie de plaisir. Ce n'était pas qu'il affectât de l'éloignement pour la société des autres pensionnaires; mais avant de se lier avec aucun d'eux, il s'était prudemment laissé le temps de les connaître.

Un seul devint plus tard le compagnon habituel de ses promenades et de ses plaisirs; c'était un étudiant en médecine nommé Darbelle. Il s'en fallait cependant qu'il existât entre eux une parfaite sympathie de caractère et d'opinion. Doué d'un esprit calme et réfléchi, Théodore éloignait avec soin toute espèce de préoccupations qui eussent pu nuire à

l'étude de son droit ; Darbelle, au contraire, emporté par une imagination ardente, voulait
tout embrasser : philosophie, politique, morale, littérature, semblaient offrir à peine assez
d'alimens à la dévorante activité de son esprit.
La politique surtout était devenue sa passion
dominante, du moment où il avait vu qu'oubliant les leçons du passé, le gouvernement de
Charles X voulait décidément affronter une
lutte avec l'opinion nationale ; puis quand
l'heure de cette révolution qu'il attendait, eut
sonné, on le vit s'en faire un des acteurs les
plus intrépides ; la décoration de juillet qu'on
aperçoit à sa boutonnière, atteste la part qu'il
a prise aux glorieux combats des trois jours.
Mais la victoire obtenue, les événemens qui
suivirent, furent loin de répondre à ses vœux.
Darbelle avait rêvé pour la France une république dont le moment lui paraissait venu,
non pas cette république de 93, de terrible et
sanglante mémoire, mais celle dont les Etats-
Unis nous offrent un modèle. Dans tous les
cas, il eût voulu que la France convoquée
en un congrès national, où tous les citoyens eussent été admis, fût appelée à voter
la forme de son gouvernement. Et au lieu de

cela, qu'avait-on vu? Un simple changement de roi, et une charte *bâclée* en quelques heures. Aussi, ne regardant cet état de choses que comme une transition, un temps d'arrêt, Darbelle croyait-il à l'avènement prochain de la république presque avec autant de foi que certains légitimistes au retour d'Henri V. Mais pour cela, que faire? Exciter ou plutôt entretenir par la presse, les sociétés populaires et les émeutes, l'exaltation révolutionnaire qui agitait encore les esprits, et créer ainsi chaque jour, au gouvernement, de nouveaux embarras. Fidèle à ce plan, Darbelle, qui maniait avec une égale habileté la plume et la parole, tantôt écrivait dans les journaux de l'opposition la plus ardente, tantôt pérorait dans les clubs, en même temps qu'il ouvrait sa bourse à toutes les souscriptions patriotes. Aussi jouissait-il alors au plus haut degré de la faveur de ses camarades; mais depuis quelque temps cette ardeur impatiente s'était bien refroidie; ce n'était pas que Darbelle eût abjuré ses croyances, car la république était toujours l'objet de son culte, mais il l'avait vue déjà tant de fois repoussée à la tribune, dans les collèges électoraux, dans les rues, partout, qu'en présence de ces manifestations, il avait pris le parti d'attendre du temps et des progrès de l'esprit public le triomphe de ses idées ; il avait compris d'ailleurs que la violence, loin de servir la cause de nos libertés, ne faisait qu'en arrêter les développemens. Dès-lors on ne le vit donc plus se mêler aux réunions de ses camarades, lorsqu'elles avaient pour objet quelques démonstrations politiques, ou s'il y paraissait, ses discours maintenant pleins de modération n'exitaient souvent que leurs murmures ; on le traitait de *faux frère*, de *modéré*, de *peureux* ; et c'est alors que, retiré en quelque sorte de la vie politique, il avait trouvé dans l'estime et l'amitié de Théodore une compensation de la popularité qu'il avait perdue.

Quelque différence qu'il puisse exister entre les opinions politiques de deux hommes, elle ne sera jamais un obstacle à leur affection mutuelle, dès qu'ils seront l'un et l'autre de bonne foi, et disposés à accepter le jugement du pays. Ainsi, Darbelle reconnaissant aujourd'hui que décidément la France n'était pas encore *mûre* pour la république, était bien près de s'entendre avec Théodore, car celui-ci , loin d'avoir une antipathie absolue pour cette forme de gouvernement, l'admirait aussi sous beaucoup de rapports ; seulement il s'étonnait que des hommes de sens eussent pu y songer dans l'état des esprits et des mœurs de la nation ; et par fois même Darbelle, pressé par son argumentation , convenait d'assez bonne grâce que s'il avait trouvé la république qu'il rêvait pour la France , il y cherchait encore des républicains. C'est ainsi que les deux amis discutaient souvent entre eux quelquefois avec vivacité, mais jamais avec aigreur , l'un défendant la monarchie constitutionnelle comme le gouvernement le plus conforme aux besoins comme aux vœux de la nation , et l'autre lui opposant toujours ses utopies, mais n'osant plus maintenant préciser l'époque où elles seraient réalisées, pour le bonheur du pays , disait-il, et de l'humanité tout entière.

Du reste parmi les grandes questions du jour, la politique était la seule sur laquelle les deux amis différassent d'opinion. En fait de littérature on les trouvait presque toujours d'accord, ne craignant pas d'avouer hautement l'un et l'autre et de soutenir, au besoin, leurs préférences pour les auteurs dits classiques. Pour peu qu'ils allassent au spectacle, ils ne pouvaient guère échapper à quelque drame du jour, mais à défaut de plaisir, ils y trouvaient du moins un intérêt de curiosité.

Ainsi vivait paisiblement Théodore dans sa nouvelle pension, assistant régulièrement à ses cours et ne donnant jamais aux plaisirs les heures qu'il devait à l'étude; ajoutons qu'il évitait avec soin les cafés, car il avait pu juger, par l'exemple de ses anciens camarades, combien on y perd de temps et d'argent.

Grâces à de telles habitudes d'ordre et d'économie, Théodore, loin d'avoir jamais recours à des emprunts, avait toujours au contraire quelque argent à la disposition d'un ami. Bien établir un budget et mettre en harmonie les recettes et les dépenses, est chose rare dans le monde étudiant; aussi les prévisions se trouvent-elles à chaque instant dépassées; et de là, une foule de crédits supplémentaires qui font le désespoir des parens. Heureux encore lorsqu'ils n'ont à gémir que sur de folles dissipations, car le désordre des finances peut conduire à tout.

Ainsi que nous l'avons dit, Abel rendait

depuis quelque temps des visites assez fréquentes à son compatriote Théodore, et il en
était résulté entre eux plus de confiance et
d'intimité. En considérant ce régime de vie si
bien ordonné, auquel son ami devait cet air
de satisfaction intérieure qui brillait sur sa
figure comme dans sa conversation, Abel ne
pouvait s'empêcher de faire un pénible rap-
prochement. Il n'a pas de dettes, lui, se disait-
il intérieurement, et il ne paraît guère s'ef-
frayer de son examen!

Abel reçut à la même époque une lettre de
son père, en réponse à la demande qu'il lui
avait faite d'une somme assez considérable,
pour subvenir à ses frais d'examen et autres.
M. Dubourg, à cette demande qui lui parut
énorme, après tout ce que son fils avait déjà
dépensé, s'était fâché tout de bon, peut-être
pour la première fois de sa vie; et cette lettre,
quoique toujours bienveillante, contenait des
recommandations d'économie faites sur un
ton beaucoup plus sévère que de coutume.
Elle vint à propos fortifier Abel dans la résolution qu'il avait prise de se préparer à soutenir au moins dignement son examen. Il savait
bien qu'à cette condition, il ne serait pas trop

grondé à son arrivée en vacances. Mais il ne songeait pas sans effroi au peu de temps qui lui restait. Comment soutenir un travail forcé, lui qui, depuis son arrivée à Paris, s'était fait une douce habitude des plaisirs et de l'oisiveté. Théodore, qui voyait son embarras, lui proposa un moyen de rendre cette tâche moins pénible : c'était d'y travailler ensemble. Il savait, lui, toutes les matières qui font l'objet de l'enseignement de cette première année; en les repassant avec Abel, il les posséderait encore mieux; mais son but était surtout de lui faciliter son travail en remplissant en quelque sorte, pour lui, les fonctions de répétiteur. Abel reconnaissant de cette conduite aussi généreuse que délicate, s'efforça d'y répondre dignement. Et d'abord la nécessité lui en faisait un devoir; puis, il trouvait réellement certains charmes dans ces petites conférences, que Théodore savait toujours animer et égayer même quelquefois, en soulevant à propos quelques questions de droit intéressantes. Mais, quels que fussent le zèle et les efforts d'Abel, il ne se sentit pas encore assez préparé pour l'époque qu'ils avaient d'abord fixée; or, il prévoyait avec raison le mécontentement de sa famille, dans le cas où elle ne le verrait pas arriver en même temps que son compatriote. Celui-ci consentit encore à l'attendre, et tous deux passèrent leur examen le même jour. Ce ne fut pas sans une vive agitation, qu'Abel encore peu sûr de lui, comparut devant l'aréopage en robes rouges; mais il fut assez heureux pour qu'on l'interrogeât sur les matières qu'il connaissait le mieux; sa réception fut satisfaisante. Quant à celle de Théodore, elle fut aussi brillante qu'on pouvait le prévoir; il étonna les professeurs par son aplomb comme par la justesse et la précision constante de ses réponses.

Les deux amis n'eurent plus alors qu'à s'occuper des préparatifs de leur départ. Délivré du souci de cette redoutable épreuve qu'il venait de subir avec succès, joyeux de revoir dans peu de jours sa famille et son Ernestine, Abel eût alors goûté un bonheur complet, si de fâcheuses préoccupations d'argent ne fussent venues y mêler quelque amertume. En arrière de trois mois de pension, il devait en outre quelque chose à son tailleur, plus encore à Achille; et, sur les derniers fonds qu'il avait reçus de son père, il lui res-

tait à peine de quoi suffire à ses frais de voyage.
Force fut de laisser toutes ces dettes, pour lesquelles d'ailleurs on ne voulait pas le gêner;
il promit de les payer à son retour. Enfin, il
prit congé de ses camarades de la pension,
non sans leur avoir payé à l'occasion de sa réception, le tribut d'usage que Bourdillac n'a-
vait garde de lui laisser oublier. Ainsi qu'au
jour de son arrivée, on but le Champagne à
ses dépens, et comme une légère pointe ajoute
encore à la vivacité des sentimens, la scène
d'adieux fut si touchante, que les larmes lui
en venaient aux yeux. On lui fit bien promet-
tre de revenir à la pension au mois de novembre, et en même temps madame Bonnin
lui déclarait, sans qu'il en eût encore parlé,
que bien certainement elle ne céderait pas sa
chambre à un autre.

Bourdillac et Adrien furent les seuls qui
restèrent à Paris pendant les vacances. Ne
travaillant pas plus à une époque de l'année
qu'à l'autre, Bourdillac, à proprement parler, ne connaissait pas de vacances; et puis,
comme ce serait amusant, disait-il, d'aller
m'enterrer pendant deux ou trois mois dans
le trou qu'habite mon oncle, pour entendre

ses sermons du matin au soir ; voyez donc ce plaisir, cet agréable tête-à-tête !... Adrien, qui n'avait plus à faire qu'une année de droit, était convenu avec sa famille, qu'il ne retournerait à Montpellier qu'après avoir terminé. Il était d'ailleurs trop occupé de la pensée de Valérie, pour se priver si long-temps du bonheur de la revoir.

XII.

Pendant qu'une diligence rapide emporte sur la route de Pézénas les deux jeunes compatriotes, revenons aussi à la petite ville, et disons en peu de mots ce qui s'était passé depuis leur départ.

Ce n'était pas, comme on l'a vu, sans de vives inquiétudes que M. et Mme. Dubourg avaient embrassé leur fils partant pour Paris à une époque où les circonstances politiques ajoutaient de nouveaux dangers à tant d'autres qu'offre à la jeunesse le séjour de la capitale; et en effet, combien de fois dans le cours de cette année n'eurent-ils pas à trembler au récit des journaux qui rendaient compte de quelques nouveaux troubles. Le cœur d'une mère peut dire seul tout ce qu'il y avait pour elle d'émotions et d'anxiété dans ces tristes bulletins où trop souvent il était question d'arrestations d'étudians et de sang répandu ! Et voilà ce que la plupart des jeunes gens ne sentent pas assez, car c'est à peine s'ils écriront un mot pour rassurer leur famille; ils ne conçoivent pas en quelque sorte qu'on ait pu trembler pour eux, lorsqu'ils n'ont couru aucun danger. Si par légèreté ou par oubli, Abel négligeait, dans de telles occasions, de donner de ses nouvelles, l'inquiétude était grande dans la maison. Les mêmes alarmes agitaient aussi la famille Hersan qui avait déjà comme adopté Abel. Avec quelle impatience Ernestine attendait la visite de Marie ! souvent elle eût voulu courir elle-même chez son amie, mais elle n'osait, craignant de montrer un trop vif empressement. Abel ne l'avait jamais oubliée dans ses lettres, et Marie le lui disait, et le souvenir le plus tendrement exprimé avait encore un nouveau charme, sortant de la bouche de la fidèle et naïve messagère.

Madame Hersan avait appris seulement assez tard qu'Abel ne s'était pas présenté à son arrivé chez son cousin M. P***. On l'avait même ignoré quelque temps dans sa famille; ne voulant pas avouer qu'il avait laissé jeter au feu sa lettre de recommandation, Abel avait pris le parti de ne rien dire à ce sujet, reculant autant que possible devant un mensonge; mais sur une question formelle et pressante de son père, il avait dû enfin s'expliquer; or, ce qu'il put imaginer de mieux fut de dire qu'ayant perdu cette lettre, il n'avait osé se présenter chez M. P***, sans lui être annoncé; puis dans la crainte que madame Hersan ne levât la difficulté en lui faisant parvenir une autre missive, il s'empressait d'ajouter que cependant il se proposait de le voir bientôt. Voilà ce que M. Dubourg, après avoir éludé plusieurs fois la question, se vit enfin obligé de dire à madame Hersan qui en fut vivement contrariée. Elle soupçonna qu'Abel pouvait bien n'être pas fâché de cet accident, et que selon toute apparence il

allait revenir sans avoir vu son cousin le conseiller ; mais ce n'était, disait-elle, qu'un
retard, il faudra bien qu'il aille le voir à la
rentrée : un tel parent n'est pas à négliger
surtout pour un jeune homme qui suit comme
lui la carrière de la robe.

Ce fut dans les derniers jours du mois
d'août qu'Abel et Théodore arrivèrent à Pézénas. Combien la petite ville leur parut silencieuse et déserte, alors que le bruit de la
grande cité bourdonnait encore à leurs oreilles!
Jamais ces rues qu'ils avaient parcourues tant
de fois ne leur avaient semblé si étroites, ces
maisons si mesquines, ces toits si écrasés. De
loin comme de près, l'imagination et les souvenirs d'enfance prêtent au pays natal des beautés qu'y chercheraient en vain les étrangers ;
de courts voyages et la vue même de quelques
belles villes des environs ne suffisent pas pour
enlever aux indigènes cette heureuse illusion
qu'entretient l'habitude : il faut le concours
d'une longue absence et d'un grand contraste;
c'est ce qu'éprouvaient alors les deux jeunes
habitans de Pézénas.

Mais quelle joie pour eux de se retrouver
dans les bras de leurs parens ; quelle fête de

famille ! M. et Mme Dubourg étaient pour
ainsi dire en extase devant leur Abel qui,
sous le rapport de la tournure et des manières,
avait en effet beaucoup gagné ; et puis, ils
avaient tant de plaisir à l'entendre causer de
Paris, eux qui ne l'avaient jamais vu. Politique,
émeutes, spectacles, étaient tour à tour l'objet de ses récits, et le papa s'étonnait moins
en l'écoutant qu'un jeune homme qui avait vu
et fait tant de choses, eût aussi dépensé tant
d'argent. Quelquefois cependant M. Dubourg
voulait revenir un peu sur ce chapitre ; mais
la maman prenant aussitôt la défense d'Abel,
faisait observer qu'aussi tout était bien cher
à Paris, et qu'après tout si cet enfant s'était un
peu plus amusé qu'il n'aurait dû, ses études
ne paraissaient pas en avoir souffert, puisqu'il s'était tiré avec honneur de son examen.
Ce dernier argument ne manquait jamais son
effet sur le bon M Dubourg. Eh bien ! n'en
parlons plus, disait-il, mais j'espère que
l'année prochaine, il sera plus économe. C'é-
tait bien aussi l'intention d'Abel ; mais les
dettes qu'il avait à payer à son retour, voilà
ce que son père ignorait et ce que lui se rappelait trop bien, car cette pensée importune

venait se mêler incessamment à ses plus douces jouissances.

Dès le jour même de son arrivée , il était allé rendre sa visite à la famille Hersan. Si sa conduite à Paris n'avait pas été irréprochable sous plusieurs rapports, il pouvait au moins se rendre cette justice que , malgré de nombreuses occasions, son cœur était demeuré pur et fidèle à ses premières impressions. C'était donc sans arrière-pensée et dans toute l'expansion de son âme qu'il se livrait à la joie de revoir son Ernestine. Sa sœur lui avait dit qu'il la trouverait embellie ; elle ne l'avait pas trompé. Mademoiselle Hersan était encore dans cet âge où une année de plus ne pouvait qu'apporter d'heureux changemens à sa taille et à sa figure. Une vive rougeur trahit son émotion au moment où Abel s'approcha pour l'embrasser. Elle avait toujours craint qu'en la comparant à tant de jolies femmes qu'il avait dû voir à Paris, il ne la trouvât plus digne de lui. Mais son air , son maintien et la timidité qu'il parut éprouver lui-même en l'abordant, l'eurent bientôt rassurée. A peine avaient-ils pu s'adresser quelques mots après un premier moment de silence et d'embarras,

que vinrent les questions de Madame Hersan
au sujet de son cousin le conseiller et de la
malheureuse lettre. Abel s'en tira encore cette
fois comme il put, répétant l'explication qu'il
avait déjà donnée en écrivant à son père. Il
promit bien au surplus d'aller voir à son retour M. P***, et la paix fut faite à ce prix.
Quant à M. Hersan, il se montrait toujours
moins flatté que sa femme d'avoir en perspective un gendre avocat ; il persistait à dire qu'il
eût été plus sûr d'en faire un bon négociant
comme le père Dubourg et comme lui Hersan.
Du reste, il convenait volontiers que le séjour
de Paris avait bien fait au jeune homme ;
il le trouvait même, disait-il, trop dégourdi.

Habitué depuis long-temps aux succès de son
fils et confiant dans la force de son caractère,
comme dans son amour du travail, M. Dermenon n'avait jamais douté qu'à Paris, comme ailleurs, il ne continuât à se montrer reconnaissant et digne des sacrifices qu'il s'imposait pour
lui. C'est ici qu'on pouvait observer un exemple frappant de l'influence de l'éducation sur
les destinées et l'avenir des jeunes gens.

Dès son enfance, Théodore avait montré
les meilleures dispositions ; mais non content

de les développer par de bons exemples, comme par de sages préceptes, son père avait pris à tâche de les diriger de bonne heure vers la carrière du barreau à laquelle il le destinait. C'est ainsi qu'en flattant son amour-propre, par la perspective de l'honneur et des avantages qui l'attendaient dans cette carrière, s'il parvenait à s'y distinguer, il lui en signalait en même temps les écueils, lui rappelant surtout ce qu'elle exigeait de travail et d'efforts. D'un autre côté, les leçons d'une mère aussi pieuse que tendre, avaient dès long-temps prémuni sa jeune âme contre les séductions de toute nature, que devait lui offrir le séjour d'une grande ville.

L'éducation d'Abel, sans être négligée, n'avait pas été cependant l'objet des mêmes soins. D'abord, n'ayant pas les connaissances nécessaires, M. Dubourg n'avait pu, comme le juge-de-paix, surveiller d'aussi près les études de son fils ; puis une mère trop facile l'avait gâté ; de sorte, qu'abandonné à lui-même et n'ayant pas pour le droit les mêmes dispositions que son camarade, Abel devait céder, presque sans résistance, aux attraits du plaisir.

En se félicitant de l'heureuse intimité qu'il voyait exister entre les deux compatriotes, M. Dubourg regrettait d'autant plus que son fils n'eût pas fait choix de la même pension, et plusieurs fois il l'engagea vivement à s'y installer à son retour. Abel n'eût pas demandé mieux ; il sentait combien de force lui donnerait l'exemple de son ami, pour se maintenir dans les bonnes dispositions où il se trouvait alors ; mais prévoyant bien qu'à son retour, il ne pourrait payer de suite tout l'arriéré qu'il devait à la pension Bonnin, il évitait avec soin de prendre à cet égard aucun engagement ; il répondait qu'il ne quitterait pas sans regrets son ancien camarade Adrien ; qu'au surplus, on lui gardait sa chambre et qu'il se trouvait ainsi obligé de la conserver encore quelque temps, que plus tard, il verrait. C'est ainsi qu'une misérable dette, nous tenant sous sa dépendance, vient quelquefois frapper d'impuissance les meilleurs conseils et jusqu'à nos propres désirs.

Le temps des vacances s'écoula gaîment. Abel avait repris goût à cette vie uniforme et paisible qu'on menait à Pézénas : là du moins ses plaisirs n'étaient jamais suivis de regrets.

M. Dubourg possédait, à une demi-lieue de
la ville, une petite maison de campagne :
c'est là que les dimanches et fêtes allait
s'installer toute la famille, dès que le temps
le permettait ; souvent M. Dubourg y con-
viait aussi quelques amis ; la famille Hersan y vint elle-même plusieurs fois dans le
cours des vacances. On conçoit quels charmes
devaient avoir pour Abel et pour Ernestine
ces parties de plaisir, où ils trouvaient à-la-
fois une preuve des bonnes dispositions de
leurs parens et une occasion de se voir et de
se parler, peut-être un peu plus librement
qu'à la ville. Ainsi se fortifiait chaque jour le
penchant de deux cœurs que la nature et les
convenances semblaient avoir faits l'un pour
l'autre.

Déjà on touchait au mois de novembre :
c'était le moment où une séparation bien pénible pour tous allait se renouveler. Les inquiétudes furent cependant moins vives que
lors du premier départ des deux étudians.
L'ordre paraissait mieux affermi ; on espérait
n'avoir plus à gémir sur les scènes de désordre qui tant de fois avaient agité la capitale
et jeté dans les familles de si vives alarmes.

Qui pouvait prévoir que l'année 1832 réservait encore au pays de plus grands maux, un redoublement de guerre civile, et la peste !

DEUXIÈME PARTIE.

I.

C'est un beau mois pour le quartier latin,
que le mois de novembre ; alors la vie et le
mouvement renaissent dans ces rues si désertes et si tristes pendant les vacances. Partout
on ne voit qu'Étudians suivis de leurs malles et
cherchant un gîte. Chambres garnies, hôtels,
pensions, tout se remplit. Et puis, au mois
de novembre, l'Étudiant paie généralement
assez bien ; oh ! alors, il est riche et marche
tête levée, il est grand ! Mais c'est un moment

à saisir. Hâtez-vous donc, maîtres de pension, tailleurs, bottiers et *tutti quanti;* hâtez-vous de présenter vos mémoires et factures; l'argent va si vite! Pour peu que vous attendiez, l'Étudiant aura repris cette humble attitude qui sied au débiteur, et vous risquez fort un ajournement indéfini.

M. Bonnin, qui pouvait se flatter de connaître un peu son monde, grâce à une longue expérience souvent acquise à ses dépens, savait mettre à profit les bonnes dispositions de ses élèves au moment de la rentrée; sans leur adresser précisément une demande (car il avait toujours les procédés les plus délicats), il parlait à propos de la cherté des vivres, des charges de la maison, d'engagemens à remplir, etc..., et peu à peu l'arriéré se comblait. Si quelques-uns même, pour alléger leur bourse, offraient, chose assez rare, un ou deux mois d'avance, il se gardait bien de répondre que *cela ne pressait pas;* il prenait toujours. Eh bien! avec tout cela, M. Bonnin avait encore souvent, disait-il, des *non-valeurs.* Il y a partout, en effet, de ces gens contre lesquels viennent échouer le savoir-faire et les plus habiles précautions, par exemple, Bourdillac : d'abord, comme il n'allait pas ordinairement en vacances, il n'était pas plus en fonds à la rentrée, qu'à aucune autre époque ; ensuite, il était fort peu sensible aux avertissemens plus ou moins indirects, que glissait parfois M. Bonnin, ainsi que nous venons de le dire. Le plus souvent, il n'avait pas l'air de les comprendre ; mais quelquefois au contraire, il les relevait lui-même d'une manière assez originale.

« Ah ! père Bonnin, lui disait-il un jour, on vous voit venir avec vos tournures ; tenez, soyez franc ; ce que vous dites-là signifie tout bonnement que nous sommes un peu en retard, et que vous ne seriez pas fâché de palper quelques espèces. Eh mon Dieu ! vous savez bien que ce n'est pas la bonne volonté qui nous manque. Ainsi, moi, par exemple, j'avais écrit dernièrement à mon cher oncle de m'envoyer quelques fonds, et ceux-là vous étaient destinés, parole d'honneur. Eh bien ! que me répond-il ? D'abord, que je dépense beaucoup trop (c'est son refrain) ; ensuite, qu'il ne peut rien m'envoyer pour le moment, et là-dessus il me fait un tableau de la dureté des temps et de la misère des fermiers, que c'est à fendre le cœur... Et puis après tout, si je suis un peu gêné pour le moment, rappelez-vous ce que je vous ai déjà dit, savoir : que cet oncle et ancien tuteur est un richard, qu'il a soixante dix-neuf ans, et que je suis son seul et unique héritier. Ce n'est pas, bien entendu, que je puisse désirer... Oh ! il sait trop combien je l'aime, le cher oncle ; mais je vous dis ça, père Bonnin... enfin, suffit. »

M. Bonnin, quoi qu'en dît Bourdillac, n'en voyait pas moins avec effroi s'augmenter toujours un arriéré sur lequel il ne recevait que de légers à compte et à de longs intervalles ; car enfin, se disait-il, son oncle peut le déshériter, et j'avoue que cela ne m'étonnerait pas. Madame Bonnin eût même été d'avis d'éconduire honnêtement un si mauvais payeur, d'autant plus qu'il perdait, disait-elle, tous les pensionnaires. « Gardons-nous en bien, répondait son mari, tu ne vois donc pas quel ascendant il exerce sur ses camarades, et comme tous se plaisent dans sa société, même ceux qui valent beaucoup mieux que lui ; c'est tout simple, il les fait rire. Le renvoyer ! y penses-tu ? Mais il serait dans le cas de les entraîner tous avec lui et de nous faire maison nette. D'ailleurs, il n'est pas encore impossible qu'il nous paye, et lui donner son congé, ce serait dès ce moment renoncer à ce qu'il nous doit. »

Chaque jour arrivaient anciens et nouveaux pensionnaires. Abel à son retour, revit avec joie ses camarades et surtout Adrien ; cependant, il fut triste pendant les premiers jours. Ce n'était pas sans de vifs regrets qu'il se rappelait les momens heureux qu'il venait de passer dans sa famille et près d'Ernestine. Fort des bonnes résolutions qu'il avait prises, et commençant par mettre ordre à ses affaires, il paya de suite un bon à compte à M. Bonnin, ainsi qu'à son tailleur. Il offrit de plus immédiatement à Achille la somme qu'il lui devait, et qu'il avait mise de côté ; mais Achille, créancier commode, lui répondit qu'il pouvait la garder encore ; Abel allait insister, lorsque Bourdillac qui, par malheur se trouvait là, s'élançant près de lui, dit que *précisément* il avait besoin de cette somme pour quelques jours, et son jeune camarade ne fit aucune difficulté de la lui prêter.

Il tardait également à Abel de se conformer aux intentions de madame Hersan, comme au désir de sa famille , en allant rendre sa visite à M. P*** ; dans la crainte d'y manquer cette fois, il eut même la sage précaution de n'en rien dire à personne.

Ancien avocat au parlement et aujourd'hui conseiller à la Cour royale de Paris, M. P***, également recommandable par l'austérité de ses mœurs et l'aménité de son caractère, pouvait être considéré comme l'un des plus honorables débris de l'ancienne magistrature. Aussi jouissait-il parmi ses collègues et dans le monde, d'une haute considération.

Abel, qui s'attendait à voir un magistrat aux formes graves, à l'abord sévère, fut tout surpris de trouver un homme aimable dont l'accueil l'eut bientôt rassuré. M. P***, après avoir lu la lettre de Madame Hersan, demanda avec le plus vif intérêt des nouvelles de toute la famille, disant qu'il n'oublierait jamais ses parens, ceux même qu'il n'avait pas vus depuis bien des années, et qu'il était sensible à ce souvenir de sa cousine de Pézénas ; puis il ajouta quelques mots agréables au sujet d'Ernestine, et Abel en fit un tel éloge que M. P*** comprit alors très bien quelques passages de la lettre qu'il n'avait pas trouvés parfaitement

clairs. En effet, madame Hersan, tout en ex-
primant le vif intérêt qu'elle portait au jeune
Dubourg, ne faisait cependant à son cousin
qu'une demi-confidence sur les vues ultérieures
de la famille. Enfin M. P***, après avoir ques-
tionné l'étudiant sur ses travaux et ses plaisirs,
l'engagea beaucoup à venir le voir. Abel se
retira fort content de sa visite, et impatient
d'en raconter à son père tous les détails.

Il écrivit souvent dans le mois qui suivit
son retour, parce qu'alors il n'avait à rendre de
sa conduite et de ses travaux qu'un compte satis-
faisant; non seulement il suivait ses cours avec
exactitude, mais il travaillait fort passablement,
tantôt seul dans sa chambre, en rédigeant
les notes qu'il avait prises à la leçon, tantôt
avec Théodore. En le voyant dans de si bonnes
dispositions, Bourdillac n'avait garde de le
tourmenter; il le laissait, disait-il, jeter ses
feux, se flattant de connaître son homme et
de le ramener bientôt à lui sans de grands
efforts. Il avait d'ailleurs pour le moment à
s'occuper de l'éducation de quelques nouveaux
débarqués.

Du reste, il n'y avait rien de changé dans
le personnel et les habitudes de la pension

Bonnin. Seulement Adrien s'était fait en quelque sorte une vie à part. On ne le voyait
qu'aux repas, et encore y apportait-il un air
distrait et préoccupé. Sa nouvelle passion
avait fait, dans le cours des vacances, d'autant plus de progrès que les cours étant
suspendus et ses camarades presque tous
absens, il avait beaucoup moins de sujets de
de distraction ; et qu'y a-t-il de plus propre à
nourrir une passion que la solitude et l'oisiveté ? Combien de fois il avait parcouru la rue
de Sorbonne dans l'espoir seulement d'entrevoir un instant Valérie ! Le dimanche, il ne
manquait pas non plus de se trouver sur son
passage lorsqu'elle allait à l'église ou à la promenade. Enfin l'ayant un jour rencontrée au
Luxembourg avec sa mère, il osa l'aborder.
Valérie fut d'abord si émue qu'elle ne put répondre elle-même aux complimens que leur
adressait l'étudiant ; elle ne parla qu'au moment où elle se sentit un peu remise, mais
une vive rougeur l'avait trahie.

Adrien n'eut qu'à se louer, comme à l'ordinaire, de l'accueil de madame Maubert ; ou
parla naturellement du bal de noce et de la
réunion de madame Bonnin ; l'étudiant ne

manqua pas de dire combien il aimait à se
rappeler cette soirée délicieuse, et en même
temps la jeune fille exprimait, par un regard
à-la-fois tendre et modeste, tout le plaisir
qu'elle y avait aussi goûté. La conversation
tomba ensuite sur la musique. L'enthousiasme
avec lequel en parla le jeune étudiant plut à
Valérie qui l'aimait aussi beaucoup. Elle avait
vu tout récemment l'opéra du *Pré aux Clercs*;
elle en cita plusieurs morceaux, et surtout la
romance qu'elle voulait, disait-elle, se procurer. Adrien s'empressa de dire qu'il se ferait
un grand plaisir de la lui porter, si madame
Maubert voulait bien le lui permettre. Valérie
le remercia beaucoup, disant qu'elle ne voulait pas *lui donner cette peine*; mais il était
facile de voir à l'expression de sa physionomie,
comme à l'embarras de ses réponses, qu'elle
ne serait pas fâchée que sa mère donnât la permission demandée. Nous avons déjà dit que
madame Maubert se plaisait à rêver pour sa fille
un mariage beaucoup plus en rapport avec l'é-
ducation qu'elle avait reçue, qu'avec son rang
et sa dot. A voir l'empressement d'Adrien et
l'admiration si bien sentie que paraissaient lui
inspirer les talens et la beauté de Valérie, elle

n'hésita pas à répondre qu'elle le recevrait avec plaisir. Ainsi l'accès de la maison lui était ouvert ; il fut au comble de ses vœux.

Dès le lendemain, dans la soirée, il alla porter sa romance. On le fit monter au troisième étage dans un appartement fort modeste, mais dont l'aspect flattait l'œil par ce luxe de propreté qu'il n'est pas rare de rencontrer dans les maisons peu aisées et sagement économes. La famille était réunie dans une chambre dont il reconnut aussitôt la fenêtre, à la vue de quelques fleurs dont elle était ornée au dehors, et vers lesquelles s'étaient si souvent portés ses regards. Un buste en plâtre de l'Empereur, et quelques gravures assez communes représentant des faits d'armes contemporains du vieux sergent, ainsi qu'un piano d'occasion dont le bois déteint et l'ivoire jauni attestaient suffisamment les longs services, composaient en partie l'ameublement de cette chambre.

Le père Maubert n'avait pas appris, sans en éprouver quelque contrariété, la prochaine visite de l'étudiant ; il lui fit un accueil honnête, mais assez froid : quelque décent qu'il le trouvât dans son langage, il n'était pas complètement rassuré sur ses intentions. Adrien s'en aperçut, mais il n'en continua pas moins ses visites ; seulement, il venait le plus souvent à des heures où Maubert était retenu à son bureau. C'est ainsi qu'en présence de la mère, qui le voyait toujours avec plaisir, il passait les momens les plus doux près de Valérie, soit à faire de la musique, soit à lire avec elle quelques pages brûlantes des romans qu'il lui apportait, et plus encore à s'enivrer de son regard et des charmes de sa conversation. Leur mutuelle passion fit dès-lors de nouveaux et de rapides progrès.

Justement alarmé de cette nouvelle connaissance, le jeune tailleur dont nous avons parlé, Didier, timide prétendant de Valérie, ne voulut pas tarder davantage à faire connaître ses prétentions. La confidence qu'il en fit au vieux sergent avait été parfaitement accueillie par ce dernier, mais déjà le cœur de la jeune fille n'était plus libre ; consultée sur ce mariage, elle refusa, tout en protestant de son estime et de son affection pour Didier. Son père insista peu, il ne voulait pas la contraindre ; mais pensant que ce refus pouvait ne pas être définitif, il répondit à Didier que sa fille était bien jeune et ne paraissait pas disposée encore à se marier. Madame Maubert eût désiré une réponse plus catégorique, dans la crainte que le jeune tailleur n'y vît qu'un ajournement, mais celui-ci ne s'abusa point; les assiduités de l'étudiant lui expliquaient trop bien un refus qu'on avait pris la peine d'adoucir par égard, sans doute, pour une vieille amitié. Quelque chagrin qu'il en ressentît, il ne perdit pas tout espoir; il avait peine à croire qu'Adrien, dans sa position, eût le projet d'épouser Valérie; et un séducteur, se disait-il, serait bientôt éconduit; il en avait pour garans, la vertu de la jeune fille et la prudence du père.

La rentrée des Écoles n'avait pas eu lieu cette fois sous l'influence des mêmes préoccupations politiques que l'année précédente; mais à défaut d'événemens graves, il y avait encore trouble et agitation dans les esprits. Soit fanatisme, soit plutôt désir aveugle de tout ce qui pouvait faire diversion à des travaux qu'ils trouvaient insipides, certains étudians, loin de revenir à des habitudes paisibles, saisissaient avidement les moindres pré-

textes de bruit et de désordre, allongeant
ainsi tant qu'ils pouvaient, la mauvaise queue
d'une belle révolution. C'était pour eux une
bonne fortune, que tout événement qui pouvait donner lieu à ce qu'ils appelaient une
manifestation publique de l'esprit des Écoles,
bien qu'une faible minorité en fît constamment tous les frais. Aussi, à chaque instant,
voyait-on affichée sur les places du Panthéon
et de l'École de Médecine, quelque nouvelle
communication faite aux élèves, soit qu'il s'a-
gît de se réunir à tel endroit, ou simplement
de signer telle pétition ; et dans ce dernier
cas, c'était presque toujours chez *M. Bour-*
dillac, rue Saint-Hyacinthe, hôtel du Midi,
qu'étaient reçues les signatures.

Déjà l'on était vers le milieu de décembre,
et aucune occasion de trouble ne s'était encore présentée ; la partie bruyante des Écoles
commençait à se fatiguer de ce calme plat,
lorsque parut tout-à-coup une convocation
ainsi conçue :

« **MM.** les Étudians en droit et en méde-
» cine sont priés de se trouver réunis sur la

» place du Panthéon, le 19 de ce mois, à la
» sortie du cours de M*** (*). »

Aucun événement politique n'étant dans ce moment à l'ordre du jour, on se demandait quel pouvait être l'objet de cette réunion solennelle.

* Cette réunion eut lieu en effet le 19 décembre 1851.

II.

« Dieu est trop haut et la France trop
loin, » disent les Polonais : sublime et touchant proverbe qu'ils ont dû souvent répéter
durant cette dernière et mémorable lutte
soutenue pour leur indépendance. Vainement,
en effet, la tribune française avait-elle retenti
de ce cri d'enthousiasme : « *La nationalité
polonaise ne périra pas*[*] *!…* » Vainement des

[*] Adresse de la Chambre des députés; *session de*
1831.

comités , organisés dans toute la France, en-
voyaient-ils, à défaut d'une armée , quelques
hommes et quelque argent à ces braves , chaque jour décimés par le fer, la misère et la
peste * ; il eût fallu plus que des sympathies
et de tels secours pour les aider à soutenir le
choc de masses formidables marchant sur
Varsovie. Ainsi les jours de la malheureuse
Pologne étaient pour ainsi dire comptés, et
ses amis les plus ardens attendaient dans l'a-
battement du désespoir les dernières scènes
de ce grand drame.

Un jour cependant..... c'était le 29 juillet,
jour de grande revue. Partout sur les boulevards , depuis les Champs-Élysées jusqu'à la
barrière du Trône , on voyait se déployer les
bataillons de la garde citoyenne , et les armes
étinceler à la chaude clarté d'un soleil comme
celui des trois Journées. Tout-à-coup , aux
vives acclamations qui éclatent sur le passage
du Roi, se mêlent de nouveaux cris de joie :
le bruit d'une grande victoire remportée par
les Polonais s'est répandu dans les rangs ; et

* On se rappelle que le choléra régnait en Pologne à cette époque.

l'on voit nos soldats citoyens, les uns pleurer de joie, d'autres danser autour de leurs armes rangées en faisceaux, tous s'écrier : *Vivent les Polonais ! Vive la liberté !*

Hélas ! ce ne fut qu'une ivresse éphémère : les journaux du lendemain n'avaient pas confirmé l'heureuse nouvelle, et, peu de jours après, arrivait à Paris un épouvantable bulletin, qui ne fut pas démenti : la prise de Varsovie !... L'indépendance polonaise avait succombé, sublime dans son agonie comme dans sa courte existence.

Il restait, toutefois, à la France de nobles devoirs à remplir. Terre d'honneur et d'hospitalité, les étrangers l'avaient trouvée constamment ouverte au courage et au malheur ; pouvait-elle refuser un asile aux glorieux débris de l'armée polonaise, fuyant la clémence de Nicolas ?. Elle leur tendit les bras, les appela ses frères, les nourrit de son pain. Plus tard, elle dut encore, au récit des malheurs inouis de leur patrie, faire au moins retentir aux oreilles du vainqueur un cri d'humanité*.

* « Les faits changent ; la justice, le droit ne changent pas. Si la voix de la politique européenne, qui,

On se rappelle qu'au nombre des officiers envoyés en Pologne par le comité français, se trouvait le général R......., à qui le gouvernement provisoire avait confié le commandement d'une division ; on n'a pas oublié non plus, combien, dans la courte durée de ses fonctions, le général s'était acquis de droits à la reconnaissance des amis de l'indépendance polonaise. C'était lui qui, se trouvant alors à Paris, était l'objet de cette convocation extraordinaire affichée aux portes des deux Ecoles. Cédant à une pensée généreuse, un grand nombre d'étudians avaient résolu de donner au brave général un témoignage public d'estime et d'admiration ; mais ils n'étaient pas d'accord entre eux sur la forme dans laquelle ils devaient lui offrir cet hommage : les uns étaient d'avis qu'il convenait d'en charger une simple députation ; mais d'autres, qui paraissaient être en plus grand nombre, di-

nous en avons la confiance, ne parlera pas toujours en vain, n'a pu jusqu'à présent être écoutée, que, dès aujourd'hui du moins, le cri de l'humanité soit entendu ! » (*Adresse de la Chambre des députés, session de 1832.*)

saient qu'il fallait se porter en masse à l'hôtel du général. Cette question devait être soumise à l'assemblée.

Déjà des groupes nombreux et animés couvraient la place du Panthéon, lorsqu'eut lieu la sortie du cours de M. ***, et bientôt il fut question d'ouvrir la séance. Quelques-uns des plus influens se disposaient à parler; mais comment se faire entendre au milieu de ce vaste et bruyant auditoire? Vainement réclamait-on le silence à grands cris, les discussions particulières continuaient de tous côtés, et semblaient au contraire s'échauffer de plus en plus.

Cependant, du milieu de la foule, surgit tout-à-coup un orateur, monté sur un tabouret du café voisin; à cette vue il s'était fait un demi-silence; malheureusement l'orateur enfla sa voix d'une manière si comique en s'écriant: *Messieurs!* qu'une explosion générale d'hilarité l'empêcha d'articuler un seul mot de son discours.

Un autre, qui lui succéda, avait bien dit: *Messieurs!* mais, peu familiarisé avec l'art de l'improvisation, il s'arrêta court au milieu de sa première phrase, et n'excita pas moins les rires bruyans de l'assemblée.

Un troisième parut, qui fut plus heureux : c'était Darbelle. Doué, comme nous l'avons dit, d'une élocution facile, il exposa gravement et en peu de mots, l'objet de la réunion ; il dit en terminant : « Il s'agit donc, » comme vous le voyez, Messieurs, d'hono- » rer le courage et les malheurs de la Pologne, » dans la personne d'un de ses plus illustres » défenseurs, et assurément il n'est aucun » d'entre nous qui n'applaudisse à cette noble » pensée ; mais dans quelle forme devons-nous » la manifester ? Convient-il de nommer une » simple députation, chargée d'exprimer nos » sentimens au général ; ou bien devons-nous » tous... »

— Oui, oui, tous!... En masse ! s'écrièrent grand nombre de voix.

« Messieurs, permettez-moi de le dire, » continua l'orateur, je ne partage pas cet » avis. Évitons avec soin à l'occasion d'une » démarche aussi honorable et qu'on doit » supposer unanime de la part des Écoles, » tout ce qui pourrait lui donner l'apparence » d'une émeute et amener l'intervention de » la police. »

— Ah ! vous avez peur de la police, s'écria une voix; eh bien ! que ceux qui ont peur ne viennent pas.

« Qu'ai-je entendu ! reprit Darbelle, do-
» miné par une généreuse émotion; celui qui
» m'interrompt voudrait-il m'accuser de lâ-
» cheté?... Qu'il regarde à ma boutonnière, et
» il verra que j'ai su faire preuve de courage
» et de dévouement, lorsque j'ai pensé que le
» bien du pays l'exigeait. Mais aujourd'hui,
» que pourrions-nous gagner, je vous le de-
» mande, à une collision avec la police? Au
» surplus, Messieurs, je vous soumettrai une
» dernière considération, qui peut-être fera
» plus d'impression sur vos esprits.

» Vous savez combien, dans ces derniers
» temps, le commerce est devenu prompt
» à s'alarmer; or, songez dans quel mo-
» ment vous iriez, sans utilité pour vous,
» lui donner un nouveau sujet d'inquiétude.
» Le jour de l'an approche, et cette époque
» toujours si précieuse pour lui, il l'attend
» aujourd'hui avec plus d'impatience que
» jamais; eh bien ! laissons-le donc se relever,
» s'il est possible, de l'état de souffrance dans
» lequel il est plongé depuis trop long-temps.

» Je vote pour une simple députation qui,
» sans entraîner aucun inconvénient, rem-
» plira également notre but. »

Des murmures avaient déjà interrompu
cette dernière partie du discours ; ils éclatèrent
encore avec plus de force, lorsque l'étudiant
eût cessé de parler, et couvrirent sans peine
quelques timides applaudissemens.

Un autre orateur parut alors à la tribune,
c'était Bourdillac ; il ne manquait pas non
plus de facilité. Dans les questions politiques
surtout, Bourdillac avait acquis une certaine
faconde par l'habitude des discussions qui
s'élevaient à chaque instant, soit à la pension,
soit à son estaminet. Enfin, il avait pour lui
sa grande assurance et la faveur de ses nombreux camarades qui, ne doutant pas du vote
qu'il allait exprimer, l'applaudissaient avant
même qu'il eût parlé.

Bourdillac s'exprima en ces termes :

« Messieurs,

» Nous ne pouvons, certes, qu'applaudir
» aux sentimens que vient d'exprimer l'ora-
» teur, en ce qui touche les malheurs de
» l'héroïque Pologne ; mais il me permettra de

» lui faire observer qu'il ne paraît pas avoir
» compris toute la pensée de notre réunion.
» Sans doute elle a bien pour objet de
» présenter au général l'hommage de l'ad-
» miration et de la reconnaissance dont
» nous a pénétrés sa belle conduite ; mais ce
» n'est pas tout, Messieurs. Considérée sous
» un autre point de vue, cette démarche ac-
» quiert encore un plus haut degré d'impor-
» tance. On y verra, Messieurs, une protes-
» tation solennelle des Écoles contre le lâche
» abandon dans lequel les gouvernemens,
» soi-disant libéraux de l'Europe, et la France
» en particulier, ont laissé se débattre la mal-
» heureuse Pologne. (*Bravo ! bravo ! Ton-*
» *nerre d'applaudissemens.*)

» Eh bien ! je le demande, peut-on dire
» alors qu'une simple députation des Écoles,
» qui passerait inaperçue et n'aurait dans le
» public aucun retentissement, remplirait no-
» tre but ? Non, Messieurs ; il faut, dans une
» telle circonstance, le spectacle d'une réunion
» imposante, et voilà pourquoi nous devons
» tous, oui tous, nous porter au domicile du
» brave général. (*Oui, oui, tous ! Bravo !*)

» On a parlé de l'état de souffrance du

» commerce; n'allez pas, vous a-t-on dit,
» l'augmenter encore, et surtout à cette
» époque. J'avoue, Messieurs, que pour mon
» compte, je ne suis nullement touché de
» cette crainte; et d'abord je pourrais répondre
» que, si comme je le pense, notre démar-
» che est utile, grande, nationale, il nous
» importe peu qu'il se vende au jour de l'an
» plus ou moins de bonbons et de polichi-
» nelles (*rires et applaudissemens*); mais
» je demande, Messieurs, en quoi une réu-
» nion paisible d'étudians peut nuire à nos
» boutiquiers. Il faut peu de chose pour leur
» faire peur, je le sais; eh bien! c'est préci-
» sément pour cela que nous devons les
» former à cette vie d'agitation et de mouve-
» ment qui est la vie des peuples libres. Il
» fallait voir à Rome et à Athènes si, lorsque
» le peuple descendait au *forum*, les épi-
» ciers se permettaient de murmurer. C'est de
» l'histoire ancienne, dira-t-on peut-être,
» eh bien alors, je vous citerai l'exemple d'un
» *peuple voisin* : a-t-on peur à Londres des
» Unions de Manchester et de Birmingham
» qu'on voit, dans les grandes circonstances,
» se promener quelquefois au nombre de

» vingt, de trente mille hommes,? C'est vrai-
» ment une pitié, Messieurs, de voir combien
» peu nous sommes avancés dans la science
» et la pratique du gouvernement représen-
» tatif; ayons au moins le courage d'en
» donner aujourd'hui une leçon.—Marchons
» tous! »

Oui, tous, marchons! répondent une foule
de voix.

En vain Darbelle veut-il répliquer: les cris
à bas, à bas! étouffent sa voix tandis que Bourdillac reçoit les félicitations de ses nombreux
camarades qui se pressent autour de lui.

Bientôt la foule se dispose à se mettre en
marche, et c'est alors qu'on voit se retirer un
petit nombre de dissidens, non pas que l'opinion qui prévalait fût celle de tous les étudians
qui se disposaient à suivre le cortége, mais
on sait tout ce que peuvent en pareil cas l'entraînement de l'exemple et surtout la crainte
d'être accusé de pusillanimité; c'est ainsi que
de tous les camarades de Bourdillac, pas un
n'eût osé faire défaut.

Enfin une immense colonne se déploie dans
la rue Saint-Jacques, et quelque régulière et
paisible que soit sa marche, partout l'effroi se

répand sur son passage, partout on voit à son approche les boutiques se fermer et les habitans s'enfuir.

Arrivé au faubourg Montmartre où restait le général, le cortége, qui s'était encore grossi dans ce long trajet d'un grand nombre de curieux, encombra tellement la circulation, que l'autorité crut devoir intervenir. On vit alors s'avancer la force armée précédée d'un commissaire de police à l'écharpe aux trois couleurs. Mais la foule, comme il arrive presque toujours, opposant à cet appareil ainsi qu'aux sommations légales une résistance passive, des charges de cavalerie furent ordonnées, et de gré ou de force, il fallut bien céder le terrain. De nombreux accidens signalèrent encore cette échauffourée comme beaucoup d'autres dont nous avons été témoins dans ces dernières années. On parlait même d'abord de quelques personnes tuées ou au moins grièvement blessées.

Jugez donc de quelle inquiétude on dut être saisi à la pension Bonnin, lorsqu'à sept heures du soir, Abel et Giraud n'étaient pas encore rentrés et que personne ne pouvait donner de leurs nouvelles !

III.

Au moment où refoulés par la force armée ,
les rassémblemens se dispersaient de tous côtés, Abel et Giraud, qui venaient de se rencontrer dans la mêlée, tous deux poussés par un
violent appétit et voulant regagner au plus
vite le quartier latin , couraient côte à côte
en descendant la rue Montmartre , lorsque
Giraud s'avisa de pousser un cri mal sonnant
aux oreilles de la police ; aussitôt , quelques
gardes municipaux qui se trouvaient là, s'élan-

cèrent à leur poursuite. Abel fut atteint sans peine par l'un d'eux , tandis que Giraud courant à toutes jambes se vit bientôt hors de danger. Abel protesta vainement de son innocence ; le garde municipal qui l'avait saisi croyant tenir le coupable , voulut l'entraîner au poste voisin ; une lutte assez vive s'étant alors établie entre eux , l'étudiant tomba sur le pavé, et sa tête ayant porté sur le bord du trottoir, le sang jaillit. Transporté aussitôt dans une maison voisine , on lui prodigua des secours. Heureusement la blessure n'était pas grave , mais on fut long-temps à étancher le sang ; puis la force armée voulait encore retenir son prisonnier ; il n'obtint sa liberté qu'après de longs débats et grâce à la déclaration de plusieurs personnes qui se trouvant près de lui au moment où le cri séditieux s'était fait entendre , pouvaient attester son innocence.

Le dîner fini , les pensionnaires de la maison se disposaient à retourner au quartier Montmartre , pour se livrer à la recherche de leurs camarades ; mais dans ce moment même, Giraud arrivait tout en sueur et haletant de fatigue. S'il n'était pas rentré plus tôt, c'est que , se voyant délivré de la poursuite des gardes municipaux, il était revenu quelque temps après sur ses pas pour rejoindre son camarade ; mais on conçoit qu'il eût pu difficilement le retrouver. Il eut à peine raconté ce qui était arrivé, que tous, regardant comme très probable l'arrestation d'Abel, s'écrièrent qu'il fallait aller de suite le réclamer et l'arracher des mains de la police. Déjà M. Bonnin, craignant pour le captif l'exaltation d'amis trop zélés, revendiquait cette mission toute pacifique, lorsqu'Abel parut enfin la tête enveloppée de bandes et de compresses. Quelque peu plaisante que dût paraître son aventure, des rires excités sans doute par l'aspect de sa figure ainsi affublée, éclatèrent plus d'une fois pendant son récit ; mais ensuite Bourdillac, reprenant son air grave : « Ah ! les gredins de municipaux, s'écria-t-il, ce n'est pas en ma présence qu'ils auraient osé porter la main sur mon camarade ; mais l'affaire ne peut en rester là ; vengeons-nous au moins en livant à la publicité de pareils faits. » — Séance tenante, il rédigea une lettre des plus énergiques sur cet événement, et après l'avoir fait signer par Abel, il l'envoya à tous les journaux de l'opposition.

Abel, qu'on avait vu depuis la rentrée fort assidu à ses cours et tout-à-fait rangé, s'était déjà un peu relâché, lorsque cette mémorable journée vint mettre en émoi toute l'École; mais de ce moment, ses bonnes dispositions déclinèrent d'une manière toujours plus sensible; il fréquenta moins Théodore, et enfin reprit goût à la société de Bourdillac, qu'il ne quittait presque plus. Celui-ci le produisait partout, comme une victime des brutalités de la police, de telle sorte que le jeune Dubourg, aigri d'un côté par le ressentiment et de l'autre devenu fier de l'importance que lui donnait sa mésaventure, finit par se jeter, lui aussi, dans le *Mouvement*, ou selon une autre expression du jour, dans *l'opposition la plus avancée*. Lui, qui jusque là était resté assez indifférent et en quelque sorte étranger à la politique, il se fit dès lors l'écho des déclamations de Bourdillac, et devint presque tapageur. De ce moment aussi, il laissa croître ses moustaches, soit encore par esprit d'imitation, soit qu'il voulût voir simplement s'il n'en serait pas plus joli garçon.

Parmi les nombreux talens de son camarade et patron Bourdillac, il n'en était pas un non plus qui ne fît envie au jeune Dubourg. C'est ainsi qu'il se prit d'une ardente passion pour le jeu de billard, auquel il passait les heures de la journée qu'il eût pu le mieux employer, payant toujours fort cher les leçons qu'on lui donnait. Et puis, comment vivre aussi dans l'atmosphère épaisse d'un estaminet, sans savoir au moins fumer un cigare! On sait que bien des personnes se croient en quelque sorte obligées de vaincre leur répugnance pour les huîtres, et cela uniquement à cette fin de ne pas s'entendre dire par les gens de bon ton : « Comment, vous n'aimez pas les huîtres? » Il en fut de même ici pour Abel : en voyant Bourdillac et d'autres habitués lancer avec tant de grâce et d'aplomb un jet de fumée, il finit par rougir de son ignorance. Déjà il avait bien tenté quelques essais, mais toujours il sentait son cœur défaillir et rejetait au loin le cigare dont il avait à peine aspiré quelques bouffées. Enfin, après beaucoup de persévérance et d'efforts, il parvint comme un autre à se rendre familier ce talent précieux.

On se rappelle l'horreur que lui avait inspirée pour le jeu dans les premiers temps de son séjour à Paris, la fatale nuit du bal de noce; mais cette impression salutaire s'était de même effacée de son esprit. D'abord il avait joué chez des camarades, puis dans des cafés où presque toujours il avait affaire à de plus habiles que lui, et de là aux maisons de jeu, il n'y avait qu'un pas.

Dirons-nous maintenant une autre influence des nouvelles habitudes d'Abel sur ses sentimens les plus tendres et les plus intimes. Bien que sa jeune et jolie compatriote occupât toujours la même place dans son cœur, il commençait à mieux comprendre et à goûter assez la distinction que Bourdillac lui répétait souvent entre un amour légitime et un caprice passager. Ses sens étaient d'ailleurs plus souvent excités par la vue des femmes qu'il rencontrait dans les sociétés et dans les bals populaires où il accompagnait ordinairement son camarade.

Tel fut le genre de vie dans lequel le jeune Dubourg se trouva lancé lorsque trois mois à peine s'étaient écoulés depuis la rentrée. Jamais cependant on n'avait été plus tranquille à Pézénas sur sa conduite. Ses premières lettres confirmées par celles de Théodore étaient

en effet on ne peut pas plus satisfaisantes.
Ainsi on avait appris avec plaisir que les deux
compatriotes continuaient de se voir souvent.
Et puis M. P***, qui avait si bien accueilli
Abel, allait être pour lui un guide et un appui;
nouveau et puissant motif de sécurité. Une
seule chose pouvait troubler la confiance de
M. Dubourg, c'était l'énorme dépense de son
fils. Mettant quelquefois une plume à la main,
il calculait gravement les besoins présumés
d'un étudiant à Paris ; et , quoiqu'il les portât
à un taux assez raisonnable , d'après les indications même qu'il s'était fait donner par
Abel, pendant les vacances , il ne s'y retrouvait pas. Décidément si cela continue , disait-
il , les revenus de mon magasin y passeront.
Il était loin de penser, le bon monsieur Dubourg, qu'avec tout cela , son fils faisait encore des dettes.

IV.

En même temps que s'agitaient, sous l'impression récente d'une grande révolution ,
toutes les théories de l'ordre politique , des
idées de réforme religieuse fermentaient,
germaient aussi dans quelques cerveaux.
C'était d'un côté l'abbé Châtel , qui s'instituant primat des Gaules, fondait l'église française et son culte économique à un troisième
étage de la rue de la Sourdière ; de l'autre
c'était l'ordre des Templiers , au manteau

blanc et à la croix rouge, s'efforçant de renaître de ses cendres ; c'était enfin la nouvelle
secte de Saint - Simon, marchant sous la
bannière : *à chacun selon sa capacité, à
chaque capacité selon ses œuvres.* Ici ne
manquaient ni l'enthousiasme, ni la science,
ni le talent, et il ne s'agissait de rien moins
que de la régénération de l'univers moral et
religieux. Cependant la propagande faisait
peu de progrès : pourquoi ? C'est d'abord
qu'apparemment le christianisme, quoique
plus vieux encore que la légitimité, était moins
facile à renverser ; c'est qu'ensuite un des
principaux dogmes de la nouvelle religion
étant la communauté des biens, elle avait naturellement pour adversaires tous ceux qui
préféraient s'en tenir à ce qu'ils avaient, ou
attendaient quelque bonne succession. On
vous promettait, il est vrai, dans la masse,
une portion en rapport avec votre capacité,
mais quelque haute opinion que vous en
eussiez vous-même, qui vous disait que le
père Enfantin, grand jaugeur des capacités,
serait de votre avis ? Et puis, sur le chapitre
des femmes et de l'amour, il faut convenir
aussi que les disciples de Saint-Simon avaient

à vaincre un préjugé non moins tenace , celui qui nous fait attacher quelque prix à une possession exclusive. Ils avaient beau vanter cet amour « qui, semblable à un divin banquet , augmenterait de magnificence en raison du nombre et du choix des convives, » peu de gens étaient séduits par cette autre espèce de communauté.

N'importe : est-il une idée religieuse ou politique qui, mise en circulation dans un temps de révolution surtout, n'éveille quelques sympathies ? C'était d'ailleurs un nouveau débouché offert à cette jeunesse qui de nos jours encombre les avenues du monde administratif et judiciaire. On n'avait pu être sous-préfet ou substitut, on se faisait saint-simonien.

Or, à cette époque, on parlait beaucoup à la pension Bonnin de la nouvelle religion. C'était même, après la politique du jour et les drames de M. Victor Hugo , le sujet de conversation le plus fécond. Il n'en était pas de plus gai pour ces messieurs, à l'exception toutefois d'un nouveau pensionnaire que le lecteur ne connaît pas encore. Admirateur assidu des prédications dominicales de la salle Taitbout, circonvenu d'ailleurs en particulier par quelques apôtres, Anatole (c'était le nom du nouveau pensionnaire) avait la foi la plus sincère dans les hautes destinées du nouveau culte. Il avait même été reçu depuis peu, non pas encore membre de la société, car il eût alors vécu dans la communauté du père, mais en qualité *d'aspirant*. C'était le grade auquel on était admis « lorsqu'après avoir suivi les enseignemens, on avait donné assez de preuves de *transformation* et de *moralité* saint-simonienne, pour être *rapproché* de la famille. » Or, on conçoit que le nouvel adepte devait peu s'amuser des propos moqueurs dont son culte était l'objet. S'efforçant au contraire de ramener ses camarades à une appréciation plus sérieuse des doctrines saint-simoniennes, il leur développait tantôt avec chaleur, tantôt avec une certaine onction, ce qu'il y voyait de grand, de moral et de philantropique, cousant çà et là, à ses propres raisonnemens, quelques lambeaux qu'il avait pu retenir de la dernière prédication. Mais vains efforts ! Lorsqu'à la fin d'une belle période, quelques-uns de ses auditeurs paraissaient émus, presque ébranlés, une bonne plaisanterie de Bourdillac interloquant l'orateur, ramenait une nouvelle explosion d'hilarité.

Bravant d'obscurs blasphémateurs, le Dieu n'en poursuivait pas moins sa carrière. En le comparant à ce que nous l'avons vu depuis, on peut même dire qu'il eut quelques beaux jours, alors que les sociétés les plus brillantes se pressaient aux portes de la salle Taitbout pour y entendre la parole vive et entraînante des frères Michel Chevalier et Barrault, tandis que le *Globe*, organe quotidien de la doctrine, et les apôtres missionnaires portaient au loin le feu sacré. Alors aussi le luxe et l'abondance régnaient dans les festins de la rue Monsigny.

Mais deux choses manquaient encore pour assurer les progrès de la nouvelle religion : beaucoup d'argent, et un peu de persécution. Or, les fonds baissaient, et la persécution se faisait bien attendre. D'une part, il fallait donc trouver un moyen d'obvier à l'égoïsme du siècle, et de l'autre, stimuler enfin l'apathie de l'autorité, qui semblait ne prendre aucun souci de la propagande saint-simonienne.

Voici d'abord comment les capacités financières de la communauté s'imaginèrent de pourvoir à ses besoins temporels. « Puisque les dons volontaires n'arrivent pas, se dirent-elles, ouvrons un emprunt, » et l'emprunt fut ouvert. Vous vous rappelez peut-être quelles en étaient les conditions. Un coupon vous donnait droit à la rente fort honnête de vingt-cinq pour cent; en quatre ans, vous rentriez dans votre capital. Or, je le demande, jamais société commerciale ou industrielle fit-elle des offres plus séduisantes aux rentiers et capitalistes? Eh bien ! voyez le public. Vous croyez qu'il va mordre à cet appât et jeter tous ses fonds dans l'emprunt saint-simonien ; un instant...Maintenant il demande où est l'hypothèque, la garantie de l'emprunt ; et lorsqu'on lui répond qu'elle est dans les progrès mêmes et dans l'avenir de l'association, le voilà qui se met à rire et continue à faire ses placemens au grand-livre, ou plus modestement encore à la caisse d'épargne. Il ne veut pas plus de la rente à vingt-cinq pour cent du saint-simonisme, que des messes à deux sous de l'église française. Que voulez-vous? le public est ainsi fait.

Il ne restait donc à la nouvelle religion, que cette autre voie de salut dont nous avons parlé : la persécution. Déjà les disciples avaient cru en apercevoir un premier symptôme dans le refus de coter à la Bourse leur emprunt ; mais grande fut la joie qui se répandit dans la communauté, lorsque la justice eut franchi le seuil du temple ; et de fait, la verge de l'huissier, semblable à la baguette du physicien, allait ranimer de quelque apparence de vie ce corps qui déjà se mourait d'impuissance et de misère. Ainsi donc, ils comparaîtraient en cour d'assises ; mais quel retentissement allait avoir leur défense et combien l'autorité déplorerait l'imprudence de ses poursuites ! D'abord, ils nieraient la compétence du tribunal : un pouvoir civil pouvait-il juger un pouvoir religieux ? Et dans tous les cas, ils pourraient au moins librement exposer et venger leurs doctrines méconnues, calomniées ; leurs doctrines qu'on osait accuser d'immoralité, comme si, par exemple, le plus sûr moyen de faire disparaître l'adultère et la prostitution, n'était pas de proclamer la communauté des femmes. Enfin le père suprême pourrait, au besoin, essayer sur les juges la *puissance du regard*, et l'on verrait comment eux-mêmes soutiendraient cette épreuve. Puis tout cela serait publié, répandu dans la France, dans le monde entier, par les cent voix de la presse. Quel prospectus pour l'emprunt !

Ainsi pensaient les disciples de Saint-Simon ; mais en attendant, il fallait céder à la dureté des temps ; ils quittèrent le somptueux hôtel de la rue Monsigny, pour l'humble retraite de Ménilmontant, et là commença une nouvelle ère saint-simonienne. On sait qu'ils avaient divisé l'humanité en deux grandes catégories, les *travailleurs* et les *oisifs ;* et jusque là on pouvait leur demander dans laquelle ils entendaient se placer ; mais de ce jour ils se firent travailleurs. C'était plaisir de les voir piocher, niveler, arroser quelques perches de terrain qui longeaient leur habitation. Bien plus, acceptant sans rougir les plus humbles occupations de la vie, ils vaquaient eux-mêmes de la manière la plus touchante aux soins domestiques de la communauté. C'est ainsi que, joignant l'exemple au précepte, ils nous offraient une image de cette association universelle et laborieuse qu'ils avaient entrepris de fonder parmi nous.

Si le lecteur veut bien maintenant nous suivre du monastère de Ménilmontant à la pension Bonnin, nous y verrons que les rigueurs, ou si l'on veut les persécutions de la police avaient un peu tempéré les accès de gaîté dont la religion saint-simonienne y était ordinairement l'objet. Ainsi Bourdillac, qui auparavant s'en était amusé plus qu'aucun autre, l'avait dès ce moment prise en quelque sorte sous sa protection. Ce n'était pas qu'elle lui parût moins ridicule; mais c'est qu'avant tout, il était l'adversaire de la police et ne pouvait souffrir en aucune circonstance son intervention. Maintenant, on écoutait donc avec plus d'intérêt les instructions et exhortations de l'aspirant Anatole, excepté toutefois lorsqu'il allait jusqu'à proposer des coupons dans le fameux emprunt, et encore était-il parvenu à en faire accepter un à Achille Lejéas.

De tout temps, Achille avait parlé du saint-simonisme avec moins de légèreté que les autres pensionnaires; mais depuis que cette petite réaction s'était opérée dans leur esprit, il commençait à ne plus cacher ses sympathies pour une religion qu'il trouvait fondée, disait il, sur une grande et noble pensée. Nous avons déjà vu comment il s'était si vivement épris des théories de l'école romantique ; mais cette première ardeur s'étant un peu calmée semblait chercher un nouvel aliment. Tel était le fruit de l'éducation qu'il avait reçue. Gâté dès son enfance, et depuis libre de satisfaire tous ses caprices, Achille était du nombre de ces jeunes gens que le peu de souci d'un état et le mépris des réalités de la vie, abandonnent sans défense aux écarts d'une imagination inquiète et rêveuse. Au fond, il ne s'expliquait pas d'une manière bien claire les doctrines saint-simoniennes (le père Enfantin les a-t-il jamais lui-même bien comprises ?) mais qu'importe ? Elles devaient, disait-on, amener l'émancipation de la femme, faire cesser l'exploitation de l'homme par l'homme, et conduire ainsi l'humanité marchant sur les ruines de sa vieille civilisation, à une ère de félicité universelle qui laisserait bien loin l'âge d'or ; en fallait-il davantage pour enflammer une tête jeune et ardente ? D'un autre côté, Anatole entretenait avec d'autant plus de soin l'enthousiasme et les dispositions naissantes d'Achille, qu'il eût été fier de doter la communauté d'un aussi riche héritier. Souvent même il le conduisait à Ménilmontant où d'habiles apôtres, le prenant à part, faisaient agir sur lui toutes les ressources de l'éloquence. Puis on le faisait assister à divers exercices de la communauté, et surtout aux concerts qui avaient lieu à certaines heures de la journée. Toutes les religions aiment le chant ; c'était de plus ici un moyen de séduction qui n'était point à négliger. Les saint-simoniens savaient que, moins on parle à la raison, plus il faut émouvoir les sens. C'est dans la même intention, sans doute, qu'ils avaient adopté un costume dont la grâce et l'éclat avaient quelque chose de séduisant ; aussi, Achille le contemplait-il d'un œil de convoitise, et les frères ne manquaient pas de lui dire combien il siérait à sa grave et belle figure. Déjà il avait comme eux la barbe *moyen-âge* et les cheveux flottans. Ce qui le flattait peu, c'était le spectacle beaucoup moins poétique de la communauté vaquant aux travaux et aux soins les plus minutieux du ménage. Il concevait encore qu'un jeune homme de bonne famille, avocat, médecin ou vaudevilliste, pût bêcher bien ou mal une plate-bande, sabler une allée ; mais éplucher les légumes, relaver les assiettes, cirer les bottes des frères, etc., voilà ce qu'il ne pouvait comprendre. C'est que le vieil homme n'avait pas encore reçu de la grâce saint-simonienne le degré de transformation nécessaire. Attendons ; pour le moment, Achille préfère encore, aux charmes de la retraite, ses plaisirs et sa liberté.

V.

Le carnaval venait de finir, et Abel, en style d'étudiant, *s'était bien amusé*; mais peut-on goûter des plaisirs vrais alors qu'on a perdu cette liberté d'esprit que donne seul le contentement de soi-même? Qu'est-ce en effet que la plus belle fête, lorsque pour en jouir il faut, s'oubliant en quelque sorte, échapper à la pensée du lendemain? Ainsi, Abel, au milieu des danses et des divertisse-mens de toute espèce, parvenait bien à s'é-

tourdir quelques instans; mais bientôt, d'im-
portunes réflexions venaient l'assaillir. Son
temps perdu, ses folles dépenses, ses examens
qu'il ne savait pas, ses dettes qu'il ne pourrait
payer, tout cela lui revenait à l'esprit; et
combien ces pensées ne devenaient-elles pas
encore plus amères lorsque se retrouvant seul,
il n'était plus distrait par l'éclat d'une brillante soirée ou par la gaîté bruyante de ses
camarades? Les lettres de son père qu'autrefois il ouvrait avec un si joyeux empressement, ce n'est plus qu'en tremblant qu'il peut
aujourd'hui en rompre le cachet, tant il
craint d'y trouver, au lieu de paroles amicales,
l'expression de son juste mécontentement.
C'est alors que regrettant cette douce tranquillité d'âme dont il a joui par momens, et
qu'il a tant de fois enviée à Théodore, il veut
décidément changer de conduite, mais à peine
s'est-il réconcilié avec lui-même par quelques
jours de travail et d'une vie plus régulière,
qu'il se laisse aller à de nouveaux plaisirs.

Une connaissance qu'il avait faite à l'un
des derniers bals masqués, allait bientôt épui-
ser toutes ses ressources. C'était une femme de vingt-cinq à trente ans, mais belle

encore, et dont les manières quoiqu'assez libres n'étaient pas celles d'une grisette; on y trouvait quelque chose de plus relevé. Clara avait appartenu cependant à la classe des ouvrières, car, jusqu'à l'âge de dix-huit ans, elle avait travaillé dans l'un des plus brillans magasins de modes de Paris; mais, séduite à cette époque par un homme fort riche, elle avait passé avec lui les trois plus belles années de sa jeunesse, et c'est là qu'insensiblement le ton et les allures de la grisette avaient fait place aux manières de la femme du monde. Depuis, ses destinées avaient été moins brillantes, le rang et la richesse de ses adorateurs déclinant avec ses charmes. Enfin, se trouvant libre en ce moment, elle ne demandait qu'à s'engager dans de nouveaux liens; on la voyait donc se produire avec empressement, le jour dans les promenades publiques, et le soir dans les bals ou dans les salons de *Frascati*, partout où elle pouvait mettre en œuvre les moyens de séduction qui lui restaient. Pour elle, c'était descendre encore, que d'accepter les soins d'un simple étudiant; mais Bourdillac lui avait parlé d'Abel comme d'un jeune homme riche, et dont l'*éducation* était à faire. Clara fut donc loin de dédaigner sa conquête, et tout alla pour le mieux ; il fut convenu que le lendemain ils se reverraient à *Frascati.*

Parmi les maisons de jeu que l'on compte à Paris, celle de *Frascati* se distingue par un caractère et un aspect particuliers. Allez, par exemple, au **113** du Palais-Royal, vous n'y trouverez guère, à part quelques curieux qui circulent autour des tables, que des hommes à figure hâve et terreuse, aux habits graisseux et râpés, dont l'aspect vous fera mal. Vous y serez aussi comme frappé de terreur par ce morne silence qu'interrompt seule la voix lugubre du croupier ; enfin vous n'emporterez de ce lieu que des impressions propres à vous en éloigner.

Frascati, où les femmes sont admises, réunit, au contraire, plus d'un genre de séduction : luxe et fraîcheur des salons, diversité des jeux et des physionomies, éclat des toilettes. Ici, tout prend l'aspect du beau monde, depuis le valet qui se cache sous l'habit du maître, jusqu'à la femme jadis entretenue qui s'efforce de ranimer, sous une couche de fard, des traits flétris par les ans, le

12..

vice et la misère. Heureusement l'intervention de la police et le taux élevé du jeu ne permettent guère à l'étudiant l'accès de *Frascati*.

Abel y fut admis sous le patronage de Bourdillac; celui-ci, en lui montrant sa belle assise à une table d'écarté, eut soin de le prévenir qu'il n'avait plus affaire à Clara; qu'on ne connaissait ici que madame Saint-Amand. L'étudiant rougit d'abord un peu de se voir à la poursuite d'une femme qui venait jouer dans une maison publique sous un nom emprunté; mais sa beauté, que relevait encore une mise coquette, puis l'aimable sourire avec lequel elle accueillit son jeune cavalier de la veille, eurent promptement dissipé cette première impression. Bientôt même, sur l'invitation de madame Saint-Amand, il joua comme elle, partageant sa bonne et sa mauvaise fortune. Plus d'une fois il eut aussi à mettre l'enjeu de sa dame, qui, disait-elle, avait oublié de prendre assez d'argent. Pour lui, qui, par hasard, se trouvait en fonds ce jour-là, il en avait apporté passablement : presque tout fut perdu; mais aussi, dans cette même soirée, ses amours avaient fait de rapides progrès. Le défaut de Clara, ou, si l'on veut, de madame Saint-Amand, n'était pas l'ingratitude, encore moins la cruauté, quand tout allait au gré de ses désirs : des rendez-vous furent donnés, et des parties de plaisir eurent lieu les jours suivans. On conçoit qu'une fois livré à la mobilité capricieuse et exigeante de ces femmes, un étudiant a bientôt épuisé sa bourse et son crédit. Il fallut s'arrêter... Mais comment faire un aveu si pénible? Pour se tirer d'embarras, Abel eut d'abord la pensée de ne plus retourner chez Clara; mais un tel procédé lui eût paru en quelque sorte coupable; et puis fallait-il donc renoncer tout-à-fait à sa conquête? Le jeune homme qui se voit en possession d'une femme, quelle qu'elle soit, a toujours peine à croire qu'il n'est pas aimé un peu pour lui-même; l'inexpérience d'Abel favorisait encore cette illusion : pensant donc que Clara le verrait toujours avec plaisir, quoiqu'il dût cesser de faire pour elle les mêmes dépenses, il se présenta chez elle à l'heure accoutumée; quelle fut sa surprise lorsqu'on lui dit qu'elle était sortie. Il revint le lendemain; même réponse : un sourire qu'il aperçut cette fois sur les lèvres du malin portier, lui donna beaucoup à penser. Ne m'aurait-elle pas déjà éconduit? se demanda-t-il. Hélas ! il disait vrai : Clara n'avait fait qu'entrevoir le fond de la bourse de l'étudiant, et déjà elle n'était plus à lui.

Vinrent alors selon l'usage les regrets et les sages réflexions; mais il ne s'agissait pas seulement ici de prendre de bonnes résolutions pour l'avenir; il fallait aussi pourvoir aux nécessités du moment, et Abel vit que sa position financière était devenue fort critique. Il avait ainsi follement dépensé le dernier argent qu'il avait reçu de son père; et parmi les dettes, il en est toujours dont on ne peut ajourner le paiement. Que faire? Achille était sa providence ordinaire, mais il lui devait déjà beaucoup, et il savait d'ailleurs, qu'ayant fait lui-même tout récemment une nouvelle connaissance, il avait besoin de toutes ses ressources. Quant à ses autres camarades, ils avaient bien rarement quelques fonds disponibles; bref, il fit part à Bourdillac de son cruel embarras. Celui-ci lui devait cent écus; mais soit mauvaise volonté, soit impuissance, il ne payait jamais; aussi voyait-il chaque jour baisser son crédit.

« Mon cher, dit-il à son jeune camarade,
tu me vois également à sec; bien plus, je me
proposais moi-même de te demander... Ah!
ah! ah! c'est très drôle.

— Comment! c'est très drôle, reprit Abel
avec humeur.

— Eh! oui. Je dis qu'il est drôle que précisément j'aie eu l'idée... Allons, ne vas-tu pas
te fâcher?

— Écoute, ceci est très sérieux; il me faut
de l'argent d'une manière ou de l'autre.

— Eh bien! mon cher ami, la chose est
bien simple. Prends la plume et écris à l'auteur de tes jours qu'il te faut tant, par le plus
prochain courrier.

— Impossible; il n'y a pas plus de quinze
jours que j'ai reçu son dernier envoi, et bien
certainement je n'oserai pas de sitôt...

— Bah! ne sais-tu pas qu'*un père est un
caissier donné par la nature?*

— Allons, trêve de plaisanteries

— Eh bien! écoute: es-tu sûr d'avoir des
fonds dans deux mois, je suppose?

— Certainement, parce qu'alors je pourrai
en demander à mon père.

— Alors, j'ai ton affaire.

— Vrai? ah! je respire; mais tu disais tout-
à l'heure que toi-même...

— Un instant; je dis que j'ai ton affaire,
en ce sens que je vais t'indiquer un moyen de
te tirer de presse.

— C'est un peu différent; mais dis toujours.

— As-tu entendu parler d'un certain
M. Giffard?

— Qui? cet infâme usurier dont il était
question l'autre jour? Jamais, grâce à Dieu,
je n'aurai recours à de telles gens.

— Cependant, quand il le faut.

— Un homme qui, dit-on, après vous avoir
rançonné pour les intérêts, droits de commission et autres, vous fait prendre encore
des marchandises que vous vendez à moitié
perte.

— Quelquefois, c'est vrai. Mais tu sauras
qu'ayant eu l'avantage de lui procurer quelques pratiques, M. Giffard veut bien m'honorer d'une considération, je dirais presque
d'une affection toute particulière, et quand
je lui recommande un ami, il le traite comme
moi.

— Oui, mais toujours en usurier.

— Ah! il est certain qu'il ne fait pas ce métier-là pour le seul avantage d'obliger son prochain; mais je t'assure qu'avec moi il est encore assez bon enfant.

— N'importe; je ne puis me résoudre à recourir à de tels expédiens, dit Abel avec l'accent d'une indignation concentrée.

Puis, après une longue pause, quand il eut réfléchi de nouveau à sa position; allons, reprit il, je vois bien qu'il faut en passer par là... pourvu toutefois que ton ami Giffard ne nous impose pas des conditions trop dures.

— En ce cas, partons, dit Bourdillac; par la même occasion, je pourrai bien le prier aussi de me faire une petite avance. »

M. Giffard est un de ces brocanteurs et faiseurs d'affaires dont Paris abonde, qui achètent *au comptant* bijoux en or et en argent, pierreries et meubles de toute espèce, reconnaissances du Mont-de-Piété, et prêtent sur gages ou moyennant autres sûretés. D'habiles écrivains nous ont laissé quelques portraits d'usuriers de leur temps. C'était, pour la plupart, gens à dos voûté, au visage sec et ridé, à l'œil vif, ombragé d'un épais sourcil, portant perruque rousse, culotte de velours et bas chinés, enfin habitant presque toujours un modeste réduit où l'on n'arrivait que par un petit escalier sale et obscur. Il nous reste bien encore quelques types de ces juifs de la vieille roche, mais généralement ceux d'aujourd'hui ont beaucoup meilleur ton. Dans l'intérêt même de leur petit négoce, ils n'ont pu rester eux-mêmes étrangers à cette impulsion, qui de nos jours a porté chaque industrie à décrasser son enseigne et à se vêtir d'un nouveau lustre. Ainsi, M. Giffard habitait au second un appartement spacieux que décoraient, en attendant quelque autre destination, de nombreux tableaux et divers objets d'art et d'antiquités, provenant sans doute des dernières opérations de l'honnête industriel. Du reste, rien dans la figure ou dans le costume de M. Giffard n'indiquait sa profession; on l'eût tout au plus devinée à ses formes plus qu'honnêtes et à ses paroles mielleuses.

A la première ouverture que lui fit Bourdillac, du sujet de leur visite, M. Giffard, selon l'usage, n'allait pas manquer de dire sans doute, qu'il était au désespoir, que le jour même il venait de disposer en faveur d'*un ami* des seuls fonds qui lui restaient, etc.

Mais Bourdillac l'interrompant aussitôt :
« Écoutez, M. Giffard, lui dit-il, je sais d'avance tout ce que vous allez nous dire de la dureté des temps et de la rareté de l'argent. Les temps sont durs, c'est vrai ; l'argent est rare, à qui le dites-vous ? Mais convenez aussi qu'on vous le paie assez cher, que diable ?

— Eh ! mon Dieu, vous ne comptez pas les non-valeurs, les banqueroutes. Ah ! si vous saviez... Et combien faudrait-il à ces messieurs ?

— Au moins cent écus chacun, dit Bourdillac.

— Alors ces messieurs en prendraient donc une bonne partie en marchandises ?

— Pas une obole, mon cher monsieur Giffard, parce que nous n'avons que faire de vos marchandises, et que nous ne vous demandons que de l'argent. Vous savez bien, d'ailleurs, que ce n'est pas ainsi que vous me traitez moi et mes amis.

— Sans doute ; quand je le puis... Mais tenez, voilà une foule d'objets d'une défaite facile et sur lesquels il y aurait très peu de chose à perdre.

— Merci encore une fois ; reprit Bourdillac, nous n'en voulons d'aucune façon, et s'il est vrai que décidément vous n'ayez pas la somme en espèces, ajouta-t-il en prenant son chapeau, nous allons chercher ailleurs.

—Attendez un instant. Peut-être... Il serait encore possible.... Eh! mon Dieu oui, s'écrie-t-il après avoir fouillé long-temps un grand portefeuille jadis rouge qu'il était allé chercher dans son secrétaire ; voilà encore un billet de cinq-cents francs. Ah! par exemple je puis bien dire que c'est le seul qui me reste. »

Il ne s'agissait plus alors que de fixer les conditions. Intérêts pour deux mois, droits de commission , etc ; tout cela ne s'élevait pas à moins de soixante francs ; restaient donc pour compléter la somme demandée, quarante francs à ajouter en monnaie, ce que fit M. Giffard , après quoi il dicta, à Bourdillac, une lettre de change payable fin de mai suivant.

Abel fit observer que chacun prenant moitié de la somme, il était beaucoup plus simple que chacun fît séparément son billet ; mais M. Giffard insista ; il voulait une obligation solidaire. D'un autre côté, Bourdillac pour rassurer son camarade, lui dit qu'étant lui-même son débiteur de cent écus, il espérait qu'à l'époque de l'échéance, il serait en position de tout payer ; et que dans tous les cas ils s'arrangeraient entre eux. Il signa la lettre de change en qualité de souscripteur, puis M. Giffard la fit *endosser* par Abel.

Ainsi, le jeune Dubourg venait de franchir un nouveau pas ; mais il allait s'arrêter au moins pour quelque temps. C'est en effet peu de jours après qu'une de ces grandes calamités heureusement rares dans l'histoire des peuples, vint suspendre à Paris le goût des plaisirs et des folles dissipations.

VI.

Les journaux nous parlaient depuis quelque temps d'un mal qui des bords du Gange où il est né, venait tout-à-coup de mettre le pied en Europe. On en racontait des choses horribles, incroyables, tellement qu'à son approche les populations fuyaient épouvantées. Tant qu'il ne fut qu'à Moscou, semant la terreur et la destruction parmi les oppresseurs de la Pologne insurgée, l'énorme distance nous rassurait ; mais lorsque nous le vîmes, arrivant à Varsovie, se faire aussi l'ennemi des Polonais dont il avait été l'auxiliaire, puis à Berlin, puis à Londres ; oh ! alors on eut vraiment peur ; il fut attendu au premier jour à Calais. Mais voyez sa marche bizarre et capricieuse ! c'est au milieu de la capitale qu'apparaît tout-à-coup le fléau voyageur, sans laisser même à la frontière trace de son passage.

Sorti comme à l'ordinaire pour suivre la clinique de l'Hôtel-Dieu, Giraud était rentré peu de temps après à la pension, porteur de la fatale nouvelle. Il venait de voir à l'hôpital les malades qu'on y apportait de ces rues étroites et fangeuses de la cité où le fléau devait trouver sa première pâture. Il ne s'agissait plus cette fois de quelques *cas douteux* plus ou moins controversés ; c'était bien cette maladie si redoutée avec son cortége d'affreux symptômes et presque toujours suivie de la mort ; c'était enfin le Choléra-Morbus, puisqu'il faut l'appeler par son nom.

Dirons-nous maintenant les scènes de terreur et de désespoir qui signalèrent son invasion !... Ce serait réveiller de trop cruels souvenirs. Détournons surtout nos regards de cette populace aveugle et féroce qui, pour ne pas croire au fléau, aima mieux supposer le crime, et trouvant un coupable sur un geste, un mot, se fit, dans la rue, juge et exécuteur. Oublions enfin ces jours de deuil où l'on vous disait que le parent, l'ami que la veille encore vous aviez vu plein de santé, n'était plus ; où l'œil était à chaque instant frappé de quelque appareil funèbre, où tout en un mot, politique, plaisirs, affaires, était absorbé par une seule pensée, le choléra.

Il était un autre aspect moins terrible sous lequel on pouvait aussi le considérer. Rien n'est si propre en effet qu'une grande épidémie à dévoiler les profondeurs du cœur humain, ses vertus, comme ses faiblesses, ses trésors comme ses misères. Ainsi, dans les âmes les plus timides en apparence, on vit briller quelquefois au plus haut degré, le courage et le dévouement, tandis que la peur et l'égoïsme dominaient souvent celles qu'on avait cru les plus fermes.

Enfin, cette époque eut aussi son côté plaisant : on ne sut parfois ce qu'on devait le plus admirer, ou de l'impudent charlatanisme s'évertuant à la recherche de prétendus préservatifs, ou de la crédulité peureuse qui n'en repoussait aucun ; mine féconde de ridicules qui en France ne pouvait manquer d'être exploitée ; aussi avons-nous eu nos caricatures *anti-cholériques*.

Mais ce qu'on aime à se rappeler, c'est le dévouement héroïque dont le corps des médecins fit preuve durant ces jours d'épouvante et de deuil ; c'est aussi le noble élan d'une foule d'Étudians en médecine qu'on vit à leur exemple, porter, les uns dans les ambulances qu'on improvisait de toutes parts, et les autres à domicile, le tribut désintéressé de leur zèle et des premières connaissances de l'art.

A la première nouvelle qui parvint à Pézénas de l'invasion de l'épidémie, la famille d'Abel l'avait engagé à quitter Paris dans le cas où le mal ferait des progrès inquiétans ; car on se plut d'abord à supposer qu'il se bornerait à enlever quelques malheureux prolétaires ; mais dans peu de jours, il avait acquis un tel degré d'intensité que déjà la fuite eût été tardive. Le changement d'air était, disait-on, funeste ; et en effet, on lisait à chaque instant dans les journaux que des personnes bien portantes, à peine sorties de Paris, avaient éprouvé les atteintes du mal, et étaient mortes à l'auberge ou dans la diligence. M. et Mme. Bonnin, pour leur compte, ne manquaient pas d'en citer de nombreux exemples. Un autre motif eût peut-être suffi d'ailleurs pour retenir le jeune Dubourg. L'annonce de son départ eût amené nécessairement au sujet de l'arriéré de ses mois de chambre et de pension, une explication qu'il cherchait au contraire à ajourner indéfiniment.

Heureusement, à part quelques indispositions réelles ou imaginaires, tout se passa bien à la pension Bonnin.

VII.

Si quelque chose, à cette époque, pouvait faire trève aux passions politiques et à la haine des partis, c'était assurément la crainte de la mort, je veux dire de cette mort soudaine, horrible, inévitable, que le fléau asiatique promenait dans tous les rangs; aussi vit-on pendant quelque temps la cité, restant comme enveloppée dans un long voile de deuil, se livrer tout entière à ses terreurs et à ses douloureuses funérailles. Mais, avant même que le fléau eût disparu, lorsque seulement il avait ralenti ses coups, les partis avaient déjà repris leur audace et leur activité. Partout les sociétés populaires se recrutaient de nombreux affiliés, les uns séduits par les places et les honneurs qu'ils trouveraient sous un gouvernement plus juste appréciateur de leur mérite; d'autres, par l'abolition promise de tout ce que les meneurs appelaient d'odieux monopoles, sans même en excepter la propriété, pour laquelle était venue enfin, disait-on, l'époque d'une répartition plus égale.

La politique des Écoles, un moment assoupie, avait aussi repris le cours de ses chaudes discussions et, au besoin, de ses promenades. Quelques Étudians s'étaient même fait affilier aux sociétés secrètes, et de ce nombre étaient, à l'hôtel du Midi, Bourdillac et Giraud, l'un, plus énergumène que jamais, affectant dans son langage tout le cynisme des clubs; et l'autre, sortant parfois de sa nullité, pour annoncer d'un air mystérieux l'explosion prochaine de quelque vaste complot.

Une perte cruelle, parmi tant d'autres,

que la France eut à déplorer à cette funeste époque, fut celle de l'habile et courageux ministre qui, ramenant dans l'ordre légal une révolution qu'il jugeait accomplie, l'empêcha de *traverser la liberté*. Combien de fois, dans ces temps d'orage, n'avait-on pas vu sa politique ferme dompter dans la rue le flot populaire, en même temps qu'à la tribune, sa parole intrépide affrontait les tempêtes? L'immense concours de citoyens qui suivit ses funérailles, témoigna dignement de la douleur et des regrets de la patrie.

Un autre deuil suivit de près. Pourquoi faut-il que, cette fois, des cris de guerre civile aient troublé la paix de la tombe, et que les pleurs se soient mêlés de sang?...

De glorieux services, un noble caractère et de grands talens recommandaient aussi le général Lamarque à l'estime et à la reconnaissance de ses concitoyens : on le comptait à la Chambre des députés parmi les plus éloquens défenseurs d'un autre système politique. Cédant aux prestiges d'une imagination brillante, et ne voyant en quelque sorte rien d'impossible à la France de Juillet, il aimait à rêver pour elle de nouvelles conquêtes; et ses opinions , toujours ardentes , généreuses , ne manquaient pas de rencontrer dans le peuple , et surtout dans la jeunesse , de vives sympathies. A peine avait-il rendu le dernier soupir, que les partis s'étaient pour ainsi dire emparés de son cercueil, et arrêtaient le programme du convoi ; ainsi , un appel était fait à toutes les classes de citoyens : on disait aux uns qu'il ne s'agissait que d'honorer, sans distinction d'opinion , la mémoire d'un illustre général ; aux autres , qu'il fallait opposer une éclatante et solennelle manifestation de l'esprit public à celle que le pouvoir avait provoquée lors des funérailles de Périer ; enfin le mot d'ordre était donné secrètement à tous ceux que pouvait rallier l'appât d'une insurrection.

A la nouvelle de la mort du général et des préparatifs du convoi , un redoublement d'agitation s'était aussi manifesté dans les Écoles. Jamais on n'avait vu Bourdillac se donner tant de mouvement pour voir et haranguer tous ceux qui, dans les grandes circonstances, avaient pour habitude d'obéir à son impulsion , l'adoptant en quelque sorte comme drapeau. Enfin le 4 juin , on discuta vivement

pendant le dîner, au sujet de la cérémonie
fixée au lendemain, et Giraud dont Bourdillac ne pouvait toujours réprimer les indiscrétions, laissait assez entrevoir par ses propos qu'il se préparait *quelque chose.*

M. Bonnin, homme de sens, déplorait intérieurement de telles folies; mais rarement
il prenait part à la conversation dès qu'elle
roulait sur la politique. Ne pouvant approuver les idées de ses jeunes gens et n'osant exprimer franchement les siennes, depuis long-
temps il avait pris le parti de se taire. Effrayé
cette fois, il voulut tenter cependant de les
ramener à des sentimens plus modérés.

« Ah! ça, Messieurs, dit-il, vous lui en
voulez donc bien, à ce gouvernement; et cependant, dites-moi si la France a jamais été
plus libre, j'ajouterais même plus heureuse,
si de nouveaux troubles ne venaient à chaque
instant remettre tout en question et tuer la
confiance et le commerce qui ne demandent
qu'à renaître.

— Oh! oh! dit Bourdillac, tout étonné
de la sortie inattendue de M. Bonnin; ceci
devient sérieux; écoutez, Messieurs.

— Vous rirez si vous voulez, reprend M.

Bonnin, mais veuillez seulement m'accorder un instant d'attention.

Je ne suis, vous le savez, qu'un pauvre maître d'hôtel garni....

— Allons, père Bonnin, pas tant de modestie, interrompt Bourdillac; ajoutez : et caporal de ma compagnie.

— C'est vrai, j'oubliais, reprend en souriant M. Bonnin; or, n'ayant pas fait comme vous mes études, je ne puis vous faire de la politique transcendante. Mais permettez-moi de vous soumettre quelques raisonnemens bien simples, d'après ce que je vois par moi-même et ce que j'entends dire à bien des gens qui certainement ne sont pas dépourvus de sens. Eh bien! donc, ce gouvernement qui vous déplaît aujourd'hui, n'est-il pas sorti d'une révolution à laquelle vous avez vous-même concouru; n'est-il pas votre ouvrage?

— Un instant, dit Bourdillac, je voulais la république, moi.

— Permettez; je me rappelle qu'en effet vous en parliez d'abord; mais voyant bientôt qu'elle était repoussée par l'opinion, et que Lafayette lui-même en reconnaissait l'impossibilité, vous avez applaudi comme les autres au choix de Louis-Philippe.

— Oui ; mais qui est-ce qui pouvait penser...

— Permettez ; vous n'avez pas non plus trouvé à redire alors à la nouvelle Charte ; et, dans le fait, il faut convenir qu'on y trouve des améliorations et des garanties que n'auraient pu obtenir peut-être, vingt, trente années d'opposition et de progrès dans le cours ordinaire des choses. Or, dès que cette Charte nous a donné, au moins pour le moment, pleine satisfaction, il me semble qu'il convient maintenant d'attendre que le temps et l'expérience aient fait connaître de nouveaux besoins ; et si le gouvernement s'obstinait à les méconnaître, c'est alors seulement qu'on aurait le droit de lui être hostile ; mais, je vous le demande, qu'a-t-il fait jusqu'ici pour exciter à ce point vos emportemens ? Sa marche n'a-t-elle pas été conforme aux vœux du pays ?

— Oh ! du pays, dit Bourdillac.

— Je veux dire de ses représentans légaux ; et vous conviendrez, Messieurs, que le gouvernement ne peut guère s'en rapporter qu'à ceux-là ; car enfin s'il voulait écouter tous ceux qui se disent *le pays*, où en serait-il ? Est-ce à dire pour cela qu'il soit parfait, le gouvernement ? Eh ! non , Messieurs, mais citez-en un, vous qui connaissez l'histoire ; et puis, que diable ! songez donc que celui-ci est tout nouveau, et qu'on lui jette pas mal de bâtons dans les roues. Il faut donc encore moins s'étonner qu'il fasse des fautes ou, comme vous dites, des *brioches*.

— Et de *soignées* encore ; ajouta Bourdillac.

— Mais tant qu'il sera soutenu comme il l'a été jusqu'ici par les Chambres...

— Oui, les Chambres, c'est possible, mais la nation... ne me parlez pas d'une Chambre des députés nommée par les électeurs du monopole.

—Ah ! je conçois ; vous demandez maintenant le suffrage universel ; mais convenez que vous n'en parliez pas trop au moment de la révolution, et que vous le regardiez même comme dangereux , au moins pour certains pays, tels que la Vendée et le Midi. Convenez aussi que les députés les plus libéraux ne l'ont pas demandé lors de la discussion de la loi électorale, et qu'ils pensaient généralement que c'était faire assez que de baisser le cens à deux cents francs. Rappelez-vous enfin que lorsque la Charte a fixé à vingt-cinq ans, au lieu de trente, l'âge nécessaire pour être électeur, personne ne s'est avisé de demander qu'on descendît encore plus bas ; et pourquoi? parce qu'on a pensé généralement qu'au-dessous de cet âge les passions étaient encore trop vives pour juger avec calme et maturité la marche du gouvernement.

— Ah ! ceci est méchant, père Bonnin, dit Bourdillac.

— Sauf les exceptions, bien entendu, s'empressa d'ajouter en s'inclinant le maître de pension, content d'avoir lancé en passant ce trait malin à son jeune auditoire. — Je dis donc que, tant que la marche du gouvernement sera soutenue par les Chambres...

— Dites donc par de riches propriétaires et de gros fonctionnaires publics, qui trouvent que tout est pour le mieux, pourvu qu'ils conservent et augmentent, les uns leur fortune et les autres leurs traitemens.

— Mais la garde nationale, reprit M. Bonnin ; ne la voyez-vous pas aussi tous les jours prêter son appui au gouvernement, et là, vous conviendrez, j'espère, que les riches propriétaires et les fonctionnaires publics ne sont pas en majorité.

— Il est vrai ; mais j'en appelle à vous-même, père Bonnin, de quoi se compose la garde nationale de Paris? N'est-ce pas en grande partie de ces bons bourgeois et honnêtes rentiers, qui ne pouvant imaginer d'autre république que l'anarchie de 93, la voient toujours traînant à sa suite les échafauds et la banqueroute?

— Et les épiciers, s'écria Giraud ; parle donc aussi de ces gueux de boutiquiers qui entrent en fureur et sont tout de suite prêts à vous donner des coups de baïonnette dans le ventre, dès que la moindre émeute les empêche de vendre leur poivre et leur mélasse aussi tranquillement qu'au bon temps de la Restauration. (*Rires et applaudissemens.*)

— Et vous-même, mon cher monsieur Bonnin, reprit Bourdillac, je vais vous prouver que, lorsque vous vous mettez avec votre compagnie à la poursuite des émeutes, vous êtes bien plus occupé de la défense de

vos intérêts personnels, que du soin de prêter,
comme vous dites, votre appui au gouvernement. Pourquoi, en effet, avez-vous si peur
du bruit et des émeutes, surtout dans votre
quartier? C'est parce que vous craignez qu'un
beau jour on ne ferme les Écoles, comme il
en a déjà été question ; et les Écoles une fois
fermées, adieu les pensionnaires !... (*Nouveaux rires et applaudissemens.*)

—Permettez, Messieurs, répondit le maître
de pension, d'abord un peu déconcerté ; j'a-
voue qu'il y a quelque chose de vrai dans ce
que vient de dire M. Bourdillac ; oui, sans
doute, mon intérêt personnel est lié à la cause
de l'ordre et du gouvernement ; mais ce n'est
pas moi qui vous apprendrai, Messieurs, que
l'intérêt public, auquel nous devons tous être
dévoués, n'est autre chose que la réunion des
intérêts individuels. Et ce que je dis là est
également applicable aux boutiquiers dont on
parlait tout-à-l'heure, comme à tous ceux
dont le commerce et l'industrie ne peuvent
prospérer que sous un régime d'ordre et de
tranquillité. Mais vous-mêmes, Messieurs,
quels intérêts contraires auriez-vous donc à
faire prévaloir ; et, par exemple, si les Écoles

venaient à être fermées, je vous demande qui en souffrirait le plus, si ce n'est vous et vos parens!...

Ainsi voilà donc le gouvernement, reprit M. Bonnin, qui en revenait toujours à sa thèse; voilà donc le gouvernement soutenu par les Chambres et par la garde nationale : c'est quelque chose, quoi que vous puissiez dire. Et l'armée! je ne pense pas non plus qu'on puisse mettre en doute son dévouement.

— Oh! pour l'armée, dit Bourdillac, on sait qu'elle est, par état, dévouée à tous les gouvernemens : c'est comme la Chambre des pairs.

— Eh bien! Messieurs, je vous le demande, comment se fait-il que vous respectiez aussi peu un gouvernement qui a pour lui l'assentiment et l'appui des Chambres, de la garde nationale et de l'armée?

— Parce que, malgré tout cela, nous ne trouvons pas que ce soit un gouvernement national. Pour moi, je ne m'en rapporte là-dessus qu'au jugement du peuple et au mien. C'est le peuple qui a fait la révolution.

— Qu'appelez-vous donc le peuple? Quoi! ce n'est ni la garde nationale, ni l'armée, ni les Chambres?

« — Eh non ! sans doute, le peuple... Diable, mais savez-vous, Messieurs, que le père Bonnin entend joliment la politique, et que c'est dommage qu'il n'en détache pas plus souvent.

— Mais dame ! Messieurs, je vous dis tout bonnement ce que je sens par moi-même, et ce que j'entends répéter tous les jours dans nos corps-de-garde.

— Ah ! je vois ; c'est votre colonel qui vous fait la leçon à tous... Ah ! ça, père Bonnin, vous êtes donc aussi *juste-milieu ?*

— Mais je ne m'en cache pas.

— Au fait, on ne devrait pas en douter un instant ; à voir cette bonne panse et ces grosses joues enluminées, je défie bien qu'on vous prenne pour un républicain. »

Ici éclata une nouvelle et plus vive explosion d'hilarité, à laquelle M. Bonnin finit par céder lui-même et qui mit fin à la discussion.

VIII.

Le 5 juin, un soleil s'était levé dont les pâles rayons, ne perçant que par intervalles d'épais et sombres nuages, semblaient s'harmonier avec les funestes événemens qui se préparaient. Bientôt la place de la Madeleine, non loin de laquelle reposait le corps de Lamarque, fut encombrée d'une foule de citoyens ; tandis que d'autres groupes, stationnant sur les places de la Concorde, du Louvre et du Palais-Royal, attendaient l'instant où ils

pourraient se joindre à la masse du convoi.
Une dernière volonté du général étant que sa
dépouille mortelle fût inhumée dans son pays
natal, le cortége devait l'accompagner jusqu'à
la place de la Bastille : là, des fleurs et des
couronnes devaient être déposées sur sa
tombe ; là devaient se faire les éternels adieux.

Après une longue attente, le char funèbre
se mit en mouvement. Il se dirigeait sur le
boulevard, lorsque, passant sur la place
Vendôme, on le vit tout-à-coup rompre sa
marche et faire le tour de la Colonne : à ne
voir là qu'un hommage nouveau rendu à
l'une des gloires militaires de l'Empire, tout
le monde eût applaudi ; mais on eut déjà
peur : les cris, qui dès ce moment avaient retenti, et l'aspect tumultueux que donnait à
la foule cette ovation imprévue, faisaient
pressentir des scènes d'une autre nature.

Toutefois, les rangs, un moment confondus, se retrouvèrent bientôt dans l'ordre fixé
par le programme. A ce mouvement irrégulier
avait succédé une marche uniforme, dont le
silence n'était interrompu que par les sons
d'une musique plaintive ou les roulemens
funèbres du tambour ; et c'est alors que l'im-

mense cortége se déployant, le long des boulevards, à travers des flots de population, offrit un imposant spectacle : on eût pu y compter à peine toutes les classes de citoyens, dont quelques-uns portaient des bannières indiquant leur profession ; et parmi les étrangers, combien de drapeaux divers attestaient les sympathies des réfugiés pour l'orateur dont la parole semblait vouée à la cause de l'affranchissement des peuples ! Polonais, Allemands, Italiens, Portugais, Espagnols ; tous étaient accourus.

Mais une partie du cortége attire surtout le regard inquiet du spectateur : là s'élèvent, séparées par de courts intervalles, les bannières portant les inscriptions suivantes : *Société de l'Union de Juillet. — Société des Amis du Peuple. — Société des Droits de l'Homme.* Les craintes redoublent, lorsqu'un peu plus loin on voit surgir tout-à-coup un drapeau rouge portant ces mots : *La liberté ou la mort !* Autour de cet emblême se font remarquer les hommes au costume républicain, aux longues barbes, aux cheveux flottans, et quelques-unes de ces physionomies sinistres qui n'apparaissent qu'aux jours de terreur.

Viennent ensuite les *Écoles de droit et de médecine*. Parmi les différens groupes dont elles se composent, il en est un où l'on distingue particulièrement, dans les figures comme dans les costumes, les emblêmes de la *Jeune France* et du *Mouvement*.

On se demande quel est celui qui marche en première ligne, portant cet autre drapeau rouge : son attitude est hardie, son regard vif et imposant ; il porte un chapeau à larges bords dont la forme, presque pointue, est ornée, à sa base, d'un large ruban de velours ; une ample cravate rouge contraste vivement avec ses moustaches et ses cheveux noirs. Si l'on observe quelque temps ce personnage, on peut voir qu'assez souvent il tourne la tête derrière lui, comme pour donner des ordres ou répondre aux questions qu'on lui adresse, et alors tous les yeux de ses camarades sont fixés de son côté. Parmi eux, il en est un qui marche constamment à sa droite, et paraît lui servir en quelque sorte d'aide-de-camp : celui-là se fait remarquer aussi non moins par le mouvement qu'il se donne, que par l'éclat rayonnant de sa chevelure d'or, surmontée d'une toque rouge.

14..

Le lecteur aura reconnu sans doute, dans ces deux personnages, Bourdillac et Giraud. Quelques Etudians, qui voulurent aussi avoir leur drapeau rouge, avaient décidé tout d'une voix, que la garde n'en pouvait être mieux confiée qu'à Bourdillac, et c'est lui qu'on voyait marcher à leur tête, tantôt donnant l'impulsion, tantôt et plus souvent encore, modérant l'impatiente ardeur de ceux qui se permettaient des cris ou quelque autre manifestation dont le moment ne lui paraissait pas encore venu. Fier de marcher à ses côtés, son digne satellite ne le quittait un instant que pour transmettre le mot d'ordre aux rangs inférieurs où ne pouvait parvenir la voix du commandant.

Plusieurs fois, durant la marche du convoi, des sergens de ville, postés le long des boulevards, essaient de percer une trouée jusqu'au drapeau et de l'enlever ; mais vains efforts ! Tous aussitôt se rallient autour de la bannière et la protègent de leurs corps.

Une fois cependant, l'attaque avait été plus vive et Bourdillac se voyait serré de près ; mais que fait-il ? Sa bannière n'était autre chose qu'un long morceau d'étoffe attaché à une queue de billard ; il l'en détache lestement et le cache sous son habit, tandis que le bâton circule en d'autres mains. Ne voyant plus alors le drapeau, les spectateurs s'imaginent qu'enfin il aura été enlevé par les sergens de ville ; mais à peine ces derniers se sont-ils retirés, que le drapeau reparaît aux acclamations bruyantes de la foule des Étudians. Ce n'est dans tous les rangs qu'un cri d'admiration pour ce nouveau trait de l'habileté de Bourdillac.

Enfin, le cortége arrive à la place de la Bastille. Là, s'élève un catafalque et en face une immense estrade sur laquelle se pressent aux premiers rangs les collègues et compagnons de gloire de l'illustre défunt. Alors et au milieu d'un profond silence, quelques-unes de ces voix amies racontent en de nobles et touchantes paroles, l'homme de guerre et de tribune ; mais bientôt, à l'expression solennelle de la douleur et du recueillement, viennent se mêler des bruits confus et lointains ; on se bat, dit-on, sur plusieurs points, et en même temps qu'une vive agitation se communique dans tous les rangs, d'autres orateurs paraissent qui, ne prenant mission que d'eux-mêmes ou de quelques énergumènes, font retentir l'air de cris et de provocations, agitant sur cette tombe les torches de la guerre civile, que d'autres vont tout-à-l'heure promener dans les rues.

Vainement Lafayette conjure-t-il la foule de se retirer; sa voix est méconnue; et lorsqu'on voit le char funèbre se remettre en mouvement, des cris, *au Panthéon*, se font entendre, et le char est arrêté dans sa marche et la tombe presque livrée aux profanations.

Bientôt ces mouvemens tumultueux ont pris tous les caractères d'une révolte. C'est, d'un côté, le retentissement de chants révolutionnaires, de l'autre le bonnet rouge promené aux cris de *vive la liberté!* Plus loin l'enlèvement du vénérable Lafayette, qu'on voudrait associer à d'odieux projets *; partout le pavé résonne sous les charges précipitées de la cavalerie, des coups de feu sont échangés, une lutte terrible est engagée.

Refoulés sur la place de la Bastille, les in-

---

* On se rappelle que le général Lafayette fut placé de vive force dans une voiture de place, et entraîné par la foule, qui avait dételé les chevaux.

surgés s'enfuient, les uns par les boulevards et dans les rues voisines où s'élèvent des barricades presque aussitôt renversées ; les autres, dans la direction de l'Hôtel-de-Ville, désarmant les postes sur leur passage, pillant les boutiques des armuriers, brisant les réverbères. Joignant aussi le mensonge à la violence, on les entend crier partout que les gardes nationaux sont aux prises avec les troupes ; qu'eux-mêmes se sont divisés en deux camps et se battent les uns contre les autres * : la terreur est dans Paris.

Cependant la révolte comprimée sur plusieurs points se concentre tout entière dans les rues étroites qui sillonnent le quartier Saint-Méry. Là sont dressées de plus fortes barricades ; là s'entassent dans les maisons, dont les rebelles s'emparent, des armes, des munitions, des pavés, des projectiles de toute espèce. C'est là que s'avancent aussi les colonnes réunies et souvent confondues de la ligne et de la garde citoyenne. Mais la nuit

* Pour donner quelque consistance à ce bruit, qui fut en effet répandu, quelques insurgés avaient pris l'uniforme de garde national.

approche, l'attaque est ajournée au lendemain. Des feux s'allument dans les rues ; on bivouaque ; tout le quartier présente l'aspect d'un camp.

Nuit de tourmens et d'anxiété, qu'elle parut longue aux épouses et aux mères qui veillaient !...

Enfin le jour paraît, et les rebelles ne se rendent pas.

Allez donc, braves citoyens de Paris, et vous, Banlieue, dont le tambour retentissait aux barrières, lorsqu'à peine les premiers rayons du jour éclairaient votre marche ; vous tous, époux, pères de famille, allez et jetéz-vous à travers ces feux croisés, cette grêle de pierres et de meubles brisés ; il le faut, parce qu'il a plu à quelques insensés d'en appeler à la force pour vous imposer leurs croyances, ou vous punir des mécomptes d'une aveugle ambition ; allez : avec un tel courage et une telle union, la victoire de l'ordre et des lois ne peut être un moment incertaine.

Ils marchent et bientôt d'énormes barricades sont enlevées au pas de charge, des maisons prises d'assaut et le plus grand nombre des rebelles, tués, arrêtés ou mis hors de combat. Quelques-uns seulement, les plus déterminés, que n'effraient ni l'appareil du nombre, ni la vigueur de l'attaque, ni le bruit même du canon qui tonne à leurs oreilles, tiennent encore, les uns dans le cloître, d'autres dans l'église même de Saint-Méry. Et chose incroyable ! c'est à ce moment fatal qu'abandonnés de tous et cernés dans leur étroite enceinte, ils osent encore sonner le tocsin ! Croient-ils donc que l'issue du combat est incertaine et n'attendent-ils pour la victoire que l'effort de quelques amis ? ou bien sonnent-ils leurs funérailles ?... courage qu'on appellerait sublime, s'il était voué à la défense d'une belle cause, mais qui n'a plus de nom dès qu'il devient une source de désolation et de deuil pour la patrie.

Enfin, après une lutte aussi vive que désespérée, les rebelles, forcés dans leurs dernières retraites, tombent morts ou vivans entre les mains des assaillans; le bruit de la fusillade a cessé ; partout un cri de soulagement s'échappe à ces mots : *on n'entend plus rien.*

IX.

Jusqu'a la fin du jour on voit la force armée stationner aux issues du quartier Saint-
Méry, protégeant contre l'irruption de la
foule curieuse, le théâtre du combat; le lendemain seulement, des milliers de spectateurs
contemplent avec autant de surprise que d'effroi tout ce qu'ont pu produire de désastres,
quelques heures d'une lutte acharnée. Ici des
boutiques et des fenêtres enfoncées; là des
maisons criblées de balles et de boulets; par-

tout les lanternes brisées et des pavés arrachés, qu'inondent çà et là des marres de sang. Combien de réflexions se pressent à cet horrible aspect et plus encore à la pensée douloureuse de tant de victimes que pleurent aujourd'hui leurs familles.

Et il s'est rencontré des hommes qui ont osé comparer de telles journées à celles de Juillet !... Qu'ils nous disent ce qu'il y a de commun entre la noble lutte d'une nation qui, blessée dans ses droits les plus sacrés, reprend son indépendance, et la misérable tentative d'une faction à laquelle ne répondent ni les organes naturels et légaux de l'opinion publique, ni les sympathies populaires ? Et voyez aussi quelle différence dans la conduite des deux rois qui, par un hasard assez remarquable, se trouvaient l'un et l'autre à Saint-Cloud, à la nouvelle des événemens. Charles X n'ose quitter sa résidence ; il sent qu'il a blessé la nation au cœur et doute de la victoire. Fort de l'appui du peuple, Louis-Philippe accourt, et bientôt on le voit, se mêlant avec ses fils aux rangs de la garde nationale, marcher comme elle d'un pas ferme à travers les barricades.

Le 7 juin, parut l'ordonnance qui mettait

Paris en état de siége; mesure jugée depuis tardive et illégale : tardive, car de pareils actes se proclament au milieu du combat, alors que le salut de l'État est la suprême loi; illégale, en ce qu'elle enlevait les coupables à leurs juges naturels. Le jury prouva d'ailleurs qu'on avait à tort douté de sa justice.

En même temps que s'instruisait devant les conseils de guerre, la procédure des insurgés pris les armes à la main, des perquisitions actives et protégées par toute l'énergie de la force militaire, s'opéraient sur différens points de la capitale. Ainsi, dans le quartier latin, plusieurs hôtels garnis signalés par la police comme habités par de jeunes *républicains*, furent soumis aux recherches les plus minutieuses. De ce nombre fut *l'hôtel du Midi*, que l'exaltation bien connue de quelques-uns des pensionnaires, et notamment de Bourdillac, avait depuis long-temps rendu suspect.

Dès le 8 juin dans la matinée, un commissaire de police s'y rendit assisté d'une imposante escorte. M. et Mme. Bonnin, tout tremblans, eurent beau protester de l'innocence de leurs pensionnaires et de l'inutilité

de toutes recherches ; les ordres étaient for-
mels. M. le commissaire, procédant en conséquence à sa mission , parcourut successivement, accompagné de ses agens et de M.
Bonnin qui lui servait de guide , tous les appartemens de la maison , visitant secrétaires,
commodes, armoires, et jusqu'aux coins les
plus obscurs et les plus retirés. Arrivé à la porte
de Bourdillac, M. Bonnin eut quelque peine à
introduire la clef dans la serrure, tant sa main
était tremblante , tant il avait peur qu'on ne
trouvât là quelques pièces de conviction ; mais
bien que les recherches y fussent encore plus sé-
vères d'après les notes fournies sur le compte du
personnage, on n'y fit aucune découverte qui
pût donner matière à procès-verbal. — Ouf !
nous voilà sauvés, se dit alors le maître de
pension, soulagé du plus violent battement de
cœur qu'il eût jamais ressenti. Puis élevant la
voix d'un air radieux, au moment où il frappait à la porte du jeune Dubourg, dont la
chambre touchait à celle de Bourdillac : Je
vous le disais bien, s'écria-t-il, que c'était
peine perdue ; qu'aucun de mes jeunes gens
n'était capable.... Il avait parlé trop tôt. A
peine le commissaire a-t-il salué l'étudiant et

décliné de la manière la plus gracieuse qui soit possible, l'objet de sa mission, que fouillant un placard assez profond qui s'allongeait en équerre sur le côté gauche de la cheminée, il en rapporte un ample morceau d'écarlate roulé et cousu à l'une de ses extrémités comme pour y placer un bâton. Qu'est-ce ceci? dit-il, en le retournant dans tous les sens. Abel, qui reconnaît aussitôt le drapeau que Bourdillac portait au convoi, reste muet de surprise.

« Veuillez nous expliquer, Monsieur, lui dit le commissaire, comment il se fait que ce drapeau, car je ne puis douter que ce ne soit un de ces drapeaux rouges qu'on a vus sur les boulevards dans la journée du 5 juin, soit en votre possession ?

— Si je vous réponds que je n'en sais rien moi-même, dit l'étudiant, vous ne me croirez pas, c'est pourtant la vérité.

— Vous conviendrez dans tous les cas, reprend le commissaire, qu'une telle ignorance de votre part est au moins fort extraordinaire et qu'il nous est permis...

— De ne pas me croire, n'est-ce pas! C'est précisément ce que je vous disais ; mais je vous répète que c'est la vérité.

— Et moi je le jure, s'écrie M. Bonnin, encore tout ébahi de cette découverte inattendue; croyez bien, Monsieur le commissaire, qu'un malheureux hasard a pu seul....

— C'est fort bien, interrompt celui-ci ; mais vous sentez qu'alors il faut nous mettre sur la voie du coupable, car enfin vous n'êtes pas sans avoir quelques données sur la manière dont le fait a pu se passer. Il est évident que ce drapeau n'a pu être apporté là par un étranger. »

M. Bonnin allait parler. Abel lui fit signe de se taire; et, répondant lui-même : « Vous supposez donc, dit-il, que le coupable est un pensionnaire de la maison? Eh bien! quand cela serait, me croyez-vous capable de trahir un camarade ?

— Étiez-vous au convoi ?

— Oui, Monsieur ; qu'est-ce que cela prouve ?

— Sans doute ; mais comment se fait-il qu'on vous trouve précisément nanti d'un drapeau séditieux qu'on promenait à ce convoi ? C'est un fait que les investigations de la justice, à défaut de vos réponses, pourront peut-être éclaircir. En attendant, je dois faire mon devoir. »

Et alors le commissaire, après avoir adressé à Abel les questions d'usage, rédigea son procès-verbal ; puis se levant : « Maintenant, jeune homme, lui dit-il, veuillez nous suivre.

— Où donc ?

— Eh parbleu ! en prison. »

A ces mots l'étudiant pâlit ; un frisson parcourut tous ses membres. Il n'avait pas encore songé qu'on pouvait le priver immédiatement de sa liberté.

S'élançant alors près du commissaire, M. Bonnin renouvela, mais inutilement, les plus vives protestations. Abel, voyant que toute résistance était inutile, suivit les agens municipaux ; sortis de la maison, on les vit monter, avec leur prisonnier, dans un fiacre, qui prit le chemin de la Préfecture de police.

Nous avons laissé Bourdillac au moment où, à la tête d'un groupe menaçant, il avait pu défendre son drapeau contre les attaques réitérées de quelques sergens de ville ; mais, plus tard, lorsqu'arrivant à la place de la

Bastille, l'emblême de sédition parut effrontément aux yeux des troupes qui y étaient rassemblées, un *haro* s'éleva, et l'on vit aussitôt un escadron de lanciers se diriger à sa rencontre. Quelle que fût l'audace de Bourdillac, elle n'était pas à l'épreuve de cette imposante démonstration. Jugeant donc qu'il était prudent de baisser pavillon, il fit aussitôt disparaître sous son habit l'écarlate révolutionnaire, en même temps qu'il laissait glisser à ses pieds la queue de billard qu'il en avait détachée. Poursuivi néanmoins par la cavalerie, qui voulait trouver le coupable, il se joignit à des groupes qui s'enfuirent dans le quartier de l'Odéon, répandant partout sur leur passage les bruits les plus sinistres. Ajoutons aussi, pour être vrai, que, du moment où Bourdillac entendit les premiers coups de feu et vit la mêlée sérieusement engagée, il ne fut pas fâché de regagner les contrées plus paisibles du pays latin. Impétueux, hardi même jusqu'à la témérité lorsqu'il s'agissait de provoquer quelque émeute et de *vexer* l'autorité, son ardeur n'allait pas cependant jusqu'à braver les coups de fusil ; n'ayant pas, comme nous l'avons déjà dit, de convictions

et encore moins le fanatisme de quelques républicains avec lesquels on le voyait fraterni-
ser, il mettait avant tout ses plaisirs et la vie.
En un mot, s'il aimait le bruit, c'était pour
lui-même, y cherchant plutôt une jouissance
du moment, que le triomphe d'un parti. Tel
était au fond Bourdillac; mais il n'en savait
pas moins, dans les circonstances les plus difficiles, maintenir au-dessus même du soupçon
sa réputation de bravoure. Sachant s'exposer
à propos, il ne fuyait pas avec moins d'art,
ne manquant jamais de prétextes spécieux
pour colorer une retraite. Ainsi, l'habile Mé-
ridional dit cette fois n'avoir quitté la place
de la Bastille, que pour venir soulever le faubourg Saint-Marceau et faire diversion aux
troubles des boulevards.

C'est dans cette même soirée que Bourdillac
était rentré à l'hôtel, autant pour s'y reposer
un instant des fatigues du jour, que pour se
débarrasser de son drapeau. Étant près de sa
chambre, il s'aperçut qu'il avait oublié d'en
prendre la clé; mais voyant celle d'Abel qui
était restée à la porte, il ne voulut pas redes-
cendre et s'installa chez son camarade. On
voit dès-lors comment le fatal drapeau se

trouvait là : Bourdillac l'avait mis dans le même placard où la découverte eut lieu, et dans ses préoccupations, il avait oublié d'en prévenir Abel. D'ailleurs ce fait, fort indifférent en lui-même, ne pouvait acquérir d'importance que par un événement qu'il était impossible de prévoir.

Quel ne fut donc pas l'étonnement de Bourdillac, lorsqu'en rentrant à la pension pour déjeuner, il apprit ce qui venait de se passer et l'arrestation d'Abel. « Bah ! s'écriat-il, pas possible ! Puis il partit d'un long éclat de rire qui scandalisa fort M. Bonnin.

— Comment, lui dit ce dernier, pouvez-vous rire d'un événement aussi fâcheux, causé par votre faute, involontaire sans doute ; mais enfin vous devriez plus qu'aucun autre vous en affliger.

— Allons, c'est vrai, père Bonnin, j'ai tort. Mais convenez aussi que la chose a un côté fort plaisant. Ah ! ah! ah !

— Je ne vois pas du tout cela, Monsieur, car enfin qui sait? Ce jeune homme va peut-être passer au conseil de guerre.

— Bah ! laissez donc.

15..

— Mais dame! à moins que vous n'alliez vous-même à la police déclarer la vérité.

— Et me constituer prisonnier, n'est-ce pas? dit Bourdillac en relevant son chapeau et faisant une inclination de tête: merci!

— Je ne dis pas cela, reprit M. Bonnin; vous sentez combien je serais fâché que vous-même...

— Oui; j'irais dire bonnement à messieurs de la police: « Vous savez bien, Messieurs, le drapeau rouge que vous avez trouvé à l'*hôtel du Midi*, dans la chambre de M. Abel Dubourg. Eh bien! c'est moi qui l'avais mis là, c'est moi qui suis le coupable, parole d'honneur. » Un instant; le jeune camarade se tirera facilement d'affaire, du moins je le présume, car personne ne peut dire l'avoir vu portant ce drapeau; mais pour moi, ce serait autre chose. Ainsi, je me ferais donc *pincer* de gaîté de cœur, et voilà tout ce que j'aurais gagné à faire du sentiment.

Bien plus, ajouta Bourdillac, comme il pourrait bien arriver qu'un de ces matins on fît encore une petite descente à la maison, vous voudrez bien, mon cher monsieur Bonnin, ne pas vous étonner pendant quelques jours de l'absence de votre serviteur. Sur ce, j'ai bien l'honneur de vous saluer. »

X.

Au moment où le fiacre qui conduisait l'é-
tudiant, s'arrêta dans la cour du sombre édifice de la rue de Jérusalem, il y régnait un
mouvement extraordinaire. Arrivaient aussi
d'autres captifs en même temps que des voitures pleines d'armes et de munitions saisies par
suite des mêmes perquisitions.

On sait qu'il existe à l'hôtel de la police un
vaste local qu'on nomme la salle *du dépôt*,
où sont renfermées les personnes nouvelle-

ment arrêtées, en attendant qu'elles subissent un premier interrogatoire. C'est là qu'Abel fut immédiatement conduit. On ne saurait dire de quelle impression d'horreur et de dégoût il fut saisi à l'aspect des murs sales et enfumés de cette enceinte où se trouvaient confondus des hommes d'apparences si diverses ; les uns d'un extérieur doux et honnête, qu'il supposait, comme lui, victimes de quelque méprise ; d'autres à la physionomie sombre, au regard menaçant ; le plus grand nombre enfin attestant, par les haillons dont ils étaient couverts, qu'ils appartenaient à cette classe de vagabonds, que la misère et certain instinct de désordre tiendront toujours à la disposition des partis.

Non loin d'Abel, était un groupe de jeunes gens qui s'entretenaient avec chaleur, et parmi lesquels il reconnut deux étudians, l'un en droit et l'autre en médecine, qu'il avait souvent remarqués dans les jours d'émeute à la tête des plus ardens de leurs camarades. L'un avait été arrêté au moment où il distribuait des cartouches aux insurgés, et l'autre avait été vu travaillant à une barricade aux cris de *vive la république !* Sa redingote en lambeaux attestait encore la vivacité de la lutte qu'il avait soutenue lors de son arrestation. Un autre, qui paraissait fort lié avec eux et qu'on disait être un artiste, se trouvait encore plus gravement compromis. Il avait été saisi dans le cloître Saint-Méri, les armes à la main ; on remarquait même que le côté droit de sa longue barbe était en partie brûlé par la poudre. Loin de nier qu'il eût tiré sur la garde nationale et la ligne, il s'en vantait impudemment. Comme il avait foi, disait-il, dans le prochain triomphe de son parti, peu lui importait une condamnation à mort qu'il pensait bien devoir être commuée ; à peine aurait-il fait quelque temps de détention, que la république serait proclamée, et alors elle saurait bien retrouver ses martyrs.

Abel, après avoir ainsi parcouru des yeux la triste galerie dont il était entouré, fut bientôt absorbé par les réflexions que lui suggéra cette aventure. Étrange fatalité ! six mois auparavant il avait déjà été arrêté à la place d'un autre ; mais quelle différence ! Il en avait été quitte alors pour une légère blessure. Aujourd'hui, le voilà sous la main de la justice, prévenu d'un complot capital, justiciable d'un conseil de guerre! Un seul indice, il est vrai, s'élève contre lui; mais dans de telles circonstances et surtout aux yeux de la justice militaire, il peut paraître assez grave. Pour le détruire, il faudrait au moins la déclaration de Bourdillac, et encore ne viendrait-elle pas trop tard?

On concevra combien ces réflexions devenaient plus amères, lorsque l'esprit du jeune Dubourg, se reportant à Pézénas, il songeait à sa famille. Pauvres parens, se disait-il, qui trembliez au récit de la moindre émeute, si vous saviez... Ah! bonne mère, tu en mourrais! — Heureusement, Abel avait écrit le 7 juin, la veille de son arrestation, et sa lettre ne pouvait qu'être tout-à-fait rassurante. Il y parlait, comme à l'ordinaire, de son Ernestine, et priait Marie d'aller promptement la rassurer. Sa jeune amie n'était pas moins, dans ce moment, l'objet de ses inquiètes pensées. Pour la première fois, il doutait de cet avenir de bonheur qu'il avait souvent rêvé, et dont la seule idée chassait bientôt les chagrins qui pouvaient traverser sa vie d'étudiant.

Après une attente plus ou moins longue,

chacun des prévenus était successivement introduit dans le cabinet du commandant-rapporteur, pour y subir son interrogatoire. Vint le tour d'Abel. A l'appel de son nom, une sensation mêlée de honte et de terreur se peignit sur son visage; il se leva et suivit presque machinalement un soldat qui le conduisit près du commandant. La séance ne fut pas longue. L'officier, après lui avoir adressé à-peu-près les mêmes questions que le commissaire de police qui l'avait arrêté, n'en obtint pas d'autres réponses. Frappé de sa jeunesse et de l'air de candeur qui respirait dans son langage, il demeura convaincu de l'existence d'un autre coupable, ne soupçonnant Abel que de s'être fait inconsidérément son complice; mais il respecta les motifs de son silence et n'insista pas long-temps sur ce point. Déployant ensuite un drapeau déposé sur la table, le commandant demanda au prévenu s'il le reconnaissait pour celui qui avait été trouvé dans sa chambre. Sur sa réponse affirmative, il replia la pièce de conviction, y mit le sceau de la justice *ne varietur*, et rédigea du tout procès-verbal.

Abel, au sortir de son interrogatoire, fut immédiatement transféré à la Conciergerie;

à peine y était-il arrivé, qu'on vint lui annoncer qu'une personne le demandait au guichet. C'était Adrien, qui à la nouvelle de l'arrestation de son camarade s'était empressé de venir le voir et de lui offrir ses services.

Impatient de savoir ce qui s'était passé à la pension depuis son départ, Abel le pressa de questions, surtout au sujet de Bourdillac ; il n'avait pas espéré que ce dernier tenterait de réparer une fatale méprise en déclarant loyalement à la police ce qui s'était passé et se remettant lui-même entre ses mains ; il ne s'abusait pas sur son caractère au point de le juger capable d'une telle conduite ; mais au moins devait-il penser qu'il en recevrait des témoignages empressés d'intérêt. Qu'on s'imagine ce qu'il dut éprouver en apprenant que cet excellent camarade n'avait fait que s'égayer d'une arrestation qu'il trouvait plaisante, après quoi il avait disparu sans que depuis on eût même de ses nouvelles. Le pauvre Abel demeura confondu de surprise et d'indignation. Adrien, ne voulant pas abuser d'une permission qu'il voulait obtenir encore, le quitta bientôt.

Il est des hommes d'un caractère peu honorable, mais avec lesquels on se lie assez volontiers, s'ils vous séduisent par leurs manières et par une conversation féconde et piquante. Ils vous amusent, vous étourdissent et ne vous laissent pas même en quelque sorte le temps de les analyser et de les connaître. Mais alors que, loin d'eux, vous n'êtes plus sous le charme de leur physionomie riante et de leurs spirituelles saillies, vous les jugez mieux : « Le masque tombe, l'homme reste. » Ainsi le jeune Dubourg, dans l'isolement où il se trouvait alors, dépouillant par la pensée Bourdillac de l'originalité de son caractère et de la gaîté de sa conversation, les seules choses qui pouvaient charmer en lui, ne trouvait plus qu'un être digne de son mépris.

Une autre visite qu'il reçut le lendemain fut celle de Théodore. Depuis long-temps ils ne se voyaient plus que rarement ; mais au sortir de ces jours de crise, on éprouvait un vif besoin de revoir ses amis. Théodore était donc allé à *l'hôtel du Midi* ; quelle ne fut pas sa surprise en apprenant qu'Abel venait d'être arrêté ! A peine M. Bonnin lui eut-il raconté

les détails de cet événement qu'il alla directement à la prison pour y voir son camarade et
tâcher de lui être utile. Bien qu'Abel dût
éprouver en ce moment quelque honte en
présence de son compatriote, il le revit avec
joie et fut vivement touché de cette nouvelle
marque d'affection.

Justement alarmés des suites que pouvait
avoir cette affaire, les deux amis cherchèrent
ensemble quelques moyens de les prévenir.
Ils ne pouvaient regarder comme possible une
condamnation sur le seul indice qui motivait
la prévention, et cependant ce mot de conseil
de guerre les faisait trembler ; et dans tous les
cas, ne serait-ce pas déjà un assez grand malheur pour Abel que d'y comparaître ? Alors
plus de secret possible ; il faudrait en prévenir
sa famille....

« Mais ce M. P*** dont tu m'as parlé plusieurs fois, dit Théodore, ne pourrait-il faire
quelques démarches pour toi ? Il me semble
que l'intervention d'un conseiller à la Cour
royale serait ici de quelque poids.

— J'y avais déjà pensé, répondit Abel ;
mais il y a près de six mois que je ne suis allé

le voir, et je t'avoue qu'il m'en coûterait beaucoup aujourd'hui de réclamer de lui un tel service ; et puis, que pourrait-il près d'un conseil de guerre dont il ne connaît sans doute aucun membre ?

Théodore insista peu.

Quelques jours après, la Cour de cassation prononçait l'arrêt mémorable qui rendait les accusés à leurs juges naturels. Aussitôt Théodore, sans même en prévenir son camarade, court chez M. P****, lui fait part de la position d'Abel, peint le désespoir de sa famille si elle venait à en être instruite, et le supplie enfin de prêter à son malheureux compatriote le secours de son influence et de son crédit. Le digne magistrat n'avait pas besoin d'une prière aussi éloquente pour se rendre aux désirs de Théodore. Allant trouver aussitôt ses collègues chargés de l'instruction de l'affaire, il prit connaissance des pièces, combattit facilement avec l'autorité de ses propres déclarations, de simples indices que ne fortifiait d'ailleurs aucun témoignage, et bientôt la chambre du conseil ordonna la mise en liberté du prévenu.

Abel apprit alors seulement par un des ma-
gistrats, tout ce qu'il devait de reconnaissance
à M. P***, et par conséquent à son ami
Théodore.

XI.

Un des premiers soins d'Abel, rendu à la liberté, fut d'aller remercier M. P*** ; mais il n'en reçut cette fois qu'un accueil assez froid. On sait avec quelle promptitude la police parvient à se procurer sur l'individu qu'elle tient sous sa main, tous les documens et indications propres à éclairer la marche de la justice. En parcourant le dossier concernant Abel, M. P*** y avait trouvé des notes peu édifiantes sur la conduite et les habitudes de son jeune protégé. Ainsi, on le voyait, disait-on, presque constamment dans la société de Bourdillac, dont la réputation était bien connue, s'occupant de politique, et fréquentant beaucoup moins ses cours que les cafés et les estaminets. Le vieux conseiller, qui lui adressa quelques questions à cet égard, vit bien, par ses réponses, que tous ces rapports étaient assez fidèles. Il en fut encore plus convaincu lorsque, l'ayant interrogé au sujet de ses deux examens de seconde année, il apprit qu'il n'en avait encore subi aucun, bien qu'on fût alors tout près des vacances. Enfin, une visite qu'il reçut, deux jours après, de M. Bonnin, lui fournit aussi quelques données sur la position financière du jeune homme, qui ne paraissait pas plus satisfaisante. Naturellement bon et confiant, M. Bonnin, comme nous l'avons déjà dit, avait pour ses pensionnaires d'excellens procédés; mais on comprendra sans peine que, voyant toujours se grossir le mémoire du jeune Dubourg, et ne connaissant pas d'ailleurs sa famille, il dut concevoir quelques inquiétudes. Sachant donc que son pensionnaire avait été recommandé à M. le conseiller P***, il était venu lui demander s'il pouvait attendre avec confiance son paiement. Or, quelque discrétion qu'il pût mettre dans cette démarche comme dans les confidences qui en étaient la suite nécessaire, l'honorable magistrat vit bien qu'Abel s'était mis dans une position fâcheuse qu'on était loin, sans doute, de soupçonner à Pézénas Tout en rassurant M. Bonnin, il le pria, dans l'intérêt même de son pensionnaire, de se montrer moins confiant à l'avenir, de le presser même quelquefois, afin qu'il s'acquittât le plus tôt possible, au lieu de dépenser encore follement l'argent qu'il pourrait recevoir.

Ainsi le maître de pension devait, par ordre, mettre un terme à sa longanimité. Mais ce n'est pas tout : sans compter Achille, qui sans doute pourrait l'attendre encore longtemps, Abel avait d'autres créanciers. A l'exemple de quelques-uns de ses camarades, il ne se faisait pas grand souci de payer son tailleur, se bornant à lui donner çà et là, comme à titre d'encouragement, de légers à-compte; et il en était de même de son bottier ainsi que d'autres fournisseurs. Enfin, il était une dette dont la pensée l'inquiétait encore bien davantage ; c'était le fameux billet Giffard. On se rappelle, peut-être, que l'échéance en avait été fixée fin de mai ; mais Bourdillac et Abel ne se trouvant ni l'un ni l'autre, à cette époque, en mesure de payer, M. Giffard, après de longs débats et moyennant, bien entendu, d'énormes intérêts, avait bien voulu consentir à une prorogation de deux mois : or, le terme approchait, et, cette fois, d'autant plus effrayant, que Bourdillac ne serait plus là pour venir en aide à son jeune camarade, soit par sa bourse, soit plutôt encore par quelque nouvel expédient. Abel n'espérait pas, en effet, le voir reparaître de si tôt. Ce n'était donc pas assez, se disait-il, qu'il m'entraînât, par son exemple, dans de funestes habitudes, il fallait que j'eusse encore à régler ses comptes avec la justice et les usuriers.

Lorsqu'on réfléchit aux inquiétudes et aux tribulations de toute nature, compagnes inséparables des dettes, on ne peut en vérité concevoir la légèreté des hommes à les contracter ; je ne parle pas de ces banqueroutiers qui, se jouant des humiliations, présentent fièrement au mépris public un front qui ne sait plus rougir; mais pour un homme d'honneur, quelle vie de pénible contrainte et d'anxiété que celle où l'entraînent des engagemens qu'il ne peut remplir! Le voyez-vous, tremblant à l'arrivée d'une lettre, pâlissant et balbutiant à l'aspect d'un créancier qu'il n'a pu éviter; comptable, en quelque sorte, de ses actions, de son temps, de sa personne même, enchaîné qu'il est à-la-fois par les liens de la morale et de la loi civile, à cette malheureuse dette, dont la pensée, après l'avoir poursuivi pendant le jour, vient encore la nuit s'asseoir à son chevet! Je le demande, est-ce là un homme libre, et n'est-ce pas le pire et le plus dégradant des esclavages que celui qu'il a pu s'imposer ainsi volontairement? Et qu'arrive-t-il souvent? C'est qu'un jour, se réveille dans l'âme de cet homme le sentiment de sa dignité blessée, qui, joint à celui de son impuissance, l'entraîne au désespoir et au suicide.

Les dettes d'un Étudiant n'auront que bien rarement, il est vrai, d'aussi funestes résultats, car les parens sont là qui paieront..... s'ils peuvent cependant. Mais quel supplice que l'attente de ce moment où va éclater la

juste indignation d'un père ; et puis, en attendant cette terrible confidence, que l'Étudiant reculera toujours autant que possible,
le voilà livré à la discrétion de ses créanciers,
toujours humilié, soit par les rigueurs des
uns, contre lesquelles il se raidit, soit par
l'indulgente bonté des autres, qu'il subit en
rougissant.

Telle était en ce moment la position du
jeune Dubourg, que venait encore aggraver
une autre préoccupation. Bien qu'il n'eût connaissance ni des notes de la police, ni de la
visite du maître de pension qui avaient si bien
instruit M. P*** de sa conduite, l'accueil beaucoup moins bienveillant qu'il en avait reçu
cette fois, lui fit craindre que le vieux magistrat ne donnât de ses nouvelles à Pézénas ;
cette inquiétude n'était que trop fondée.
M. P*** eût pensé en effet manquer à ses devoirs, s'il n'eût pas informé madame Hersan de
la conduite du jeune homme qu'elle avait placé
sous son patronage. Il savait d'ailleurs qu'A-
bel était le fiancé de la jeune Ernestine, et
sans vouloir augurer mal de son avenir d'a-
près quelques folies de jeunesse, il fit sentir à
sa cousine combien il importait de le rame-

ner promptement à ses devoirs par le langage sévère de la raison. J'espère, ajoutait-il, qu'il en est encore temps.

On s'imagine aisément quelle surprise dut causer à madame Hersan une telle confidence ; elle pouvait à peine en croire ses yeux, et son mari n'avait pas encore entendu la lecture de toute la lettre, qu'il avait déjà prononcé le mot de rupture. Ernestine eût bien voulu pouvoir excuser un peu son jeune ami, mais elle ne savait que dire ; elle était attérée. « Eh bien ! avais-je raison ? s'écriait M. Hersan, voilà cependant un jeune homme perdu, et il était si facile d'en faire un bon négociant ; mais tant pis pour lui et pour ses parens ; quant à moi, je ne veux certainement pas pour gendre un jeune étourneau qui ruine son père et qui ruinerait sa femme... Puis, ajoutait-il en haussant les épaules : voyez-moi donc M. Abel Dubourg, devenu républicain. Quelle pitié ! c'est à peine s'il est majeur.... Donne-moi cette lettre ; je veux la porter moi-même à son père, et lui faire connaître en même temps mes intentions. »

C'est en vain qu'effrayée d'une rupture aussi prompte, madame Hersan supplia son mari d'attendre encore et de ne rien précipiter ; ni ses instances ni les larmes de la pauvre Ernestine ne purent le retenir.

De son côté M. Dubourg avait reçu presque en même temps de son fils, une lettre qui avait causé à la famille non moins de chagrin que de surprise. Abel, voyant avec effroi s'approcher le terme fatal de la lettre de change, ne pouvait tarder plus long-temps à écrire à son père ; mais quelle somme lui demander? c'était le point embarrassant. Comme il n'osait faire la confidence de sa position, il s'agissait de trouver un chiffre qui ne fût pas trop effrayant, et qu'il pût expliquer jusqu'à un certain point sans encourir de grands reproches. Enfin, après beaucoup d'hésitation, il avait demandé six cents francs. C'était juste la somme nécessaire pour la dette Giffard ; quant aux autres il serait plus facile de gagner du temps. C'est donc au moment où M. Dubourg était encore sous le coup de cette demande inattendue, ne sachant comment il devait y répondre, que M. Hersan vint lui faire part de la lettre du vieux magistrat. Grande fut la désolation de ce bon père, qui se voyait à-la-fois trompé dans sa confiance et

trahi dans ses espérances les plus chères.
M. Hersan ne voulut pas dès ce moment ajouter à l'affliction de la famille, en lui déclarant qu'il avait renoncé au projet d'alliance à-peu-près arrêté, mais il était facile de le pressentir à ses discours.

Peu de jours après, Abel recevait de son père une lettre dans laquelle il fut d'abord très surpris de ne pas trouver, selon l'usage, un effet de la somme qu'il avait demandée... à peine en avait-il parcouru les premiers mots qu'il pâlit et sentit ses genoux défaillir. Ecrite sous l'impression du moment, la lettre de M. Dubourg contenait l'expression la plus vive de son mécontentement et de son chagrin. Abel était sensible, il en fut profondément ému et pleura amèrement. Si au moins la famille d'Ernestine eût ignoré sa conduite ! mais il voyait qu'elle en avait reçu la première confidence ; bien plus, son père ne lui cachait pas que les dispositions de M. Hersan paraissaient aujourd'hui bien changées. Enfin, M. Dubourg répondait en ces termes à la demande des six cents francs :

« Si j'ai pu jusqu'à ce jour, en m'imposant

de pénibles sacrifices, satisfaire à tes demandes d'argent si souvent renouvelées, c'est
que j'étais soutenu à-la-fois par la confiance
que j'avais placée en toi et par le désir de te
voir réaliser les espérances que j'avais conçues;
mais, tu le vois, tu m'as trompé. Cet argent,
fruit de mes travaux et de mes économies,
tu l'as prodigué dans de folles dissipations, et
cette noble carrière dans laquelle je me flattais de te voir briller un jour, la voilà déjà
bien compromise. Il faudrait m'indiquer
d'ailleurs d'une manière plus précise la destination de ces nouveaux fonds, ou plutôt me
donner les noms de tes créanciers, je les paie-
rai moi-même directement. Quant aux frais
d'examen dont tu parles, il ne paraît guère
que tu sois en état de les subir. Je crains bien
que tu ne me trompes encore sur ce point. »

Il est plus facile d'imaginer que de peindre
le désespoir du jeune Dubourg à la lecture de
cette lettre. Ainsi, on ne savait encore à Pézénas qu'une partie de la vérité, et déjà il se
voyait déchu dans la confiance de son père et
menacé de la perte d'Ernestine. Que serait-ce
donc quand il faudrait tout dire, tout avouer?

Et , en attendant, que faire? Quelques jours encore , et arriverait l'impitoyable lettre de change escortée d'assignations et de recors. L'étudiant se voyait déjà poursuivi, jeté en prison.

Dans ce moment de trouble et d'anxiété, une pensée lui vint qui ramena un peu de calme dans son esprit. Il avait songé qu'Achille, son généreux camarade, qui l'avait déjà obligé tant de fois, pourrait encore venir à son aide dans une circonstance aussi critique. Achille n'habitait plus alors l'*hôtel du Midi*. Pour se rapprocher d'une nouvelle connaissance dont nous avons déjà parlé, il avait pris un appartement dans la Chaussée-d'Antin, et depuis ce moment, Abel ne l'avait pas revu. Telle est encore une conséquence déplorable des dettes, que souvent elles nous éloignent des personnes mêmes qui , en nous obligeant , ont acquis le plus de droits à notre affection et à notre reconnaissance. Ainsi Abel, dans l'impuissance où il se voyait de rembourser son camarade, loin de chercher à le voir, eût évité sa rencontre. Aujourd'hui cependant , pressé par le besoin le plus impérieux, il se décidait à implorer de nouveau son obligeance ; d'ailleurs il pouvait lui écrire, cela lui coûterait moins que d'aller lui faire cette demande en personne. Déjà l'étudiant s'était mis à sa table et prenait une plume, lorsqu'il entend frapper à sa porte : il ouvre ; c'est une lettre qu'on vient lui remettre ; il lit :

« C'est bien à regret, mon cher camarade , que je me vois forcé de te rappeler ce que tu me dois ; mais tu sauras que mon père, instruit à ce qu'il paraît de quelques petites aventures et voulant, dit-il, mettre un terme à des dépenses qu'il trouve exorbitantes, vient de supprimer le crédit qu'il m'avait ouvert chez son correspondant. Me voilà donc forcé de m'adresser à lui directement et de motiver mes demandes. Juge de mon embarras. Je compte sur toi pour venir à mon secours.

» Ton dévoué camarade ,

» ACHILLE. »

La foudre tombant aux pieds du jeune Dubourg ne l'eût pas frappé d'un coup plus terrible que cette lettre si imprévue. Ainsi tout l'accablait à-la-fois : non seulement sa dernière ressource lui échappait, mais le moment était aussi venu de compter avec Achille ; et n'est-il pas encore plus à plaindre le débiteur qui se voit dans l'impuissance de répondre à la prière d'un ami, que celui qui ne peut satisfaire à la sommation d'un usurier? Affreuse position à laquelle l'étudiant commençait à ne plus voir d'autre issue qu'un acte de désespoir... Oui, dans ce moment la tête appuyée sur ses mains, il roulait de sinistres pensées...

XII.

Quand le suicide a pour cause le déshonneur, si l'on ne peut encore le justifier, on le
conçoit du moins. Disons même qu'il n'existe
pas, humainement parlant, de plus haute
leçon de morale que l'action d'un homme
qui succombe sous le poids de son infamie;
mais celui qui n'a commis que des fautes auxquelles ne s'attache point le mépris, quel motif assez puissant peut donc le porter à se
donner la mort? Rousseau conseille à l'homme

qui croit avoir assez vécu, « de chercher quelque indigent à secourir, quelque infortuné à consoler, quelque opprimé à défendre ; » il ne doute pas que celui-là ne retrouve du plaisir à vivre, qui se dira : *que je fasse encore une bonne action avant que de mourir!* Que sera-ce donc si cet homme, en se rappelant ses devoirs envers la société, se souvient aussi qu'il a une famille et des amis ; s'il se figure leur désespoir à la nouvelle de cette mort furtive et honteuse qui viendrait les surprendre ? Non ; cet homme ne se tuera pas.

Ainsi, dans l'agitation cruelle où se débattait le jeune étudiant, une coupable pensée avait bien pu s'offrir à son esprit. Mais il l'avait presque aussitôt repoussée avec horreur ; il avait songé à ses parens dont il connaissait la tendresse, et s'était demandé comment il les affligerait le plus, ou par l'aveu de ses fautes ou par une mort si déplorable ; puis, rien ne lui prouvait encore qu'il dût renoncer à Ernestine, et l'image si douce et si pure de sa jeune amie eût suffi pour relever son courage abattu. Mais, dans ce moment, il ne put rien résoudre ; il attendit pour s'arrêter à un parti quelconque, qu'il fût un peu remis des émotions de cette fatale journée.

Le lendemain, à son réveil, un commis de la diligence apportait à l'hôtel une petite caisse à son adresse : cette caisse, partie de Pézénas peu d'instans après la lettre de son père, contenait quelques effets qu'il avait demandés. Il l'ouvrit avec empressement, bien certain que sa mère ou sa sœur n'auraient pas manqué de lui écrire dans un moment où il avait si besoin de quelques douces paroles. Son attente ne fut pas trompée ; Marie lui écrivait :

« Eh bien ! mon pauvre Abel, tu dois être désolé ; mais je t'assure que nous sommes aussi bien tristes ; tu ne te figures pas comme tout a changé en deux jours. Papa grondait bien de temps en temps, disant que tu dépensais trop, et que c'était de mauvais augure pour tes études ; mais maman l'avait bientôt apaisé. Aujourd'hui, c'est autre chose : à peine ose-t-elle prendre ta défense, et moi encore moins, comme tu penses. Ah ! j'y serais bien reçue ! Il faut attendre un peu, et laisser passer le gros de l'orage. Ta dernière lettre avait déjà mal disposé papa ; il ne concevait pas comment tu pouvais lui demander une somme aussi considérable sans lui donner plus d'explications , et il soupçonnait, disait-il , *quelque chose là-dessous* : juge alors de l'effet de la lettre de M. P***, qui, le lendemain même, tombait chez nous comme une bombe. Qu'as-tu donc fait, bon ami? quelques folies , à ce qu'il paraît , et des dettes : ce n'est pas bien ; mais je vois d'ici comme tu t'en repens, et, pour mon compte, je n'ai pas la force de te gronder. Je te plaindrai bien plutôt d'avoir été mis en prison injustement ; oh ! pour cela, le cousin de madame Hersan te rend bien justice : il dit que tu as été compromis par un mauvais sujet ; j'espère bien que tu n'iras plus avec lui. Ah ! je frémis encore rien que d'y penser. Toi , mon pauvre Abel, en prison, et exposé à être condamné pour un autre... à mort peut-être, d'après ce que j'entends dire; est-ce possible ?... Mon Dieu ! qu'il est heureux que nous ne l'ayons pas su plus tôt ! Il ne fallait plus que cela , après toutes les inquiétudes que nous a données ce vilain choléra. Écoute : les beaux récits que tu nous faisais autrefois dans tes lettres et pendant les vacances, m'avaient donné une grande envie de voir Paris ; mais je t'avoue que mon enthousiasme est aujourd'hui bien refroidi. On ne peut donc avoir dans ce pays-là un instant de tranquillité.

» Mais que je suis sotte ! Voilà déjà ma lettre bien avancée, et je ne t'ai pas encore dit un mot de ce qui t'intéresse le plus. Papa t'aura sans doute appris que la fatale lettre avait paru changer les dispositions de M. Hersan. Te le dirai-je aussi ? peut-être n'est-ce que l'effet de ma crainte , mais madame Hersan , que j'ai vue ce matin , m'a semblé comme plus froide et plus réservée avec moi ; ce qui doit te rassurer, cher ami, c'est que tout cela ne paraît encore avoir rien changé aux sentimens d'Ernestine. Veux-tu savoir à quoi j'en ai jugé surtout ? C'est que ses yeux étaient encore rouges, et je me suis dit que bien certainement elle n'aurait pas pleuré si elle ne t'aimait pas. Mais aussi combien tu dois te reprocher d'avoir causé du chagrin à cette bonne Ernestine !... A propos ! il faut que je te dise un bruit qui a couru la ville : figure-toi qu'on la mariait dernièrement avec ce gros Chapusot, tu sais, qui cherche depuis long-temps à lui faire la cour. Le fait est qu'il vient d'acheter le fonds de commerce de M. Lombard, et qu'il est, dit-on, homme à faire une bonne maison : aussi ne déplairait-il pas à M. Hersan ; ainsi prends garde, et veille à ton trésor. Songe enfin qu'Ernestine aime trop ses parens pour vouloir un mari qui ne leur conviendrait pas. Mais, si tu le veux (et tu le voudras, j'en suis sûre), tu auras bientôt regagné toute leur estime et toute leur affection. Papa nous parle continuellement de ton ami Théodore, qu'on cite partout comme un si bon sujet, et il dit que tu devrais le prendre pour modèle. Eh bien ! fais donc comme lui.

» Que te dirai-je encore, bon ami?... Que pour la première fois de ma vie, j'ai désiré avoir une grosse bourse pour venir à ton secours, puisque papa ne t'a rien envoyé; va, je regrette bien quelques emplettes que j'ai faites il n'y a pas plus de huit jours; n'importe, il me restait encore cent francs, et j'ai demandé à maman la permission de les fourrer dans un petit coin de la caisse. Je craignais presque qu'elle ne voulût pas. Mais, devine ce qu'elle m'a répondu. « Viens, que je t'embrasse pour ta bonne idée, m'a dit cette bonne mère ; au fait, ce cher enfant, quels que soient ses torts, il ne faut pas l'abandonner... Puis, me conduisant près de son secrétaire, tiens, a-t-elle ajouté, envoie lui encore ces cent francs ; mais ne lui dis pas que c'est de ma part.

» Adieu, cher ami ; les vacances approchent, penses-tu bientôt venir?

» Ta sœur, qui t'aime bien,
» MARIE. »

A la lecture de cette lettre plus d'une fois interrompue par ses larmes, Abel sentit qu'il n'est pas de meilleur remède aux chagrins de la vie, que les douces et saintes affections de la famille. Ainsi, l'âme du jeune étudiant, déjà presque brisée, flétrie, s'était retrempée en un instant dans les tendres épanchemens du cœur de Marie. Il rougit de sa faiblesse et reprit courage. Le secours envoyé par cette bonne sœur lui était d'ailleurs bien précieux dans un tel moment, car il n'avait plus même de quoi suffire à ses moindres besoins. Le dirai-je, c'était à ce point que le pauvre Abel

17..

avait frémi de tous ses membres à l'arrivée de la caisse... heureusement elle était affranchie. Il eut de suite la pensée d'offrir à Achille une bonne partie de la somme qu'il venait de recevoir ; c'était peu, mais assez pour lui prouver sa bonne volonté. Il y courut aussitôt et lui fit l'aveu de sa position, s'excusant ainsi de ne pas lui donner davantage. Achille n'était pas tellement au dépourvu, qu'il ne pût attendre encore quelque temps. Voyant l'embarras de son camarade, il le supplia de garder cette somme, regrettant même, lui dit-il, de ne pouvoir faire plus en cette occasion.

Tranquille de ce côté, Abel vit avec joie que peut-être il lui serait possible d'acquitter, à l'échéance, le billet Giffard ; et d'abord, il résolut d'aller trouver ses deux amis, Théodore et Adrien, qui pourraient sans doute l'aider un peu. Dire avec quel empressement Théodore lui offrit le peu d'argent qu'il avait à sa disposition, serait chose inutile ; il n'eut pas moins à se louer d'Adrien ; mais avec tout cela, il se voyait encore loin de compte, et le moment était venu d'employer ses dernières ressources. Il avait acheté, à l'époque de la rentrée, quelques livres de droit et de littérature ; il les revendit tous à-peu-près à moitié prix ; il en fit de même de son manteau et de quelques autres effets dont il pouvait se passer. Enfin, quelque répugnance qu'il eût à recourir à cette dernière extrémité, il alla jusqu'à porter sa montre au Mont-de-Piété... la montre que lui avait achetée son père le jour où il l'avait vu couronner au collége de Montpellier.

Ainsi, l'étudiant put au moins s'applaudir d'avoir échappé aux recors, et c'était beaucoup. Quant à l'excellent M. Bonnin, il avait bien quelquefois, suivant la recommandation de M. P***, fait entendre à son pensionnaire qu'ils avaient de vieux comptes à régler ; mais il lui trouvait depuis quelque temps un air tellement triste et soucieux, qu'il évitait au contraire tout ce qui pouvait ressembler à une demande de cette nature.

Quoi qu'il en soit, une telle situation ne pouvait se prolonger beaucoup ; une lettre, que M. P*** reçut de Pézénas à cette époque, vint encore en presser le dénouement.

Nous avons vu comment la fâcheuse confidence faite à madame Hersan, par M. P***, avait compromis un projet d'alliance qui avait établi entre les deux familles la plus grande intimité. Mais une rupture n'était pas aussi facile que M. Hersan avait pu le croire. Une inclination nourrie dans le cœur d'Ernestine dès sa plus tendre enfance, sous les yeux même et de l'aveu de ses parens, était devenue bien puissante. Son père, après avoir cherché vainement à la combattre par la persuasion, vit bien qu'elle ne céderait qu'au sentiment du devoir, et les choses n'en étaient pas encore venues à ce point. D'ailleurs, madame Hersan, dont l'affection pour Abel ne s'était jamais démentie, osait maintenant prendre un peu sa défense; sans prétendre excuser ses torts, elle s'efforçait du moins de les atténuer aux yeux de son mari, ajoutant que, sans doute, il saurait les faire oublier par sa conduite à venir, et que dans tous les cas, il fallait voir avant de prendre un parti, s'il saurait profiter d'une expérience si chèrement acquise. Puis une autre idée était venue à madame Hersan. On se rappelle que, flattée d'avoir un gendre avocat, elle avait elle-même engagé M. Dubourg à envoyer son fils à Paris; mais, voyant aujourd'hui sous quels fâcheux auspices s'ouvrait pour Abel une carrière, d'ailleurs si difficile et si incertaine dans ses résultats, elle était beaucoup moins éloignée de l'opinion de son mari. Enfin, elle voyait que M. Dubourg avait lui-même à-peu-près renoncé à des illusions qu'il avait déjà payées si cher.

Or, il est facile maintenant de pressentir l'objet de la lettre que madame Hersan écrivait à son cousin. Elle avait pensé que, si décidément Abel, soit par inaptitude, soit par légèreté, ne paraissait pas devoir réussir dans la carrière qu'il avait embrassée, il valait mieux qu'il y renonçât avant d'aller plus loin ; qu'après tout, il trouverait chez son père un établissement tout fait, que lui envieraient encore beaucoup de jeunes gens. Elle priait en conséquence M. P*** de voir quelles seraient à cet égard les dispositions du jeune homme, et dans tous les cas, de lui continuer ses bontés, dont elle le croyait encore digne.

M. P*** avait toujours eu peine à concevoir qu'un homme à la tête d'une maison de commerce assez importante, et n'ayant qu'un fils, eût pû vouloir le mettre dans le barreau ou la magistrature. Une grande fortune ou de rares dispositions eussent pu seules expliquer cette détermination. Il ne pouvait donc manquer d'applaudir à l'idée de madame Hersan. Aussitôt, il écrivit un mot au jeune Dubourg, le priant de passer chez lui. Ne sachant que penser de ce message inattendu, Abel craignit que le vieux magistrat, interprête des sentimens de la famille Hersan, et peut-être aussi des volontés de son père, ne vînt encore ajouter à ses chagrins ; mais il fut bientôt rassuré par les paroles pleines de bonté que lui adressa le vieux magistrat.

« Vous m'en voulez sans doute beaucoup, lui dit-il, d'avoir fait part à madame Hersan, des renseignemens qui m'étaient parvenus sur votre conduite ; mais vous n'ignorez pas qu'elle vous avait en quelque sorte placé sous ma sauvegarde ; je n'ai donc fait que remplir un devoir que m'imposait sa confiance et par suite celle de vos parens. J'ai doublement regretté alors que vous ne fussiez pas venu me voir dès votre arrivée à Paris ; éclairé par mes conseils, vous eussiez peut-être évité des écueils dans lesquels vous êtes tombé. Persuadé que l'avenir d'un jeune homme ne dépendra souvent que du choix de ses camarades, je me serais surtout attaché à vous prémunir contre le danger des mauvaises connaissances... mais ne revenons plus sur le passé. Qu'allez-vous faire maintenant? Je ne doute pas qu'aujourd'hui vous n'ayez la ferme volonté de réparer autant qu'il vous sera possible, le temps perdu; mais vous voilà déjà bien en retard; et puis entre nous, avez-vous bien réfléchi, en embrassant la carrière du barreau, à tout ce qu'elle exigeait de travaux, de patience et de dévouement. Déjà vous reculez devant un examen; mais sachez donc que le meilleur élève, en sortant des bancs, ne possède encore que les premiers élémens de la science, sans parler de l'habitude des affaires et du talent de la parole que l'exercice pourra seul lui donner. Je n'aspire pas, direz-vous, à la gloire des Gerbier, des Dupin et de leurs célèbres émules. Je vous crois; mais demandez à la foule des jeunes gens qui encombrent aujourd'hui les avenues du barreau, s'il est facile d'y trouver place, même dans les rangs inférieurs. Parlerez-vous de la magistrature? Ils pourront vous dire aussi combien de concurrens viendront se disputer une place de substitut, ou même les fonctions gratuites de juge-suppléant. Heureux donc les jeunes gens qui, trouvant sous le toit paternel une profession toute faite, peuvent se dispenser de livrer leur avenir aux chances d'une telle carrière ! C'est vous dire qu'à la place de votre père, je n'aurais pas eu pour vous d'autre ambition. Je ne parle pas de vos dispositions particulières ; on sait trop que, dans le choix d'un état, la plupart des jeunes gens cèdent beaucoup moins à l'entraînement d'une vocation prononcée, qu'à des considérations d'amour-propre ; et puis, convenez aussi qu'à l'âge où l'on sort du collége, il est une chose qui flatte et séduit particulièrement dans l'étude du droit : je veux dire le plaisir d'habiter une grande ville, où l'on jouira de toute sa liberté ; n'est-ce pas ? »

Abel sourit.

« Eh bien ! écoutez maintenant un avis qui m'est dicté par l'intérêt que je vous porte : si vous vous êtes trompé, ne serait-il pas encore temps de revenir à la seule carrière qui vous convenait ?

— Comment ?

— Cette proposition vous surprend, mais voyez, réfléchissez ; il y va, je crois, du bonheur de votre vie ; quant à vos parens, j'ai tout lieu de croire qu'ils approuveront cette résolution.

— Je conviens, répondit Abel après un instant de réflexion, que, peut-être, il eût été plus sage en effet de continuer simplement la profession de mon père ; mais, puisqu'il en a été décidé autrement, irais-je donc aujourd'hui reculer lâchement? Non, cela n'est pas possible ; songez d'ailleurs que de temps et d'argent perdus !...

— Est-ce une raison pour en perdre davantage? D'abord, il ne faut pas vous le dissimuler ; au point où vous en êtes, il est probable que les trois années d'usage ne vous suffiront pas pour finir votre droit, et de là, un nouveau surcroît de temps et de dépense.

— Non, Monsieur ; grâce à Dieu, je puis encore éviter un tel retard. Éclairé enfin par une sévère expérience, je veux, dès aujourd'hui, recommencer une nouvelle vie : les vacances approchent ; eh bien ! je vais m'en priver cette année, et les consacrer tout entières à l'étude de mes examens ; en les passant à la rentrée, j'aurai regagné le temps perdu.

« — Cette courageuse résolution vous fait honneur, et je ne veux pas la combattre. Travaillez donc, et venez me voir plus souvent. »

Abel sortit en protestant de nouveau de son zèle et de ses bonnes intentions.

Le lendemain, il accompagnait à la diligence son compatriote Théodore, qui partait, comme l'année précédente, content de lui-même et comblé des témoignages d'estime et de satisfaction de ses professeurs. Combien de rapprochemens pénibles et de réflexions ne durent pas alors se présenter à l'esprit du jeune Dubourg : des larmes qu'il avait pu retenir en présence de son ami, s'échappèrent dès qu'il se retrouva seul.

Adrien devait lui-même partir peu de jours après.

XIII.

Déjà plusieurs mois s'étaient écoulés depuis le moment où Adrien avait été reçu pour la première fois chez les parens de Valérie; mais s'il trouvait toujours dans l'accueil de madame Maubert la même bienveillance, d'un autre côté l'œil vigilant et inquiet du père l'intimidait. Le vieux sergent n'eût pas tardé sans doute à provoquer une explication : hélas! une atteinte mortelle du fléau qui régnait alors ne lui en laissa pas le temps; il expira entre

les bras de sa femme et de sa fille éplorées, mêlant à ses touchans adieux l'expression de ses
vives sollicitudes au sujet de Valérie.

Une seule consolation vint adoucir l'amertume de ses derniers momens. La révolution
de 1830, après quelques lenteurs, avait enfin
proclamé une réparation due à nos vieilles
gloires militaires. Les décorations conférées
par l'Empereur dans les cent-jours étaient re-
connues, et Maubert en apprit la nouvelle la
veille même du jour où il tomba malade. S'il
dut renoncer à la joie de voir briller à sa boutonnière l'étoile des braves, il mourut du
moins avec cette douce pensée qu'elle hono-
rerait son cercueil et l'accompagnerait au
champ du repos.

Ce cruel événement était pour Adrien une
occasion de se rendre utile à madame Maubert;
il la saisit avec empressement. C'est lui qui
voulut se charger des formalités relatives à la
succession, et plus tard de celles qui eurent
pour objet de faire liquider la pension de la
veuve, pension minime avec laquelle cette
bonne mère aurait encore plus de peine à
soutenir son ménage et les habitudes de sa
fille. Elles virent l'une et l'autre avec joie dans

les démarches de l'étudiant quelque chose de
cette douce communauté d'intérêts et d'affections qu'on ne trouve que dans le mariage.

Valérie venait d'atteindre sa dix-huitième
année, et pour celle qui n'eût désiré qu'un
établissement conforme à son rang, plusieurs
partis convenables s'étaient déjà présentés;
mais Adrien était là, et toujours confiante
dans la pureté de ses vues, madame Maubert
avait bientôt éconduit d'obscurs prétendans.
Un seul ne s'était pas entièrement découragé;
c'était Didier, et cependant il sentait combien était fâcheuse pour lui la mort de
M. Maubert, qui en le privant d'un appui,
laissait en même temps un champ plus libre
aux assiduités de l'étudiant. Mais il espérait
toujours que Valérie bientôt désabusée revien-
drait à lui, à lui qui l'aimait d'un amour si
pur et si vrai. Voilà ce qu'il brûlait de lui dire
encore une fois; instruit d'un autre côté de
quelques propos auxquels donnaient lieu les
visites fréquentes d'Adrien, il ne pouvait voir
l'honneur de son amie livré à d'injurieux
soupçons : voulant donc provoquer s'il était
possible une explication de l'étudiant qui ne
laissât dès ce moment aucune incertitude

sur ses vues, il écrivit en ces termes à Valérie :

« Mademoiselle ,

» Permettez à un ami d'enfance qui avait rêvé un titre plus doux, de vous entretenir encore une fois de ses sentimens et de ses regrets. Vous en aimez un autre, je le sais... il a de la fortune, une éducation brillante, en un mot tout ce qui peut séduire une femme ; et moi, de tout ce que je pouvais vous offrir, mon amour seul était digne de vous. A Dieu ne plaise que croyant à des propos inconsidérés ou malveillans, j'excite en vous la moindre défiance sur la pureté de ses vues ; mais il dépend de sa famille... Pardonnez, Valérie, si une dernière espérance vient encore me sourire. Non, je ne puis croire que ce bonheur, ce rêve de toute ma vie se soit évanoui pour toujours ? Est-il donc vrai que vous ne m'aimiez pas, que vous ne m'ayez jamais aimé ! hélas ! ces regards si doux dont je me suis enivré tant de fois, n'exprimaient donc que la froide amitié et je devais l'apprendre en les voyant tomber sur un autre ? Peut-être est-ce ma faute aussi, car je ne vous ai seule-

ment pas dit mon amour, hélas ! je n'avais
pas de mots pour l'exprimer et il en trouve
lui ; mais toutes ces belles phrases qu'il vous
dit, il y a si long-temps que je les pense. Ah !
Valérie, ne croyez pas qu'on puisse être aimé
deux fois comme je vous aime ; songez que
depuis que je me connais, c'est là tout mon
être, toute ma vie ; ça n'a pas commencé, ça
ne peut pas finir. N'importe, s'il est décidé
que je dois renoncer à vous, ne craignez pas
de me l'apprendre, j'aurai du courage. Pauvre Didier, direz-vous peut-être, qu'il va
souffrir ! et pour me consoler vous me jetterez
quelques douces paroles ; mais non, gardez
votre pitié. Pour être né dans un rang obscur, je n'en ai pas moins quelque fierté. Ce ne
sont pas des consolations que je vous demande,
c'est votre main. Ne craignez pas, je le repète,
de m'enlever un dernier espoir. Il n'est qu'un
mal que je ne pourrais supporter, ce serait celui de vous sentir malheureuse.

    » Votre meilleur ami.

    » DIDIER. »

Valérie, à la lecture de cette lettre fut profondément émue, attendrie ; elle y voyait

l'expression d'un amour si vrai ; celui d'Adrien ne l'était pas moins sans doute ; était-il aussi pur ? Jusque-là elle n'en avait pas douté, mais quelques mots de cette lettre l'avaient surprise, inquiétée. Ainsi les visites d'Adrien étaient donc l'objet de propos injurieux pour elle ; son âme se soulevait à cette idée. Madame Maubert, à qui elle lut aussitôt la lettre, n'en fut pas moins indignée ; sa confiance était entière comme celle de sa fille. Mais toutes deux interrogeant bientôt leurs souvenirs, cherchèrent vainement à se rappeler quelques paroles ou quelques actes par lesquels Adrien eût clairement exprimé ses intentions.

A l'instant même où vivement préoccupées, elles commençaient à s'entretenir de leurs craintes, Adrien frappait à la porte ; il venait, comme à l'ordinaire, passer la soirée près d'elles. Pour la première fois, il trouva dans leur accueil un air de réserve et de contrainte qu'il ne savait comment expliquer. Frappé surtout de la tristesse de Valérie, il finit par en demander la cause.

« Tenez, lui dit madame Maubert, car nous ne pouvons avoir de secrets pour vous, lisez cette lettre que ma fille vient de recevoir. »

Adrien prit la lettre ; à peine l'eut-il dépliée qu'impatient d'en voir la signature, il tourna la page. Madame Maubert et sa fille, dont les regards demeuraient fixés sur lui, purent déjà remarquer son émotion en voyant le nom de Didier. Il connaissait le jeune tailleur pour un ami de la famille et le plus digne prétendant de Valérie. Arrivé au passage de la lettre où il était question de lui, son agitation et son embarras devinrent encore plus visibles ; sa lecture achevée, il semblait la recommencer, comme s'il ne l'eût pas bien comprise, prenant ainsi le plus de temps possible pour préparer ses réponses.

Lorsque séduit par la beauté et les grâces de Valérie, Adrien avait cherché à lui plaire, il n'avait d'autre but que de faire ce qu'on appelle une conquête ; mais s'il réussit à se faire aimer, il n'avait du moins obtenu jusque là que de légères faveurs surprises en quelque sorte à l'innocence de la jeune fille. S'il eût osé davantage, elle eût trouvé dans ses principes religieux, comme dans le soin même de sa réputation et de son avenir, la force nécessaire pour lui résister ; ajoutons même que plus le jeune étudiant l'avait connue et appré ciée, plus il était devenu timide avec elle, reculant presque à l'idée de flétrir tant de vertus et de charmes. D'un autre côté, la distance des conditions et des fortunes lui paraissait telle qu'il n'avait pu songer à un mariage, et le voulût-il, sa famille s'y opposerait sans doute. Jusque là il avait donc évité toute explication, mais le moment était venu de se prononcer. On sent quel était alors son embarras, que venait augmenter encore l'attitude inquiète et silencieuse de madame Maubert et de sa fille.

Enfin, après avoir replié lentement la lettre, « ce langage, dit-il à Valérie, paraît vous avoir émue... Seriez-vous donc disposée à accueillir cette demande ?

— Moi ! répondit Valérie, comme interdite par cette question.

— Ce n'est pas, comme vous devez croire, dit madame Maubert, la première demande à laquelle nous ayons à répondre ; mais comme vous étiez reçu à la maison...

— Il est certain que Mademoiselle ne pouvait manquer de nombreux aspirans ; mais elle est si jeune encore... »

A ces mots, la mère et la fille se regardèrent avec étonnement.

« Comment! si jeune encore? Valérie, Monsieur, a dix-huit ans, et aujourd'hui surtout qu'elle n'a plus de père, je dois songer à lui donner bientôt un appui. »

Ici redoublèrent le trouble et l'embarras de l'étudiant, qui put à peine balbutier une réponse insignifiante. Une vive anxiété se peignit sur la figure pâle de Valérie; sa mère, qui commençait à craindre une cruelle déception, ne voulut pas douter plus long-temps; elle poursuivit :

« Pardon, Monsieur, si j'ose vous adresser une question; mais c'est qu'en vérité votre air, vos paroles embarrassées..... En vous accueillant à la maison, nous serions-nous trompées, ma fille et moi, sur vos intentions? »

Adrien hésitait à répondre.

« Serait-il possible!... ajouta madame Maubert.

— Ah! Monsieur! s'écria Valérie, se cachant la tête dans ses mains et versant un torrent de larmes. »

Adrien demeurait confus, anéanti.

« Ainsi votre but n'était donc que de déshonorer ma fille, et de plonger une honnête famille dans le désespoir? Ah! cette pensée est humiliante, horrible... Vous qui aviez toute notre confiance! Mais aussi je suis bien coupable; n'aurais-je pas dû plus tôt... Moi qui pour vous ai refusé tant de partis convenables; qui éloignais jusqu'à celui dont vous venez de lire la lettre si touchante.

— C'en est trop! s'écria l'étudiant. Madame, Mademoiselle, écoutez-moi. »

Les dernières paroles de madame Maubert avaient porté au comble l'émotion d'Adrien; il sentit pour la première fois tout le mal qu'il avait pu causer à la jeune fille, en lui inspirant un amour qu'il ne voulait pas légitimer, en même temps qu'il éloignait d'elle des hommes qui eussent été si heureux et si fiers d'obtenir sa main. Il trouvait sa conduite coupable, odieuse, il se méprisait..... mais que faire? Allait-il, en implorant son pardon, engager Valérie à chercher dans une autre union un bonheur qu'il ne pouvait lui offrir? Non; il savait qu'il était aimé et que Valérie serait malheureuse. Et lui-même, d'ailleurs, pouvait-il renoncer pour jamais à la première, à la seule femme qu'il eût aimée, l'abandonner plus belle encore de son indignation et de ses larmes ? Où trouver ailleurs tant d'amour et de vertus ? Et qu'importent, après tout, les distances du rang et de la fortune, lorsqu'il s'agit du bonheur de la vie ?

Telles étaient les réflexions qui se pressaient en ce moment dans la tête du jeune étudiant ; il continua en ces termes :

« Oui, j'ai mérité vos reproches ; je me livrais en aveugle à l'amour que m'avait inspiré mademoiselle Valérie, sans me demander où il nous conduirait ; bien jeune encore, je n'avais pas songé à un mariage ; mais croyez bien, Madame, que je me tiendrais honoré de cette alliance, et je vous en donne la preuve, car à l'instant même, je vous demande la main de mademoiselle votre fille, si l'une et l'autre oubliant mes torts, me jugez encore digne de la préférence que vous paraissiez m'avoir accordée. »

A ces mots, un sourire, qu'elle s'efforça bientôt de réprimer, épanouit les traits de madame Maubert. « Pour moi, dit-elle, je ne puis avoir ici d'autre volonté que celle de ma fille.

« — Non, Monsieur, dit Valérie, ne pensez pas que j'accepte une proposition que, dans ce moment, vous pourriez croire vous être en quelque sorte imposée.

— Je croirais vous offenser, Mademoiselle, si je vous offrais une réparation dont votre honneur n'a pas besoin ; ce que je vous offre et vous supplie d'accepter, c'est l'hommage libre d'un cœur qui depuis long-temps vous appartient.

— Mais pouvez-vous seulement en disposer ?...

— Sans doute, ajouta madame Maubert ; vous n'avez pas le consentement de votre famille, et qui pourrait vous en répondre ?

— Mes parens ne peuvent vouloir que mon bonheur : dès aujourd'hui je veux leur écrire ; quand ils connaîtront mademoiselle Valérie, ah ! ne doutez pas qu'ils ne s'empressent de consentir à cette union.

— Mes sentimens vous sont connus, dit Valérie ; mais je le répète, si la moindre contrainte avait part à votre détermination, je vous dirais : Ah ! plutôt cent fois cesser de me voir, et laissez-moi vous oublier... s'il m'est possible. »

De nouvelles protestations d'Adrien ne laissèrent plus aucun prétexte à la résistance de la jeune fille. Enfin, cette explication, d'abord suivie de regrets amers et de larmes, se terminait dans l'effusion et les doux épanchemens de deux cœurs plus unis que jamais. Quant à madame Maubert, elle était à-la-fois rayonnante de joie et d'orgueil. Il fut convenu que Didier serait encore éconduit.

Adrien n'eut pas plutô' quitté Valérie, qu'il sentit toute la gravité de la résolution qu'il venait de prendre ; il en était comme étourdi ; lui, qui une heure auparavant était si loin de la pensée d'un mariage, le voilà sous le poids d'un engagement sacré... et cet engagement, pourra-t il le remplir? Que dira sa famille? N'importe ; sa parole est donnée, il ne peut reculer.

A peine rentré chez lui, et encore tout palpitant de la scène qui venait de se passer, il écrivit à son père. On devine aisément avec quel enthousiasme il dut parler de Valérie ; mais il fallait aussi dire un mot de ses parens ; avouerait-il leur humble condition? Il sentait que c'eût été provoquer un refus net, immédiat. Cette confidence viendrait donc plus

tard, lorsque sa famille y serait mieux préparée. En conséquence, il glissa légèrement sur
ce chapitre, se bornant à dire que le père de
Valérie était un ancien militaire. Il terminait
sa lettre par les supplications les plus vives.
Un refus de ses parens ferait, disait-il, son
désespoir et le malheur de toute sa vie.

M. Belmont, père d'Adrien, était un médecin distingué de Montpellier; il avait peu
de fortune; mais trouvant dans une nombreuse clientèle les moyens de pourvoir à
l'éducation de son fils, il l'avait envoyé faire
son droit, dans l'intention de lui acheter une
charge de notaire; déjà même il avait en vue
l'étude et la femme qu'il lui destinait. On sent
quelle surprise et quel mécontentement dut lui
causer la lettre de son fils. Voyant à l'exaltation de son langage, que ce n'était point un
léger caprice, mais une véritable passion qu'il
avait à combattre, M. Belmont pensa qu'il
devait lui répondre avec beaucoup de ména-
gement. D'ailleurs le moment des vacances
approchait, et son fils une fois près de lui, il
serait plus facile de le ramener à la raison; il
lui répondit en ces termes :

« Ta lettre, mon ami, m'a vivement surpris et affligé. Comment as-tu pu, sans me
consulter, prendre un engagement aussi sérieux que celui dont tu me parles? A ton âge
on cède facilement à l'entraînement d'une
passion ; mais quelque digne qu'en puisse être
l'objet, il est aussi des convenances de position
qu'il faut consulter. Si j'en crois le portrait,
peut-être un peu flatté de celle que tu aimes,
elle se distinguerait par les qualités les plus
estimables; mais tu sens, qu'en l'absence de
plus amples renseignemens sur sa famille et sa
fortune, je ne puis encore me prononcer. Au
surplus, tu n'as sans doute voulu que me prévenir ; comme tu ne peux tarder à venir,
nous aurons le temps de causer ici plus lon-
guement. Je te recommande, en attendant,
beaucoup de prudence et de réserve. »

Cette lettre, attendue avec une vive impatience, fut loin d'abord de satisfaire Adrien.
Son père lui semblait tenir trop peu de compte
de l'amour qu'il lui avait peint dans sa lettre,
comme des engagemens qu'il avait déjà pris.
Ce n'est donc à ses yeux, se disait-il, qu'un
mariage comme un autre, et pour lequel il

faut consulter toutes les convenances. Ce langage froid l'inquiétait ; puis, quand il y eut réfléchi davantage, il sentit qu'après tout il ne pouvait s'attendre à une réponse plus favorable. Lorsqu'il en fit part à Valérie et à sa mère, il eut toutefois quelque peine à les rassurer.

« Vous voyez, lui dit la jeune fille, combien ce mariage trouvera d'obstacles dans votre famille, quand elle connaîtra la distance qui nous sépare d'elle. Hélas ! nous aurions dû plus tôt y songer.

— Je m'attends bien, répondit Adrien, à quelque résistance, mais soyez sûre que j'en triompherai par la force même de mon amour, par mes instances, mes supplications, et s'il le faut, par mon désespoir. Oui, mon cœur se brise à l'idée seule de renoncer à vous ; on ne peut exiger de moi un tel sacrifice. »

Peu de temps après, les deux amans se faisaient les plus tendres adieux ; Adrien partait pour Montpellier, après avoir subi sinon d'une manière brillante, au moins avec succès, les dernières épreuves de son cours de droit ; il partait donnant à Valérie l'assurance de son retour et de leur union prochaine.

XIV.

Quelques jours avant l'arrivée de son fils ,
M. Belmont avait reçu de Paris une lettre qui
contenait les renseignemens les plus précis sur
la famille Maubert. Frappé des réticences
d'Adrien sur ce point , il avait chargé un ami
de prendre toutes les informations propres à
éclairer sa conduite ; elles furent telles qu'il
avait lieu de le présumer, et quelqu'éloge qu'on
dût faire de la jeune fille , M. Belmont n'était
point disposé à donner son consentement à ce

mariage, mais il voulait, ménageant le secours
de son autorité, amener son fils à y renoncer
de lui-même. Dans le premier entretien qu'ils
eurent à ce sujet, Adrien s'exprima comme
dans sa lettre, avec tout le feu et l'éloquence
de la passion. Son père, sans vouloir entrer
dès ce moment dans une foule de considérations qu'il n'était pas encore en état de bien
apprécier, lui fit toutefois quelques observations dont une surtout était de nature à le
frapper vivement. « Tu me crois peut-être
riche, lui dit-il, mais apprends que si mon
intention a été jusqu'ici de t'acheter une étude
de notaire, c'est parce que j'ai dû penser que
tu ferais un mariage convenable, tel enfin que
ta position permettait de l'espérer ; or, tu
comprends que j'y dois renoncer si tu épouses
une femme sans fortune. Tu verras quel parti
te semble préférable. Dans tous les cas, je
veux que tu prennes le temps d'y réfléchir ;
songe qu'il s'agit du bonheur de ta vie entière.

— Eh bien ! ce bonheur, répondit Adrien,
il est impossible que je le trouve jamais avec
une autre femme que Valérie. Sans doute il
me serait bien pénible d'abandonner une car-

rière à laquelle je me sentais appelé par mes goûts comme par le vœu de ma famille, mais alors je chercherais, s'il le faut, mon existence dans une profession plus modeste; je préfère tout au malheur de perdre Valérie. »

Ainsi parlait Adrien; mais bientôt il sentit qu'une lutte s'était engagée entre son amour et sa raison émue par les paroles graves de son père. Ses premières lettres à Valérie n'en furent pas moins tendres et moins passionnées. Il eût au contraire évité avec plus de soin toute expression dans laquelle eût percé quelque regret des engagemens qu'il avait pris. Enfin il annonçait à sa jeune amie que son père ne paraissait pas devoir lui refuser son consentement, mais que seulement il voulait soumettre son amour à l'épreuve de l'absence : « Dure épreuve, ajoutait-il, puisqu'elle va retarder le jour de notre union, mais que Valérie ne craindra pas plus que moi. Il est des sentimens que l'absence fortifie loin de les affaiblir, et ceux-là ne finissent qu'avec la vie. »

Aux raisonnemens par lesquels M. Belmont combattait la passion d'Adrien, il savait aussi joindre avec art de puissantes distractions.

C'est ainsi qu'il ne manquait aucune occasion de le produire dans les meilleures sociétés et les réunions les plus brillantes de la ville. Adrien voyait là les demoiselles qu'on citait comme les plus beaux partis, et auxquelles il eût pu prétendre. Déjà même le bruit public le mariait tantôt avec l'une, tantôt avec l'autre, et son amour-propre en était flatté.

Parmi ces demoiselles, il en était une, Julie Nelville, que M. Belmont avait particulièrement en vue pour son fils; orpheline depuis quelques années, mademoiselle Nelville joignait à une dot liquide de quatre-vingt mille francs, sans compter quelques *espérances,* une figure assez jolie, un esprit et un caractère dont tout le monde s'accordait à faire l'éloge; aussi dans les salons, au bal, partout se voyait-elle entourée de nombreux prétendans, mais M. Belmont avait quelques motifs de croire que son fils obtiendrait la préférence. Julie avait pour oncle et tuteur un vieux notaire, M. Launoy qui n'ayant pas d'enfans, désirait trouver à sa nièce un mari dont il pût faire son successeur. Or, qui pouvait lui mieux convenir qu'Adrien? Un jour que celui-ci parlait à son père des prétentions d'un jeune

avocat à la main de Julie : « Comment trou-
ves-tu cette demoiselle ? lui dit M. Belmont.

— Mais elle est fort bien , répondit Adrien ,
un peu surpris de cette question.

— Je sais quelqu'un , reprit son père avec
un léger sourire, qui pourrait la disputer avec
avantage au jeune avocat.

— Qui donc ?

— Toi.

— Moi ! répliqua Adrien avec émotion ;
quel motif auriez-vous de le supposer ? »

Profitant de cette heureuse occasion, M. Belmont s'empressa d'exposer à son fils les nombreux avantages qu'il trouverait dans une telle
union, et les raisons qu'il avait, lui, de la
regarder, comme très possible. Il s'était bien
gardé de lui en parler dès le moment de son
arrivée ; Adrien était alors trop plein du souvenir de Valérie pour qu'il ne rejetât pas bien
loin la pensée de l'alliance, même la plus brillante ; maintenant, au contraire, que moins
absorbé par sa passion il se livrait plus au
monde, il pouvait mieux apprécier la femme
que son père lui proposait. Aussi dans ce moment une sorte de révolution venait-elle de s'o-
pérer en lui. La distance qui dans l'opinion de la

société séparait Valérie de mademoiselle Nelville lui avait apparu tout entière. C'était
d'un côté une jeune fille belle et séduisante, il
est vrai, mais à laquelle il fallait sacrifier son
état, ses espérances et celles de sa famille ; et
de l'autre, une femme non moins distinguée par
d'estimables qualités, et dont la main lui assurait fortune, honneur, en un mot la plus belle
position à laquelle il pût aspirer. Voilà ce
qu'Adrien venait de comparer, et pour la première fois il se prit à regretter un engagement
téméraire. Jusque là, il n'avait pu séparer par
la pensée son bonheur de Valérie, et maintenant il avait compris qu'il pouvait aussi être
heureux avec une femme qui n'était pas elle.
Content de l'effet qu'avait produit sur son
fils cette première ouverture, M. Belmont, sans
vouloir encore le presser de prendre un parti,
l'abandonna à ses réflexions.

Ah ! si Valérie avait su ce qui se passait alors
dans l'âme d'Adrien, une cruelle anxiété eût
bientôt remplacé cette douce confiance où
l'avait encore laissée sa dernière lettre. Pauvre Valérie ! Elle pleurait souvent depuis son
départ. Quelle solitude et quel silence avaient
succédé pour elle à ces longues causeries, tour

à tour gaies ou sérieuses, où s'épanchaient
leurs âmes ! vainement cherchait-elle quelque
distraction dans la musique qu'elle aimait tant :
il n'était plus là pour l'entendre, ou chanter
avec elle. Quelquefois elle avait à peine commencé une romance que pensant à lui, elle
s'arrêtait tout-à-coup suffoquée par ses larmes ; mais aussi de quelle joie son cœur
bondissait à la vue d'une lettre d'Adrien ! et
comme elle aimait à relire tantôt seule, tantôt
avec sa mère, ces phrases où elle retrouvait l'assurance d'un amour qui faisait à elle toute sa
vie. Hélas ! elle était loin de se douter qu'à tous
les obstacles qu'avait à vaincre cet amour, venait de se joindre encore une puissante rivale !

XV.

Six semaines environ s'étaient écoulées depuis que **M.** Belmont avait fait à son fils la confidence de ses vues au sujet de mademoiselle Nelville ; et, comme Adrien avait de fréquentes occasions de la voir , chaque jour il pouvait mieux apprécier ses qualités, en même temps que les brillans avantages que lui offrait cette union ; mais il fallait se hâter : on savait que les démarches les plus empressées étaient faites au nom du jeune avocat, et il était à craindre qu'Adrien n'arrivât trop tard. C'est alors que M. Belmont le pressa vivement de se déclarer. Déjà le temps n'était plus où plein de son amour, Adrien pouvait opposer l'éloquence du cœur à la froide raison de son père ; maintenant, on voyait à son langage qu'il était moins préoccupé du sacrifice qu'il eût fait en renonçant à Valérie, que du soin de remplir un engagement qui lui paraissait sacré. Ce n'était pas non plus sans effroi, qu'il songeait à la douleur de la jeune fille, à son désespoir peut-être. Quant à M. Belmont, il traitait assez légèrement une promesse qu'il supposait avoir été surprise à l'inexpérience de son fils ; mais voyant combien elle paraissait peser à sa conscience, il s'efforça de le rassurer sur ce point, ajoutant qu'il allait lui-même écrire à madame Maubert, et lui exposer tous les obstacles qui rendaient ce mariage impossible.

« De grâce, mon père, n'écrivez pas, interrompit Adrien, en proie à la plus vive agitation ; vous ne connaissez pas Valérie, vous ne savez pas quel coup vous pourriez lui porter... J'écrirais plutôt, moi... oui. Je lui dirais... quoi? Que je renonce à elle, que je vais en épouser une autre... Ah! je ne pourrais jamais.

— Ainsi donc, tu persistes. Écoute : je n'ai garde de vouloir t'arracher un sacrifice que tu pourrais ensuite regretter et me reprocher peut-être, non. Je veux au contraire te laisser tout-à-fait libre ; mais il est temps de mettre un terme à tant d'irrésolutions ; juge de mon embarras de n'avoir pu encore, lorsqu'on te marie publiquement avec mademoiselle Nelville, en dire un mot à son tuteur, moi qui le vois tous les jours. Ainsi, je le répète, il faut en finir. Que dès demain tu aies pris un parti, je te laisse y réfléchir une dernière fois. »

Cet entretien avait lieu dans la matinée : un instant après, Adrien recevait une lettre de Valérie ! M. Belmont maudit cette fatalité ; il sentit combien, dans un tel moment, les paroles de la jeune fille pouvaient influer sur la détermination de son fils.

Depuis quelque temps, Valérie n'avait pas reçu de nouvelles d'Adrien, et ce retard lui causait d'autant plus d'inquiétude, que déjà elle avait été moins satisfaite de sa dernière lettre ; à cette expression si vive et si franche d'un amour qui jusque là n'avait pas douté de lui-même, venait de succéder certain air de contrainte et d'hésitation qui n'avait point échappé à la jeune fille. C'était donc sous l'impression pénible de cette lettre et du long silence qui l'avait suivie, qu'elle écrivait à Adrien. Craignant toutefois de l'accuser injustement, elle avait su retenir l'expression de ses alarmes. Sa lettre, à-la-fois empreinte de mélancolie et de tendresse, se terminait ainsi :

« Ah ! dites-le moi, contre tant de séductions dont vous devez être entouré, n'auriez-vous donc plus, pour défendre la pauvre Valérie, que le souvenir de son amour, à elle, et du bonheur qu'elle a goûté près de vous ? Ou bien encore (je frémis d'y penser), ne seriez-vous retenu que par une promesse ? Faudrait-il vous la rendre ? je serais bien malheureuse... mais non, j'aime mieux en croire mon cœur, qui me dit que je suis encore votre Valérie. Cher Adrien, répétez-le moi. »

Adrien s'était enfermé dans sa chambre pour lire cette lettre ; une heure après, il en sortit tenant en main la réponse. Tout ce qui restait en lui d'amour et d'intérêt pour Valérie, joint au respect de ses engagemens, l'avait porté à une résolution aussi prompte que décisive. Cédant à la crainte même de ne pouvoir résister aux conseils de son père et de manquer à sa parole, il se jetait tout-à-coup dans les bras de la jeune fille. Ainsi, écrivant sous l'influence d'une sorte d'exaltation causée par la lutte même qu'il avait à soutenir, il protestait de nouveau d'un sentiment que rien ne pouvait altérer. Enfin, il annonçait à Valérie qu'avant un mois, il serait à Paris pour y célébrer leur mariage.

Quand, après avoir long-temps hésité entre deux partis, on en vient à rompre cet équilibre par une forte résolution, un soulagement se fait d'abord sentir ; mais cette résolution, une fois devenue irrévocable, alors semblent surgir plus puissans que jamais, les motifs qui militaient en faveur du parti contraire. Ainsi Adrien n'eut pas plus tôt fait porter sa lettre à la poste, qu'il fut en proie à de nouvelles agitations. C'en était fait : il venait de sacrifier à Valérie son état, son avenir et jusqu'au bonheur de sa famille, déçue dans son espoir, et de plus humiliée par cette alliance. Mais son bonheur à lui, était-il du moins assuré ? Valérie lui tiendrait-elle lieu de tout ce qu'il avait perdu ? Hélas ! cette illusion qu'il avait pu se faire alors que son cœur était plein d'un amour qu'il croyait éternel, n'était plus possible aujourd'hui. Que dis je?... il était déjà malheureux. Son père, qui, depuis l'arrivée de la lettre de Valérie, observait ses démarches, avait déjà pu remarquer son excessive agitation; le lendemain, il lui trouva un air soucieux et fatigué : Adrien n'avait pas eu un instant de sommeil.

« Eh bien! lui dit M. Belmont, le moment est venu de te prononcer. As-tu pris un parti?

— Oui, mon père, répondit Adrien d'une voix mal assurée : j'épouse Valérie.

— Est-il possible?

— Je le devais, puisqu'elle avait ma promesse.

— Sans doute, reprit M. Belmont, une promesse est chose grave, et je déplore vivement la légèreté avec laquelle tu l'as faite; mais enfin de quelle valeur pouvait être aux yeux de la mère de cette jeune fille, un engagement, je ne dirai pas surpris avec art, puisque tu n'en conviens pas, mais qui du moins n'a pas été l'effet d'une volonté réfléchie. Eh quoi! les raisons les plus graves, appuyées de la voix d'un père et des vœux de toute une famille, viendraient échouer contre une parole échappée à un jeune homme violemment épris et à peine majeur! Une autre pensée, je l'avoue, me toucherait davantage : ce n'est pas sans un vif intérêt que je songe à la position de cette jeune fille, que la passion a pu égarer comme toi ; mais heureusement tu n'as pas à te reprocher son déshonneur et la perte de son avenir. Toujours estimée, elle trouvera facilement un mari, tel que son rang lui permettait de l'espérer ; et, crois-le bien, elle sera plus heureuse avec cet homme qu'avec toi. Tu n'as été frappé jusqu'ici que d'une idée, d'un désir : posséder celle que tu aimais ; mais, dis-moi, quand cette passion une fois éteinte, tu viendrais à reporter ta pensée vers la position brillante à laquelle tu devais prétendre, et dont cette alliance t'aurait fait déchoir, n'aurais-tu pas d'amers regrets ? et si alors tu n'étais pas heureux, pourrais-tu faire le bonheur de ta femme ?

» Ce n'est pas tout : ne pouvant acheter maintenant une étude de notaire, te voilà sans état et je puis ajouter sans fortune, car tu sais combien peu je puis te donner pour ton établissement ; or, as-tu seulement réfléchi aux moyens d'assurer l'existence de ta famille? Prendras-tu une autre profession? Mais le choix ne sera pas facile et le succès fort douteux Eh bien ! je te le demande, ton amour est-il assez fort pour braver les chances du besoin, de la misère peut-être ?...

Adrien, qui écoutait ce discours dans le silence d'un morne abattement, l'interrompit à ces derniers mots : « Ah ! mon père, ne m'accablez pas ; oui, je serai malheureux ; je le sentais moi-même ; mais je l'ai voulu ; apprenez qu'il m'est désormais impossible de reculer : hier même j'ai écrit à Valérie que je serai bientôt à Paris pour y célébrer notre mariage.

— Imprudent ! tu prévois ton malheur et tu t'y précipites !

— J'étais ému par la lettre de Valérie, et je me hâtai d'écrire... Depuis ce moment, j'ai déjà fait bien des réflexions, et vos paroles ont achevé de m'ouvrir les yeux.

— Tu ne l'écrirais donc pas aujourd'hui, cette lettre ?

— Non...

— Tu voudrais la retenir ?

— Oui.

— Tiens, la voilà... »

Adrien resta muet de surprise.

« Je t'observais hier, reprit M. Belmont, et me doutant bien que tu pourrais regretter une lettre écrite avec tant de précipitation, je l'ai prise des mains du domestique, qui la croit à la poste ; mais tu le vois, elle est intacte, et si tu veux qu'elle parte, ce ne sera qu'un jour de retard : le veux tu ? »

Adrien ne répondit pas.

« Je t'ai dit quels seraient pour toi comme pour cette jeune fille, les résultats de cette union, mais je ne t'ai pas encore parlé, mon ami, du chagrin qu'en éprouverait ta famille, ton père surtout, qui t'aime tant, tu le sais, qui faisait de toi sa joie, son orgueil ; songe à son désespoir s'il te voyait malheureux...

— Mon père ! s'écria Adrien en se jetant dans ses bras, et en le baignant de ses pleurs, je m'abandonne à vous.... »

Dès le lendemain, M. Belmont demanda et obtint pour son fils la main de mademoiselle Nelville.

Pendant quelques jours Adrien resta fortement préoccupé de la résolution qu'il venait de prendre ; il ne pouvait un seul instant éloigner de sa pensée la malheureuse Valérie ; mais peu à peu la joie de sa famille, les complimens de ses amis, et plus que tout cela, une femme qu'il aimait déjà, non pas de cet amour exalté qu'il avait connu, mais d'une affection douce, plus durable, détachèrent ses regards du passé pour les reporter sur l'heureux avenir qui s'ouvrait devant lui.

Quant à M. Belmont, il ne s'était jamais beaucoup effrayé de l'effet que produirait sur Valérie la nouvelle de ce mariage, pensant qu'elle en aurait bientôt pris son parti ; il écrivit donc en ces termes à madame Maubert :

« Madame,

» Mon fils, cédant à l'entraînement d'une première passion, avait fait, je le sais, à mademoiselle votre fille, la promesse de l'épouser. Mais cette promesse, vous l'avez senti vous-même, ne pouvait devenir sacrée qu'autant qu'elle serait sanctionnée par son père qu'il devait consulter avant tout. Si mon fils était riche, et par conséquent en position de prendre une femme sans fortune, j'aurais pu ne pas m'opposer à cette union ; mais j'ai dû lui faire voir que forcé alors d'abandonner un état pour lequel il y avait à faire encore des sacrifices au-dessus de ses propres ressources, il compromettait son avenir et le bonheur même de celle qu'il aimait; il a compris mes raisons, et dans peu de jours il épouse une femme que je lui avais choisie, et dans laquelle il trouve réunies toutes les convenances.

» Recevez, etc.

» BELMONT. »

Bientôt on s'occupa de fixer les conventions du mariage ; à la dot de sa pupille, M. Launay ajoutait un avantage particulier de vingt mille francs à imputer sur le prix même de l'étude qu'il cédait à Adrien; ce n'était là d'ailleurs qu'un avancement d'hoirie, car n'ayant pas de plus proches parens, le vieux notaire devait laisser au jeune couple toute sa fortune. Enfin les premiers bans étaient publiés; quelques jours encore et allait être célébré, ce que tout le monde dans la ville appelait un beau mariage, quand tout-à-coup la joie des deux familles fut troublée par un événement aussi terrible qu'imprévu.

Dans les longues soirées qu'Adrien passait près de Julie et de son tuteur, il leur lisait assez souvent les nouvelles les plus intéressantes du journal. Voici quel article lui tomba un jour sous les yeux :

« Une jeune fille de la rue Sorbonne, » nommé Valérie M....., aimait tendre- » ment un étudiant en droit, dont elle avait » même reçu une promesse de mariage. Ayant » appris qu'il allait en épouser une autre, elle » n'a pu survivre à son malheur, et s'est em- » poisonnée ; on désespère de ses jours. »

Il est des situations qu'il ne faut pas cher- cher à peindre. Qui pourrait rendre tout ce qu'il y avait pour Adrien d'horreur et d'anxiété dans cette lecture... A ce nom de Valérie, il s'était d'abord arrêté ne pouvant pressentir qu'un funeste événement ; mais on avait re- marqué son trouble : rassemblant toutes ses forces, il parvint à lire d'une voix presque étouffée le reste de l'article ; arrivé à ces mots : *elle s'est empoisonnée*, la feuille lui tomba des mains ; mademoiselle Nelville le regardait avec étonnement.

« Eh bien ! qu'avez-vous donc ? lui dit M. Launoy : cette jeune personne....?

— Malheureux ! c'est moi qui l'ai tuée, » s'écria Adrien, et sa figure était pâle, son œil fixe, tout son être comme anéanti. Vainement il essaya de leur expliquer cet horrible mystère, ses lèvres tremblantes, sa voix entrecoupée par les sanglots, se refusèrent à ses efforts. Près de s'évanouir, il sortit tout-à-coup dans le plus grand désordre, laissant sa fiancée et le vieux notaire frappés de stupeur.

Son père, en le voyant rentrer, avait remarqué sa pâleur et l'altération de ses traits ; il lui en demanda la cause. Adrien eut à peine la force de lui raconter ce qui s'était passé. M. Belmont fut à son tour accablé à la nouvelle de cette catastrophe, comme à la pensée des conséquences qui pouvaient en résulter dans un tel moment. Après avoir, par quelques paroles, cherché à rendre à son fils un peu de courage, il courut aussitôt chez M. Launay. Forcé de lui avouer la passion d'Adrien et la promesse qui s'en était suivie, il fit du moins valoir tous les motifs qui pouvaient atténuer ses torts. Il ajouta qu'il sentait bien que le mariage ne pouvait être célébré sous l'impression trop récente de ce fatal événement ; mais M. Launay, qui venait

d'être témoin de l'horreur qu'en avait éprouvée
sa nièce, laissa voir par sa réponse qu'il n'était
pas seulement question d'un ajournement,
mais d'une rupture.

XVI.

Nous avons laissé Valérie au moment où, surprise et inquiète du silence d'Adrien, elle venait de lui écrire une lettre où se peignait l'état de son âme; maintenant, elle attendait la réponse : longue attente ! horrible anxiété ! Combien de fois alors elle se rappela ces paroles d'Adrien, dont elle avait conservé une vive impression : « Oui, chère Valérie, lui disait-il peu de jours avant son départ, renoncer à vous ou à la vie, n'est pour moi qu'une même chose; ainsi, à Dieu ne plaise que mon père refuse son consentement à notre union, car je ne pourrais survivre à mon désespoir... » Et la jeune fille avait frémi à ces paroles, et maintenant elle craignait parfois qu'il ne les eût réalisées... Pauvre Valérie !

C'était l'époque où, sous l'influence délétère d'une littérature profondément immorale, s'était emparée des esprits cette funeste manie du suicide, dont chaque jour on citait de nouvelles victimes. Quoi de plus propre, en effet, à exciter le dégoût de la vie que certaines productions du jour qui, après avoir égaré l'imagination dans les rêves d'un bonheur idéal, ne nous ramènent au monde réel que pour y flétrir, comme de sots préjugés, tantôt les lois les plus saintes de la société et de la morale, tantôt nos plus douces croyances et nos affections les plus chères ? Or, ces lectures dont Valérie s'était fait une habitude, agissaient encore plus puissamment sur son esprit depuis le départ d'Adrien; et c'est alors que, se demandant quelquefois ce qu'elle deviendrait trahie et abandonnée par lui, elle aussi avait conçu une funeste pensée; mais bientôt elle la repoussait comme un crime.

20..

D'ailleurs, toujours confiante dans l'amour et les protestations de son jeune ami, elle ne s'arrêtait pas sérieusement à l'idée d'un malheur qui ne lui semblait pas possible. Enfin, elle attendait la lettre d'Adrien, lorsque arriva celle de M. Belmont.

« Valérie! Valérie! une lettre de Montpellier! s'écrie un matin madame Maubert, et la jeune fille d'accourir haletante de joie et de crainte : — Mais que veut dire cette adresse! *à madame Maubert....* et cette écriture qui n'est pas celle d'Adrien... » D'une main tremblante, Valérie remet à sa mère la lettre dont elle s'était vivement emparée et rassemble toutes ses forces pour en entendre la lecture ; mais à peine madame Maubert en a-t-elle prononcé les premiers mots, que la voyant pâlir et chanceler, elle s'interrompt, vole près d'elle et la soutient dans ses bras presque sans mouvement. Revenue à elle après quelques minutes, elle pria sa mère de lui achever cette fatale lecture, mais celle-ci hésitait ; la jeune fille prit elle-même la lettre et la lut avec l'accent d'une résignation calme, soit que par un pénible effort, elle fût parvenue à suspendre l'expression de sa douleur, soit que déjà elle se plût à reposer son esprit dans une pensée de mort. On eût même cru, dans ce moment, qu'elle supporterait ce coup avec plus de courage que sa mère.

Mais peu de temps après, Valérie s'étant renfermée dans sa chambre, ses forces l'abandonnèrent et elle se livra au plus violent désespoir. Les yeux fixés sur la lettre, elle relisait surtout ces derniers mots : « Il a compris » mes raisons; dans peu de jours il épouse » une femme que je lui ai choisie, et dans » laquelle il trouve réunies toutes les conve- » nances »—Si Adrien, en renonçant à elle, n'eût fait que céder à l'autorité de son père, elle eût pu se croire encore aimée; mais il lui avait écrit, alors qu'il se croyait sûr de lui, que M. Belmont ne refuserait pas son consentement à un amour vrai, réfléchi, éprouvé par le temps; c'était donc lui, Adrien, qui bientôt l'avait oubliée pour une autre femme. Et moi si confiante, se disait-elle, qui cherchais la cause de son silence partout où elle n'était pas; qui ce matin encore me flattais d'être aimée; insensée que j'étais! Est-ce qu'alors il n'eût pas compris mon supplice? Est-ce qu'il ne m'eût pas écrit?... Le voilà donc cet amour que ne devait arrêter aucun obstacle, pour lequel il aurait, disait-il, donné jusqu'à sa vie. On lui a parlé de rang, de convenances, un peu d'or a brillé à ses yeux, et la pauvre Valérie est sacrifiée ! sans qu'il ait même daigné lui redemander sa promesse : insultant dédain ! humiliation !.. Et cependant, il n'est peut-être pas si coupable... Pourquoi ne m'a-t-il pas écrit ? Ah ! qu'il parle ! je le croirai encore... mais que dirait-il ? Ne m'a-t-il pas abandonnée volontairement ? Ses lettres même le prouvent, et d'ailleurs son silence, son mariage déjà célébré peut-être, ne l'accusent-ils pas assez ? Son mariage !... et pas un mot de regret, pas une consolation pour me préparer à un tel coup ! Non ; il a dit à son père, frappez ! et il a détourné la tête !...

Eh bien ! il verra que je sais mourir, moi, se dit alors Valérie, et un amer sourire contracta ses lèvres et tout son corps frémit d'une agitation convulsive..... Aussitôt elle s'élance près de la fenêtre, son œil en mesure la hauteur... mais cette mort lui paraît horrible, elle hésite... un souvenir vient alors frapper son esprit. Parmi les remèdes rangés près du lit de son père mourant, se trouvait une liqueur qui, prise à une forte dose, pouvait, disait-on , donner la mort. Depuis , ce flacon a été renfermé dans une armoire, il y est encore !.. Valérie, dans son délire , court s'en emparer , le porte avidement à ses lèvres , et l'avale d'un trait...

Bientôt en proie à d'affreuses douleurs , la jeune fille s'efforce en vain de retenir ses cris ; sa mère accourt et la trouve étendue sur le plancher, se débattant au milieu d'horribles convulsions ; elle l'appelle , l'interroge , mais déjà ses dents violemment serrées, ne laissent passage qu'à des sons inarticulés ; à peine aperçoit-elle sa mère à travers les nuages qui obscurcissent sa vue ; enfin d'une main elle a pu indiquer le flacon qu'elle a jeté loin d'elle.... Malheureuse ! qu'as-tu fait ? s'écrie madame Maubert , et s'élançant hors de la chambre elle appelle des secours. Demandé en toute hâte, un médecin est accouru ; il s'efforce de combattre et d'arrêter les effets du poison , mais le mal a déjà fait de grands progrès ; il n'ose encore donner aucun espoir. Aux convulsions succède un engourdissement général, les extrémités sont froides , les battemens du cœur presque insensibles.

Valérie resta ainsi jusqu'au lendemain entre la vie et la mort. Dès que sortie de cette première crise, elle eut reconnu sa mère assise à son chevet, elle lui serra tendrement la main; elle ne pouvait parler, mais déjà une expression de honte et de remords se lisait dans son regard suppliant, en même temps qu'elle adressait au ciel une prière de repentir et d'espoir. Maintenant elle voulait vivre, ne fût-ce que pour expier son crime ; elle semblait dire : j'étais bien malheureuse, mais comment avais-je pu oublier Dieu et ma mère !...

Un jour que son état ne causait plus d'aussi vives inquiétudes, sa mère lui présenta Didier qui chaque jour venait demander de ses nouvelles. Valérie parut vivement touchée de cette dernière preuve d'affection. Lorsqu'il fut sorti : Ce bon Didier ! dit madame Maubert ; ton père l'aimait bien ; c'était l'époux qu'il aurait voulu te donner ; que n'ai-je pensé comme lui !...

1855.

1835.

« Eh ! bonjour, monsieur Bonnin.

— Monsieur , j'ai bien l'honneur... Eh mais , je ne me trompe pas, c'est monsieur Abel Dubourg.

— Précisément. Et comment ça va-t-il ?

— Mais comme vous voyez. Asseyez-vous donc. Que je suis content de vous revoir ! Vous ne venez pas par hasard terminer votre droit ? Oh ! non, après une absence de près de deux années...

— Dieu m'en garde ! Vous voyez en moi , mon cher monsieur Bonnin , le successeur de mon père , simple négociant à Pézénas ; et comme nous voici au mois d'octobre , je suis venu tout bonnement à Paris faire mes emplettes d'hiver.

— Eh bien ! monsieur, tenez , vous ne me l'aviez pas dit, mais en vous voyant partir, je me suis douté que vous ne reviendriez plus : d'abord vous ne paraissiez pas avoir beaucoup de goût pour le droit ; et puis , n'aviez-vous pas eu aussi du désagrément pour vos examens ? Ces professeurs sont quelquefois si..... ridicules.

—Hélas ! oui ; mes examens de seconde année. Mais vous êtes bien bon d'en accuser mes professeurs ; il est de fait (aujourd'hui je puis en convenir) que je ne savais pas grand'chose.

—Vous étiez cependant resté pendant les vacances exprès pour les apprendre, ces examens.

— Mon Dieu, oui , et j'ai encore passablement travaillé ; mais c'était fini, ma tête n'y était plus ; j'avais aussi trop de dettes. Heureusement encore que ce bon M. P*** a bien voulu en payer une partie, car je ne sais comment j'aurais tout avoué à mon père.

— Il est certain que ce M. Bourdillac vous avait bien dérangé.

— A propos ! qu'est-il devenu ? J'allais vous demander de ses nouvelles.

— Ah ! ne m'en parlez pas ; j'en aurais trop long à vous raconter.

— Je vous en prie.

— Eh bien ! donc, vous savez qu'à peine informé de votre arrestation, il avait disparu pour quelque temps, disait-il, afin d'échapper aux recherches de la police ; mais, ne recevant plus de ses nouvelles, et voyant que cette retraite se prolongeait indéfiniment, je commençai à concevoir quelques inquiétudes ; car il n'avait pas pris le temps, bien entendu, de régler son compte avant de partir. Dès-lors je pris donc quelques informations, et je sus qu'ayant appris la mort de son oncle, il était allé dans le pays pour y recueillir sa succession. Bon ! me dis je, je vais être enfin payé ; car vous vous rappelez combien il nous vantait la richesse de cet oncle, dont il était, disait-il, seul héritier. J'attends donc ; mais, bah ! six mois, un an, se passent, toujours point de nouvelles. Je prends alors le parti d'écrire sur les lieux mêmes pour avoir quelques renseignemens : on me répond d'abord que l'oncle de M. Bourdillac n'avait laissé qu'une fortune très ordinaire, qu'auraient d'ailleurs à se partager plusieurs héritiers ; que même, connaissant l'inconduite de son neveu, il ne lui avait légué qu'une modique pension viagère *insaisissable*, afin, disait-il, de lui assurer du pain sur ses vieux jours ; que, de plus, trompés dans leur attente, quelques-uns de ses créanciers l'avaient alors forcé de vendre le seul terrage qui lui restât de son patrimoine, et qu'enfin on ne savait pas ce qu'il était devenu depuis, mais qu'on le croyait à Paris. Jugez de mon désappointement à ces fâcheuses nouvelles !

» Ne perdant pas cependant tout espoir, je cherchai à savoir s'il était en effet à Paris, lorsque, par le plus grand hasard, je vins à apprendre qu'il y tenait depuis quelque temps un estaminet sur les boulevards.

— Pas possible !

— Monsieur, c'est comme j'ai l'honneur de vous le dire.

» Un beau jour je vais donc à l'estaminet qu'on m'avait indiqué, et je trouve en effet mon homme assis à une table, buvant et fumant de compagnie avec quelques habitués ayant tous un air assez mauvais sujet. Vous auriez cru peut-être qu'étonné d'une visite aussi inattendue, il éprouverait d'abord quelque embarras en ma présence; moi-même je me reprochais presque une si brusque apparition; mais, bah!... « Eh! bonjour, mon cher monsieur Bonnin, s'écria-t-il en me tendant la main dès qu'il m'aperçut, il y a un siècle que je ne vous ai vu. Allons, vous êtes bien aimable, asseyez-vous là, vous allez prendre sans façon un verre de bière avec nous; » et aussitôt, sans même me donner le temps de répondre, il me fait apporter un verre, et il faut, de gré ou de force, que je boive et trinque avec ces messieurs; puis, dans la crainte que je n'en vienne à l'objet de ma visite, il me demande force nouvelles de la maison, de ma femme, des pensionnaires qu'il a connus; tandis que j'étais là, moi, comme ce brave M. Dimanche, épiant le moment favorable pour présenter mon humble requête.

» Enfin, les autres s'étant levés de table, j'allais lui rappeler ce mémoire qu'il laissait depuis si long-temps en souffrance, lorsque me prévenant lui-même : « Je parie, me dit-il, père Bonnin, que vous avez eu des inquiétudes sur mon compte ; là, parlez franchement. — Mais je vous avoue, Monsieur, lui répondis-je, que ne vous voyant pas revenir, et n'ayant pas même de vos nouvelles .... — Allons, allons, cela n'est pas bien, répliqua-t-il ; mais touchez là, et causons un peu amicalement. » Alors il me parla de la mort de son oncle glissant légèrement cette fois sur la fameuse succession), et du parti qu'il avait pris de renoncer à son droit : vous savez d'ailleurs comment il le faisait ; enfin il me raconta qu'un de ses amis lui ayant parlé d'un excellent fonds d'estaminet qui était à vendre, il l'avait acheté, et l'exploitait avec beaucoup de succès ; mais que, gêné pour le moment par cette acquisition, il n'avait pu encore m'apporter ce qu'il me devait. Du reste, il ne me congédia pas sans me faire, bien entendu, les plus belles promesses.

— Enfin, vous a t-il payé ?

— Attendez ; ne le voyant toujours pas venir et lassé de l'attendre, je retournai à son estaminet ; hélas ! il n'y était déjà plus. Monsieur, à ce qu'il paraît, n'aimait pas mieux régler avec ses fournisseurs qu'avec son maître de pension, si bien qu'il venait d'être déclaré en état de faillite et le fonds vendu au profit de la masse.

— Et maintenant où est-il ?

— On ne put me dire alors ce qu'il était devenu ; mais environ deux mois après, j'appris qu'il était... vous ne devineriez jamais... chef de claque à un de nos petits théâtres.

— Oh ! pour le coup, c'est trop fort, s'écria Dubourg, en riant de toutes ses forces.

— Parole d'honneur ; ou si vous l'aimez mieux, entrepreneur de succès dramatiques, ainsi qu'il le disait lui-même.

— Vous l'avez donc revu ?

— Certainement ; même que chaque fois il m'offrait, au lieu d'argent, des billets de spectacle que j'avais encore la faiblesse de prendre pour mes pensionnaires. Hélas ! c'est probablement tout ce qui me reviendra de ma créance, car enfin, il a encore perdu cette place.

— Comment cela ?

— Écoutez : il me disait un jour que, ce qui empêchait beaucoup de gens dans le monde de faire leur chemin, c'étaient les créanciers. Ce qui lui est arrivé est encore une nouvelle preuve de cette vérité; car il est maintenant à Sainte-Pélagie.

— Ce pauvre Bourdillac !

— Vous le plaignez encore, n'est-ce pas ? Eh bien ! c'est comme moi; tenez, je suis de bon compte, je n'oublierai jamais tout ce que cet homme nous a fait de bon sang à tous, pendant les trois années qu'il a été mon pensionnaire. Ah ! farceur ! va !

— Et Achille ! savez-vous ce qu'il est devenu ? Je n'en ai pas eu de nouvelles depuis que j'ai quitté Paris.

— M. Achille ?... Ah ! c'était bien encore un autre fou dans son genre, celui-là !

— Comment ?

— Vous vous rappelez que, dans les derniers temps, il s'était fait l'ami intime de M. Anatole ?

— Oui.

— Eh bien ! ne s'est-il pas avisé de se faire comme lui saint-simonien.

— Oh ! cela ne m'étonne pas.

— Et dans quel moment ! je vous le demande; lorsque la pauvre communauté déjà dispersée commençait le cours de ses voyages. Il paraît même que, chargé d'une mission en Orient, le pauvre jeune homme y a passé quelques mois à la recherche de la femme libre... Ah ! ah ! ah !

— Quelle folie ! Et il est revenu ?

— Oh ! il est maintenant, dit-on, dans sa famille, fort content de retrouver intacte une belle fortune, que dans le temps il eût été enchanté de pouvoir offrir au père Enfantin.

— Vraiment !

— Dame ! j'ai ouï dire que, si son père y avait consenti...

Mais à votre tour, parlez-moi donc de vos compatriotes, de M. Adrien, d'abord...; vous savez le malheur qui est arrivé à la jeune personne qu'il aimait.

— Oui, qu'est-elle devenue ? Elle n'est pas morte...

— Heureusement ; mais elle a été bien malade ; enfin, elle a pu se rétablir et elle est aujourd'hui mariée avec un jeune tailleur qui, dit-on, la rend très heureuse. Mais M. Adrien ?

— Ce pauvre ami ! figurez-vous qu'il allait épouser une riche orpheline dont la main lui assurait en même temps une des meilleures études de Montpellier , lorsque la nouvelle du malheureux événement est venue tout-à-coup rompre ce mariage.

— Ah ! j'en suis bien fâché ; c'était un excellent garçou. Quelle fatalité !

— Il est certain qu'il ne retrouvera pas un pareil établissement.

— Et cet autre ami qui venait vous voir quelquefois, Monsieur... Monsieur... comment donc?... qui était aussi votre compatriote.

— Théodore?

— Justement.

— Oh ! celui-là ne peut manquer de parcourir une belle carrière. Établi à Montpellier depuis deux ans à peine , il est déjà cité comme un des avocats les plus distingués du pays ; il fera, quand il voudra, un brillant mariage.

— Eh bien ! Monsieur, cela ne m'étonne pas Ce jeune homme m'a toujours paru très bien, et je me flatte de m'y connaître. J'en ai tant vu, de ces étudians !

— Et vous , M. Abel, vous voilà donc négociant à Pézénas , c'est très bien ; mais vous ne me dites pas si vous êtes marié.

« — Déjà depuis un an, et très heureux, je vous assure.

— En effet, votre physionomie me semble respirer le bonheur, la gaîté... Pardon, puis-je encore vous demander, sans indiscrétion, si vous avez épousé cette jeune personne au sujet de laquelle M. Bourdillac vous contrariait quelquefois; mademoiselle... Ernestine, je crois.

— Précisément. Ah! chère amie! qu'il me tarde de la revoir; tenez, à peine arrivé à Paris, je m'y ennuie déjà. Je vais me hâter de terminer mes affaires, afin de repartir au plus tôt. »

FIN.

LA SOCIÉTÉ

PARISIENNE.

ESQUISSES DE MŒURS.

IMPRIMERIE DE H. FOURNIER ET COMP.,
7 RUE SAINT-BENOIT.

LA SOCIÉTÉ PARISIENNE

ESQUISSES DE MŒURS

PAR UN JEUNE PROVINCIAL

Deuxième Édition

PARIS

LIBRAIRIE D'AMYOT, ÉDITEUR

6 RUE DE LA PAIX

LONDRES		FRANCFORT
		sur-le-Mein
DULAU ET Cⁱᵉ LIBRAIRES		CH. JUGEL, LIBRAIRE-ÉDITEUR

1482

A MON AMI HENRY.

———

Première impression d'un premier voyage à Paris. — Une famille
de la haute société parisienne. — Un salon parisien.

Comme tu n'es pas très-sentimental,
mon cher, j'espère que tu me pardonne-
ras de ne pas te donner souvent de mes
nouvelles; tu en auras tant que tu voudras par ma mère à qui j'écris, en fils res-

pectueux, très-régulièrement. Je fais bien mieux que de t'écrire, je tiens note pour toi de tout ce que je vois ici d'intéressant, non pas jour par jour, mais à mesure que je reçois une impression nouvelle; à mesure qu'un nouveau jugement, une nouvelle opinion se forme dans mon esprit. Ce n'est pas de ma vie matérielle que je veux t'entretenir, mais de mes pensées; et ne va pas croire qu'à Paris on trouve chaque jour le temps de penser; on a bien autre chose à faire!

Commençons par le jour de mon arrivée à Paris; ce jour où l'on n'est pas bien sûr d'être encore en ce bas monde, tant on se trouve heureux, étourdi, isolé, étranger à tout ce qui environne. On se sent enivré de ce parfum de la vie factice, comme au printemps, dans nos prairies, on se sent charmé de ce parfum d'innocence et de pureté qui s'exhale de toutes parts et semble réellement une vie nouvelle. Ces deux impressions, qui se ressemblent, ne peuvent se nuire, et je sens par avance que je retournerai bien joyeusement respirer encore le doux parfum des haies fleuries dans notre heureux Bocage.

Dis, je te prie, à nos amis, parents et

connaissances, que je me suis acquitté fidèlement des cent mille commissions que chacun m'avait données. Cela m'a fait d'abord parcourir Paris dans tous les sens, et je me suis perdu plus d'une fois dans ce labyrinthe de rues, de passages, de boulevarts, de places et de carrefours. L'île Saint-Louis, le Marais, le faubourg Saint-Jacques, ont eu mes premiers regards; et les tantes et les cousines au quatrième ou cinquième degré, mes premières visites et mes premiers hommages. Cela m'a valu quelques invitations, quelques dîners passablement ennuyeux. J'ai retrouvé là, soit dit entre nous, à peu près tout ce que je connaissais déjà, et tous les plaisirs qui ont charmé notre jeunesse. Parties de boston, de reversi, de whist; commérages, esprit de coterie, voltigeurs de Louis XIV, vieilles filles, petits chiens, volières, enfin tout ce qu'on fuit ou veut fuir en s'éloignant de la province.

Franchement, comme ce n'est pas précisément pour tout cela que je suis venu à Paris, j'ai fait quelques excursions dans les quartiers plus policés, et les boulevarts, les Tuileries, le quartier de la place Louis XV. Les galeries du Palais-Royal sont devenues (ne t'en déplaise) mes promenades les plus habituelles. J'ai rencontré quelques jeunes gens de notre pays, car à Paris on rencontre toujours, je ne sais comment, quelqu'un de connaissance. Nous avons fait quelques parties de spectacle ensemble, et je craindrais de te paraître un sot en te disant combien je jouis pleinement de tout ce que je vois. Je ne te parlerai pas spectacle. Que pourrais-je te dire qui ne soit beaucoup mieux dit dans tous les journaux, feuilletons, revues? Je t'épargnerai les répétitions autant que possible. Pourtant, il faudra bien que tu saches que mademoiselle Rachel me ravit; mais comme je n'ai jamais vu d'autre actrice qu'elle, je ne puis la comparer à rien, et comment juger quand on ne peut comparer ? D'ailleurs, tu sais combien j'admire vivement les beaux vers qu'elle dit si bien, et quand je l'entends, je ne puis discerner si mon enthousiasme est pour eux ou pour elle.

Je ne te parlerai pas non plus des concerts ; l'impression que laisse la musique n'est pas une de ces choses qu'il soit, selon moi, possible de dépeindre, et je me défie beaucoup du sentiment musical de ceux qui l'entreprennent.

Te parlerai-je du bal de l'Opéra ?... ce rêve fantastique, cette danse des fous, cette brillante orgie? Oh non! en parle qui voudra, ce n'est pas là ce que j'aime à te raconter de Paris.

Quoi qu'il en soit, je n'ai pu voir ce temple de la folie ouvert un soir devant moi sans céder une fois à la tentation d'y pénétrer.

C'est donc au bal de l'Opéra que j'ai rencontré notre ancien camarade Alfred de K... Comme il est Vendéen, et qu'il est lié avec plusieurs de nos amis ou parents, la connaissance fut bientôt faite. Il est bon garçon, bon camarade, et je lui pardonne volontiers quelques travers qui l'empêchent, je crois, d'avoir la moindre prétention à la perfection du caractère; il est d'ailleurs assez répandu dans la bonne compagnie parisienne par des relations de famille agréables ; il demeure à Paris chez son grand-père le duc de ***, avec le marquis de *** et la jeune et élégante marquise. Il nous parlait sans cesse de ce charmant ménage, de la douceur de tout cet intérieur , et des aimables relations de société qui se groupent autour de cette heureuse famille. Il se vantait à nous des bals où il était invité, des jolies personnes qu'il y rencontrait, et de tous ces plaisirs qui font tant d'envieux parmi ceux qui n'y sont pas admis. Nous le trouvions plus heureux qu'il ne méritait. Pour mon compte, j'avoue qu'après avoir bu à longs traits à cette source commune de plaisirs inépuisables qui coule sans cesse pour tout le monde à Paris, et même dans la rue est comme un spectacle gratis en permanence, je commençais à sentir une soif ardente de ces plaisirs aristocratiques réservés au petit nombre des élus.

Le carême arriva et les bals cessèrent; car ,tu sauras que la bonne compagnie de Paris est fort régulière sur l'article des bals. Je ne parle pas de la Chaussée-d'Antin ni du Paris central, ni du faubourg Saint-Denis ; tous ces quartiers semblent être complétement hors l'église sur ce point. D'ailleurs, quand je dis bonne compagnie, tu comprends qu'il est toujours sous-entendu que je dis faubourg Saint-Germain, ou encore faubourg Saint-Honoré, pour ne pas être trop exclusif.

Enfin un jour Alfred, devinant sans doute mon désir et ma pensée, me proposa de me présenter à sa famille. Je ne pus croire à tant de joie. Tu penses bien que j'acceptai, et nous

prîmes jour pour le lendemain vendredi.

De ce jour, mon cher, ce fut comme
un nouveau Paris qui parut à mes yeux;
non le Paris bruyant, poudreux, étour-
dissant, mais le Paris choisi, le Paris
élégant, le Paris intellectuel et moral,
si l'on peut s'exprimer ainsi.

Mon cœur battait d'avance pendant
que je faisais tous mes petits préparatifs
de toilette. (Toilette qui fut pour moi le
sujet d'une longue incertitude.) Irai-je
en bas de soie ou bien en pantalon large?
mettrai-je une cravate blanche ou noire?

Tu sauras, ce que je ne pouvais croire encore, que la cravate noire et le pantalon sont le comble de l'élégance. Je consultai Alfred, mais il n'attache d'importance à rien et ne put me donner aucun bon conseil ; je me dois même rendre la justice que dès lors je me défiai un peu de son goût. Enfin je me décidai. Je me parfumai de musc et d'ambre (que j'ai depuis remplacés par l'eau de Portugal, et je t'engage à en faire autant); j'envoyai chercher une voiture pour ne pas arriver crotté comme un barbet, et vers huit heures j'arrivai sous la voûte sonore de l'un des plus beaux et des plus grands hôtels du faubourg Saint-Germain , après avoir préalablement congédié mon modeste équipage, me montrant plus généreux que de coutume pour éviter toute discussion.

J'allais donc voir cette société parisienne, ce monde du noble faubourg dont j'avais tant entendu parler !.... Je tremblais presque , et tous les petits succès que, sans trop me vanter, j'ai pu avoir à Fontenay-le-Comte, à Bourbon-Vendée et autres lieux, étaient bien loin de me rassurer en ce moment.

Mon premier soin, en entrant dans

l'antichambre, fut de demander Alfred qui devait me présenter à sa famille; mais on me dit que depuis une heure il était sorti, ce qui me surprit extrêmement et me déconcerta tout à fait; enfin un valet de chambre me demanda deux ou trois fois mon nom , tout en ouvrant préalablement la porte du salon; il fallut bien le lui dire, et je l'entendis proclamer à haute et intelligible voix. J'entrai donc.... je ne voyais personne, tant j'étais troublé; mais je crois bien que je ne manquai pas à saluer tout le monde, et chacun en particulier.

Le duc de *** est la tradition

vivante de ce qu'on appelle l'ancien régime, et sa politesse est extrême. Il suffit d'être Vendéen pour être bien reçu du marquis de ***, qui vint à moi avec une grâce et une cordialité parfaite, me prit les mains et me présenta comme voisin de campagne, et presque comme parent, à sa jeune et charmante femme, dont la gracieuse figure fut pour moi comme un rayon de soleil qui dissipa le nuage dont chaque objet avait été couvert à mes yeux jusqu'à cet instant.

Je me rassurai un peu en voyant tant de bienveillance; je réclamai Alfred; mais le marquis me dit en riant qu'Alfred s'était lassé de m'attendre, qu'il ne pouvait tenir en place, et qu'il était rare que les charmes de l'intimité pussent le fixer plus d'un quart d'heure après le dîner.

J'avais craint d'être arrivé trop tard; mais je m'aperçus qu'on ne faisait guère que sortir de table. Je craignis ensuite avec plus de raison d'être arrivé trop tôt, et enfin de m'être trompé de jour, car je ne voyais aucun des préparatifs de ce qu'on appelle une grande soirée. On annonçait de temps en temps quelques personnes qui entraient sa-

luaient à peine, puis se mettaient à causer familièrement dans quelque coin,
ou par petits groupes, mais sans former de cercle, et la plupart même sans
s'asseoir, puis je les vis ensuite s'es-
quiver une à une.

Je crus d'abord que les premières
qui sortirent avaient oublié quelque
chose dans l'antichambre ou qu'elles
se trouvaient souffrantes et qu'elles
allaient revenir; mais, à mon grand
étonnement je ne les revis plus de la
soirée, et nous n'en eûmes autre chose
que cette fugitive apparition.

Je trouvai monsieur et madame de ***

bien tranquilles de ne pas s'en occuper un peu.

Je vis arriver et passer, comme des ombres chinoises, quelques visites, quelques jolies femmes : madame de ***, madame de ***, madame de ***, madame de ***; toutes ces beautés délicates et parisiennes, dont la mode proclame les noms, se succédèrent dans ce salon, et me firent croire un instant que la société du faubourg Saint-Germain était composée de houris; mais quelques autres femmes qui arrivèrent ensuite détruisirent cette illusion, et ce furent malheureusement celles-là qui restèrent les dernières!

Je remarquai, à ma grande surprise, qu'en général les femmes saluaient gracieusement en entrant, et disaient *adieu* d'une manière polie; mais les hommes s'en allaient tous grossièrement sans rien dire à personne, sans même saluer la maîtresse de la maison! C'était à mes yeux le comble de l'incivilité.

Une table de whist était préparée dans un coin du salon. Une seule table de jeu! cela me parut bien mesquin, et ma pensée se reporta sur ce salon de la préfecture où les tables de jeu laissaient à peine la place de passer librement, ou de s'asseoir, à ceux qui ne jouaient pas.

A mesure qu'on arriva, M. de *** me présenta fort obligeamment à son beau-père et à sa belle-mère, puis à quelques autres personnes plus ou moins en relation avec la Vendée. Toutes ces présentations me firent une sorte de contenance. Mais ensuite chacun se groupa, chacun se mit à causer, à chuchoter, à se chauffer les pieds sans façon, à prendre du thé, à rire, à tenir mille propos qui me semblaient inintelligibles. Moi seul, inoccupé, décontenancé, délaissé, j'étais là planté comme un piquet au milieu du salon. Je me sentais gauche et niais. J'avais ôté et remis dix fois au moins mes gants jaunes

tout neufs et tant soit peu justes. J'a-
vais sorti dix fois de ma poche le plus
délicieux foulard, auquel personne ne
daignait faire nulle attention, quand
j'entendis une jolie femme demander à
madame de *** : « Quel est ce jeune
homme que personne ne connaît? »

Or, il faut te dire qu'à Paris cette
phrase : « Que personne ne connaît, »
est la plus grossière injure qui puisse
sortir de la bouche d'une femme à la
mode; ce sot, ce fat, ce niais, ce bu-
tor, ce nain, ce borgne, ce bancal,
ce bossu, ne seraient rien du tout en
comparaison. Je sentis la rougeur et la

pâleur passer tour à tour sur mon visage, et je baissai les yeux modestement.

« Ce pauvre jeune homme ! » se disent-
elles d'une voix mélodieuse. A ces mots
je devins furieux, et je restai ferme
comme un roc contre tous les efforts
polis qu'elles voulurent bien faire ensuite pour m'attirer à elles et me faire
articuler quelques mots. Enfin le ciel
m'inspira la pensée de m'approcher de
la table de whist et de faire semblant
de m'intéresser au jeu.

Depuis ce jour, mon cher, j'ai eu
bien des occasions d'observer qu'une

table de whist dans un salon élégant est une espèce de refuge, de camp retranché, où viennent se mettre à l'abri des regards ou du délaissement (ce qui est bien pire) les désœuvrés, les provinciaux, les nouveaux venus, tous ces parias de la société parisienne. C'est de là que les vieillards négligés comparent la jeunesse du jour à leur jeunesse passée; c'est de là que les jeunes gens timides étudient l'ennemi qu'ils auront à combattre, aiguisent leurs traits et préparent les succès de l'année suivante.

Que de regards inaperçus, plus ou

moins indulgents, partent de ce coin obscur consacré à la table de whist? Un œil exercé pourrait calculer exactement le degré de mérite ou d'assurance de chacun, par le carré de distance de cette table. Chaque pas qu'on fait pour s'en éloigner est comme un chevron qui compte pour l'avancement. Le nouveau venu est là sans bouger comme dans un lieu d'asile; puis, quand il commence à s'enhardir, il se risque à s'approcher des groupes épars çà et là dans les coins les moins éclairés, les moins échauffés du salon; puis il s'enhardit encore, il s'approche du groupe fortuné qui entoure un homme important, un po-

litique célèbre, un conteur agréable;
puis il s'approche de la cheminée, il
ose écouter ce que disent les jeunes
gens et les femmes; puis enfin il s'enhardit jusqu'à prendre une chaise bien
en arrière, autour de la table ronde,
couverte d'albums, de fleurs, d'élégantes
frivolités, point lumineux d'où partent les rayons qui l'éblouissent; puis
d'encore en encore, il ose admirer un
dessin fait par la maîtresse de la maison; puis dire un mot, puis se mêler
à la conversation des femmes; puis des
jeunes femmes, puis des plus jeunes et
des plus jolies; puis enfin on daigne
l'écouter et lui répondre; puis on souf-

fre qu'il avance sa chaise ; puis on se dérange un peu pour le laisser approcher... Alors, alors, comme le dit si bien M. de Chateaubriand de l'oiseau qui pour la première fois quitte son nid et s'envole : « Ce premier pas fait, l'univers est à lui!... » Que j'étais loin alors de ce bienheureux jour !

J'en étais donc au premier chapitre de mes observations quand madame de *** vint me réveiller comme d'un songe pour m'offrir de sa douce voix une tasse de thé et le morceau, sous-entendu, de gâteau de plomb. Il ne me restait plus qu'un souvenir bien vague du dîner à trente sous fait à cinq heures au café de Valois. Je mourais de faim et d'envie d'accepter, mais une mauvaise honte me retint et me fit prononcer un non inconsidéré dont je ne tardai pas à me repentir.

Enfin la soirée se passa, le whist finit; il ne restait plus que quelques parents et quelques habitués intimes. M. de ***, qui n'avait pas entendu mon funeste refus, m'offrit une tasse de thé; il insista, et ma foi j'acceptai; puis un, puis deux morceaux de gâteau. Je te confierai même que, dans un moment où tous les yeux me semblèrent tournés loin de moi, je me hasardai à en prendre furtivement un troisième et m'efforçai de l'engloutir en une seule bouchée; mais, dans le moment où mes efforts allaient être couronnés du plus heureux succès, un regard de madame de ***, et je crois un sourire malicieux que je vis passer sur ses lèvres, pensèrent me faire étouffer. Après cette belle équipée, minuit ayant sonné, je pensai sérieusement qu'il me restait une lieue à faire à pied pour regagner mon hôtel garni. Mais voici bien un autre embarras; j'aurais mieux aimé mourir que de m'en aller sans saluer comme tous ces grossiers habitants de la capitale du monde civilisé qui m'avaient tant étonné toute la soirée. D'un autre côté, je commençai à craindre d'être ridicule en étant le seul à faire un adieu solennel. Cette pensée me troublait depuis deux heures; mais j'appelai à mon aide toutes les traditions du passé. Le souvenir des recommandations de mon grand-père, des leçons de notre respectable maître de danse de Fontenay-le-Comte, et pour cette fois encore, mais je le confesse pour la dernière fois, je fis preuve de bonne éducation et de courtoisie. J'allai droit à la maîtresse de la maison, je lui fis une profonde révérence, puis une autre au vieux duc,

puis une autre au maître de la maison,
puis une autre plus ou moins profonde
à la mère, au père, aux grands parents, à toute l'honorable assistance,
après quoi je sortis de ce salon pour
respirer à l'aise dans la rue.

Tout en cheminant vers mon hôtel,
je pensai à cette soirée qui ressemblait
si peu à ce que je m'étais figuré d'a-
vance. Une *soirée de Paris* me semblait
devoir être quelque chose d'éblouissant.

Je me rappelai alors, pour la première fois, qu'en m'invitant Alfred m'a-

vait dit : « Ne va pas t'attendre à une
« fête. Le vendredi est le jour où ma
« tante reste chez elle le soir. Vient
« qui veut. »

Je n'en étais pas encore à comprendre
le charme délicat de ces réunions toutes
parisiennes dont une inconcevable va-
riété de conversation est le plus grand
attrait. Il faut être initié aux mystères
de ce langage élégant, simple, facile
et naturel, tour à tour frivole et sérieux, ironique et bienveillant, pour
comprendre ce plaisir; plaisir enivrant,
composé d'éléments si fugitifs, de nuances
si délicates et si fines, qu'il est impos-

sible de l'analyser ni d'en donner la moindre idée à qui ne l'a pas goûté ou n'est pas fait pour lui. Mais, je le répète, je n'en étais pas encore à le comprendre.

Quelques jours plus tard, j'allai faire ma visite d'obligation. Je ne trouvai personne, mais je laissai trois cartes de visite sur carton rosé (recherche que, par parenthèse, j'ai supprimée depuis). Le marquis de *** eut l'extrême bonté de passer chez moi et de me laisser un mot pour m'inviter à dîner le lundi suivant en famille. Je m'empressai d'accepter et de m'y rendre.

J'arrivai, je crois, vers cinq heures. Je ne savais pas encore qu'à Paris le monde élégant dîne rarement avant six ou sept heures. Personne n'était encore rentré. Je vis revenir successivement tous les maîtres de la maison, qui me trouvèrent établi dans leur salon.

J'avais eu le temps de regarder les charmants tableaux dont il est orné, tous faits par madame de ***. Je reconnus le portrait de son père, de sa mère, de son mari, faits par elle et très-ressemblants. Je feuilletai tout à mon aise les albums remplis de ses dessins : de charmantes aquarelles, de jolis paysages, des esquisses faites d'après nature avec esprit et finesse; des écrans, des tables peintes sur albâtre ou sur bois vernis; des vases remplis de fleurs artificielles, des broderies habilement nuancées; tout était son propre ouvrage, et le meuble en tapisserie avait aussi été fait par elle. J'ai vu sur la table ronde et sur d'élégantes étagères des livres sérieux et frivoles, en français, en italien, en anglais. J'ai vu aussi des livres de piété. Tu sais que cela ne gâte rien à mes yeux.

Je m'approchai du piano. Je feuilletai la musique, je reconnus les noms des maîtres de l'art, des partitions difficiles et tout ce qui annonce un vrai talent. Je vis aussi des petits airs arrangés pour les commençants et je jugeai que madame de *** joignait à tous les autres mérites le mérite le plus rare parmi les femmes du monde, celui de vouloir diriger elle-même les premières leçons de ses enfants.

Enfin vers six heures je les vis arriver ces deux enfants, les plus charmants ouvrages de leur charmante mère! Une porte s'ouvrit, et deux petites filles parurent vêtues de blanc, avec leurs

poupées dans leurs bras. Elles vinrent
à moi avec un air si gracieux, si confiant, si affectueux ; elles me donnèrent leurs petites mains à baiser avec
une grâce si naturelle , que je crus
n'avoir jamais vu de plus gentilles petites filles. Je ne m'amuserai pas à te
faire leur portrait, cela te paraîtrait
peut-être trop niais. D'ailleurs, il en
est des enfants comme des fleurs : on
peut dire en gros , que c'est un as-
semblage des couleurs les plus fraîches et les plus harmonieuses; mais
chaque fleur prise séparément semble
un abrégé des merveilles de la création,
et sa grâce délicate et flexible défie-

rait le plus habile pinceau. Je te dirai donc seulement que l'une est brune et l'autre blonde, mais que toutes deux, chacune à sa manière, sont le portrait vivant de leur bienheureux père. Madame de *** les suivit bientôt. Après un bonjour bienveillant et timide, elle se mit près du feu sur une petite chaise, attira vers elle ses enfants, passa ses jolis doigts sur leurs cheveux ; puis elles se mirent toutes les trois à gazouilller de l'anglais avec une volubilité extraordinaire. Ces trois charmants visages se rapprochaient, ces chevelures si gracieuses se confondaient sans cesse. Je ne me souviens pas d'avoir jamais vu un si joli groupe, ni un plus ravissant tableau.

Pour en revenir au dîner de famille, on se réunit peu à peu. Il faudrait être plus gauche et plus provincial que je ne le suis pour conserver le moindre embarras au milieu de tant d'obligeance et de bonté; quand il ne s'agit que de causer, je ne suis pas plus bête qu'un autre...

Cependant, au moment de passer à table, je fis encore, je l'avoue, une petite gaucherie. Je m'avançai respec-tueusement vers madame de *** pour lui offrir la main, et je fus tout étonné de lui voir prendre assez brusquement mon bras, en baissant les yeux et rougissant un peu, non pas, je crois, pour son propre compte mais pour le mien; car tu sauras, mon cher, que le comble de la bonne grâce et de la *fashion* (comme disent les Anglais) est de passer du salon à la salle à manger familièrement bras dessus bras dessous comme à une noce de village. Cet usage a du bon, et je ne m'en plains pas. Mais je le comprendrais mieux à la promenade, ou pour monter et descendre un escalier, que pour passer d'une chambre à une autre.

Il y avait déjà quelque temps que nous étions à table quand cet étourdi d'Alfred arriva , tout crotté , tout essoufflé... Il ne fit d'excuse à personne , pas même à son grand-père. — Je le trouvai sans gêne. Je voulais lui faire une petite querelle de ne pas m'avoir attendu l'autre jour selon sa promesse, pour me présenter à sa famille, mais le sentiment de ses torts en ce moment vis-à-vis de cette famille si bonne, si respectable, me toucha bien plus que le souvenir de mes propres griefs. Il mangea comme un ogre , regarda deux ou trois fois à sa montre , puis, au dessert, après avoir engouffré je ne sais combien de petits biscuits et de fruits confits, il se leva en s'excusant légèrement d'être obligé de sortir de table pour aller faire sa toilette, un de ses amis devant venir le prendre pour aller ensemble aux Italiens. Il me demanda si j'irais les y rejoindre; mais je lui répondis assez froidement que je consacrais ma soirée à madame de *** qui voulait bien me présenter chez sa mère.

Je te souhaite bien du plaisir, mon cher, me dit-il en me secouant rudement la main. Puis le voilà parti, sans dire adieu à personne.

Après le dîner, je restai seul avec le vieux duc pendant que monsieur et madame *** furent dans leurs chambres occupés de leur toilette. Le vieux duc sommeillait et je le laissais faire. Moi, je me livrai à mes méditations poétiques.

Cette phrase d'Édouard : *Je te souhaite bien du plaisir, mon cher,* me revint à l'esprit. Je me rappelai alors quelques mots échappés à la tendresse filiale de madame de ***, quelques demi-phrases inarticulées de monsieur D***, phrases qu'un gendre se permet quelquefois, et je pensai que j'allais peut-

être tomber dans le plus terrible guet-
apens , dans le plus ennuyeux bureau
d'esprit du monde. Je donnai alors quelques soupirs à certaine partie de spectacle avec de joyeux compatriotes et
de chers amis du Poitou que je sacri-
fiais à cette soirée ; mais il n'était plus
temps de reculer.

Vers dix heures (je trouvai que c'était
un peu tard pour aller chez une mère),
je montai, moi troisième, dans la plus
élégante voiture du monde, et grâce à
deux chevaux vifs et légers nous ar-
rivâmes promptement et des premiers,
du fond du faubourg Saint-Germain,

au quartier de la place Louis XV.

La place Louis XV est comme un point central entre tous les quartiers les plus riches, les plus élégants et les mieux habités de Paris. Elle semblerait ne devoir convenir qu'à des gens d'humeur conciliante, d'opinions douces, prêts à réunir chez eux les gens de bonne compagnie de toutes les nuances. Je m'aperçus bientôt que le salon où je venais d'entrer pour la première fois, participait un peu du quartier dans lequel il se trouve placé.

J'avais à peine remarqué madame de ***

chez sa fille. Les mères n'ont pas le don d'attirer beaucoup mes regards. Je crois avoir entendu dire qu'elle a été remarquablement jolie à je ne sais quelle époque de nos diverses révolutions ; mais ce qui reste encore pour enchanter nos regards en l'an de grâce 18..., c'est un nez terriblement aquilin, un profil sévère, une assez belle taille, mais lourde et par trop imposante. Cependant, grâce à une assez belle pose de tête, à quelque chose d'expressif dans la physionomie, à je ne sais quelle manière d'être élégante et gracieuse, particulière aux femmes de tous les âges à Paris, il n'est pas encore tout à fait impossible de deviner que la jeunesse de celle-ci a pu être digne de quelque attention.

Madame de *** me reçut avec politesse, mais sans empressement. Je cherchai des yeux le maître de la maison pour lui être présenté. Je le vis tout établi et fort attentif au whist. Je m'approchai, et, croyant être vu de lui, je le saluai deux ou trois fois très-profondément. Mais il ne parut pas s'en apercevoir, ni s'en soucier le moins du monde.

Le marquis de ***, qui était près de

moi, me dit avec bonté : *Attendez que le coup soit fini.* J'attendis donc, et je profitai du moment où l'on donnait les cartes pour effectuer ma présentation.

M. de *** me reçut à merveille et parut fort sensible à mon attention. Il me dit avec une bonhomie parfaite : *Je vous demande pardon de ne vous avoir pas vu plus tôt ; mais, quand je suis au whist, je suis sourd et aveugle à tout ce qui se passe autour de moi.*

Il avait, à ce qu'il paraît, par ce peu de paroles, dépassé en ma faveur les limites de prolixité accordées à un joueur

de whist, car un gros et grand monsieur lui dit d'une voix rude et doc-
torale : *Cher partner, c'est à vous à jouer.*
De ce moment je n'eus rien de mieux
à faire que de le laisser à son jeu, et
faute de chaise, car il y avait presse autour de cette table, je me rangeai contre
la muraille et regardai passer ce monde
nouveau pour moi, dont je n'attendais,
à vrai dire, que de l'ennui.

Mais, à ma grande surprise, cette
première soirée fut beaucoup plus
agréable que je ne l'avais espéré.
D'abord personne ne fit attention à
moi, ce qui me mit à l'aise. Je n'ai

jamais vu maîtresse de maison moins s'occuper, au moins en apparence, des gens qui sont chez elle. A peine dit-elle à chacun un mot de politesse ou d'amitié; à peine vous offre-t-elle la tasse de thé de rigueur. Du reste des sirops, des carafes de café glacé, du lait d'a-mande ou d'orangeade, sont là sur une table, en prend qui veut, tout est pré-paré d'avance, mais rien ne vous est offert; ce qui met dans ce salon une sorte de liberté, de laisser-aller, dont je n'avais nulle idée.

J'étais étonné de cette insouciance du maître de la maison pour ce qui se passait dans son salon. Il semblait ne pas y songer et personne aussi ne paraissait songer à lui, ce qui m'expliqua pourquoi il avait paru si sensible à ma petite politesse.

Plus tard, quand il quitta le whist, je le vis dire à chacun un bonjour affectueux ou poli, mais sans empressement et sans nulle prétention personnelle.

J'ai depuis bien souvent pensé que la vraie politesse et le vrai bon goût consistent, pour un homme surtout, à occuper le moins possible les autres de soi. Mais ce goût exquis est aux manières ce que l'humilité est à la piété : c'est la perfection ; et ce n'est pas en un jour qu'on y arrive.

Le premier nom que j'entendis annoncer réveilla mon attention et me fit ouvrir de grands yeux. C'était celui de M. de ***, ce philosophe chrétien, cet homme de génie si bon, si simple, si négligé, si affectueux, vers qui l'on se sent attiré dès la première fois qu'on le voit.

Je vis entrer ensuite le baron de ***, cet Allemand francisé dont la tête porte un monde de science et d'idées. Mais si toutes ses préoccupations graves sont à l'érudition et à l'Orient, il garde pour les salons français une conversation animée, spirituelle, abondante, originale et brillante.

J'entendis bientôt annoncer M. ***, son émule en science orientale, en conversation aimable, et que la France peut hardiment lui opposer sous ce double rapport.

Je vis entrer successivement :

M. de ***, jeune littérateur distingué,

élégant comme un homme à la mode;

M. de ***, à qui l'on me semble savoir un gré infini du mérite de son
père.

Puis ces deux jeunes amis si unis,
si distingués, si supérieurs, et qui passeront ensemble à la postérité.

En voyant tous ces beaux esprits
se succéder, je me dis : « *Voilà bien
ce redoutable bureau d'esprit dont
j'étais menacé !* » Mais bientôt je ne
sus plus que penser ; car je vis entrer
tour à tour de nombreux joueurs de

whist, de jeunes et jolies femmes, des gens du monde le plus élégant, et que je reconnus aisément pour tels à leur air et à leur tournure.

J'entendis annoncer des noms célèbres et aristocratiques.

Il en est un entre autres qui, la première fois que je l'entendis prononcer, fit battre mon cœur comme une apparition du bon Henry... C'est le nom de ***. Celui qui porte ce nom en ce moment est, ainsi que toute sa famille, le modèle de la dignité simple qui accompagne toujours la noblesse histo-

rique et de bon aloi. Sa fille, la com-
tesse de ***, me plaît beaucoup; petite
nièce en ligne directe par les M. de
la duchesse de ***, blanche et blonde
comme une dame de la cour de Louis XIV,
cette jeune femme est simple, gaie,
franche, rieuse, fraîche, avenante comme
une villageoise. Je n'ai jamais vu de
plus belles dents, ni les montrer plus
naturellement.

Une autre jeune femme se distingue
aussi parmi les amies de madame de ***,
par ses grâces naïves, son air candide
et pur. C'est madame de ***, nièce de
l'ancien ministre.

Je ne veux pas oublier cet homme du même nom, modèle de politesse comme de conduite politique.

Ni ce bon M. H. de N., que sa bonté, sa loyauté, placeraient au premier rang de ceux qu'on aime à connaître, s'il n'y était déjà par tous les honorables souvenirs de sa vie politique.

Ni le marquis de ***, l'un de ces aimables conteurs qui ne vieillissent pas, et autour desquels la jeunesse aime toujours à se grouper.

C'est là encore que je vis entrer, non sans quelque surprise, M. de ***, attiré et fêté dans les salons les plus à la mode et les plus exclusifs. Assurément, quoique nos doctrines ne soient pas les mêmes, je reconnais en lui une élévation de sentiments, une droiture d'opinions fort honorables, mais le monde élégant n'est pas toujours aussi partial au mérite.

Puis je vis entrer cet avocat célèbre, ce grand orateur, cet homme aimable et séduisant que tous les salons se disputent, que tous les partis voudraient pouvoir se disputer.

Puis ce jeune courtisan de la restauration, que les révolutions ont grandi, que les circonstances les plus difficiles ont trouvé à la hauteur des événements.

Puis cet aimable ambassadeur qui nous a si bien reçus dans notre enfance, quand notre précepteur nous a fait voyager ensemble en Allemagne.

Ce nom me ramène naturellement à la nomenclature des jolies femmes. Madame de *** doit être comptée parmi les plus belles. Sa taille noble et déliée, son profil régulier, et je ne sais quelle expression douloureuse dans les yeux et dans les sourcils, rappellent une de ces vierges au sépulcre de l'aîné des Carraches;

Madame de ***, piquante à force d'exaltation pour tous les sentiments louables;

Madame de ***, ravissante laide, pétrie de grâce, et qui, sans précisément charmer les yeux, a le don d'inspirer l'amour;

Madame de ***, élégante de si bon goût, si aimable et si spirituelle ;

Madame de ***, espèce de patron de

modes, presque ridicule à force d'art et de recherche; mais bonne personne, et même assez aimable, malgré ses prétentions puériles;

Et cette beauté fantastique et blonde dont le souvenir ne peut s'effacer;

Et cette femme qui m'apparut un soir parée du double attrait de la poésie et de la beauté.

Je ne veux pas oublier non plus madame de ***, presque notre compatriote, gracieuse châtelaine, et femme de bien sous les traits piquants d'une brune Andalouse.

Toutes ces jeunes femmes forment à madame de ***, dans le salon de sa mère, un entourage jeune et charmant comme elle... Elles y passent et s'y renouvellent sans cesse comme des fleurs, et semblent y répandre un parfum de jeunesse et d'élégance. On y voit peu de femmes d'un autre âge : deux cependant m'ont semblé remarquablement spirituelles, aimables et bienveillantes. Mais les femmes ne dominent pas dans ce salon ; elles sont là comme un attrait de plus, comme une convenance féminine dont une femme ne doit jamais entièrement s'affranchir ; mais elles n'impriment pas à la conversation ce ton de commérage, de médisance, de coquetterie, de frivolité, cachet trop ordinaire des réunions où les femmes dominent.

C'est là enfin que j'ai vu souvent, comme l'un des habitués les plus fidèles, celui que j'aurais dû nommer le premier, notre illustre, notre immortel.... Mais après ce nom qu'eussent pu te paraître tous les autres ?... Tu te souviens qu'en lisant ses divines poésies, un de mes vœux les plus ardents était de le connaître; eh bien! mon cher, je l'ai vu, je me suis trouvé près de lui; j'ai entendu le son de sa voix,

et quelques-unes de ses paroles m'ont
été adressées...

La première fois que je l'entendis
annoncer, je crus rêver. Était-ce une
des visions de ma jeunesse solitaire
qui me poursuivait dans ce salon
parisien? Ah! c'était bien en réalité l'idéal que ma jeune imagination
s'était créé. Son beau regard, son
sourire affectueux et tristement doux,
sa taille mince, élevée, remplie de
grâce et de dignité, me l'eussent fait
reconnaître entre mille.

Dès qu'il paraît, un cercle empressé

se forme autour de lui. Il semble quelque divinité entourée d'adorateurs et
de disciples. Les regards de toutes les
femmes se tournent vers lui! Faut-il
donc s'étonner si cette pensée donne
parfois à son attitude quelque chose
peut-être d'un peu trop à l'effet.
C'est le grand poëte qui pose, mais
qui pose avec bon goût, avec simplicité. Un chagrin trop réel ne motive
que trop l'expression mélancolique
répandue sur tous ses traits..... Maintenant faut-il te dire que je lui ai
d'abord trouvé quelque chose d'un
peu tranchant, d'un peu brusque dans
les manières ? Je me sentais presque

tremblant devant lui, et je lui en savais mauvais gré. Il sied bien à la grandeur d'encourager les humbles et les faibles. Faut-il te dire encore qu'il prend du tabac comme un Suisse, sans égard ni mesure? Faut-il te dire enfin que je l'ai vu, de mes yeux vu, debout devant la cheminée, prenant sa tasse de thé vulgairement comme un autre, et pour se débarrasser de son chapeau, le placer sans façon entre ses jambes.... Oui, mon cher, tu en croiras ce que tu voudras, je l'ai vu..... J'ai vu tous ces jolis visages de femmes se cacher derrière leur éventail pour sourire. La muse de la poésie s'est voilée! Une corde de lyre brisée est venue frapper d'un son discordant mon oreille! Mais il est le premier à s'en moquer; car il est surtout sans façon, sans prétention, naturel, bon garçon, et ce que nous appelons enfin bon camarade. C'est ainsi qu'on le juge à mesure qu'on le connaît mieux; ce qui fait qu'on l'aime autant qu'on l'admire.

Tu penses bien, mon ami, que je suis revenu bien souvent dans ce salon où toujours on me reçoit à merveille: où, sans qu'on me le témoigne précisément, je sens qu'on me voit avec plaisir; où chacun, excepté les fats et les sots, trouve à qui parler; où tant d'hommes distingués semblent se donner rendez-vous, non pour imprimer à la conversation un caractère de pédantisme, mais pour s'y mêler aux gens du monde, aux femmes, aux jeunes gens, y lutter, comme les autres, d'amabilité et de désir de plaire. Leur présence répand une sorte d'intérêt sur ces réunions. De petits groupes, heureux de les entendre, se forment autour d'eux; mais ils ne vous sont pas imposés, et tous les genres de mérites ou d'agréments peuvent lutter de succès avec eux...

J'ai souvent remarqué, à l'heure où la conversation est le plus animée, que ce salon ressemble à une ruche d'abeilles. On cause dans tous les coins, c'est un bourdonnement général. Je ne crois pas qu'il soit possible de causer davantage et de parler moins haut..... (Ce qui est plus rare que tu ne penses, car la mode de parler haut, de crier même, s'est répandue dans les réunions les plus choisies, et sur ce point il est bien difficile de distinguer la bonne compagnie de la mauvaise.)

Un soir, quelqu'un faisait remarquer devant moi à madame de *** com-bien la conversation était animée et pourtant paisible autour d'elle, en lui disant combien on devait savoir gré à l'aimable maîtresse de mai--son qui sait ainsi rendre son salon agréable à tous ceux qui s'y trouvent. Ah ! répondit-elle avec un mélange indéfinissable de gaîté et de tristesse, et une certaine paresse de manière d'être qui lui est particulière, *il faut aussi le lui pardonner, c'est la dernière vanité qui reste aux femmes !...*

L'influence invisible qu'exerce une maîtresse de maison à Paris sur tout son cercle, est vraiment quelque chose d'extraordinaire ! Je croirais manquer à la fluidité de langage imitatif nécessaire en la comparant au chef d'orchestre distribuant à chacun la note et le ton, puis ne se mêlant plus que de maintenir la mesure et l'harmonie... A peine oserais-je la comparer au zéphyr léger, passant rapidement d'arbre en arbre, effleurant à peine les branches, animant cependant tout le feuillage....

Cela ne ressemble en rien à nos maîtresses de maison de province, si fatigantes de politesses et de soins minutieux. Je ne dis pas que ce soit mieux, je dis que c'est tout autre chose, et l'on ne peut nier qu'il n'y ait beaucoup moins de temps perdu en révérences, en compliments et phrases oiseuses qui interrompent toute conversation et tout échange d'idées.

Je ne puis comprendre comment les femmes de Paris se tirent d'une difficulté qui me semble épouvantable, c'est de ne se lever ni de rester assises quand un homme entre chez elles. La parfaite politesse semble demander qu'elles se lèvent, l'extrême bon ton veut qu'elles restent assises ; et comme dans la moindre soirée il entre et sort un grand nombre d'hommes qui ne font que passer, ce sont mille nuances imperceptibles qu'il faut savoir saisir, et chaque femme y est habile.

A l'un c'est un mot, à l'autre elle donne sa main à baiser ; avec celui-ci, elle commence par un reproche ; avec cet autre, elle entre de prime abord en conversation intarissable ; avec tel autre, c'est un simple signe de tête gracieux ; avec les femmes, c'est encore autre chose :

enfin, c'est une grâce, une bienveillance, une facilité qui me confon-
dent. La moins expérimentée s'en tire
à merveille, et tout cela se fait sans
avoir l'air d'y penser, et même, je
crois, sans y penser le moins du
monde!...

Je te dirai à ce propos, que, ma foi, je
fais comme les autres, je ne salue plus
personne ; excepté pourtant la maîtresse
de la maison, si elle a le temps de le remarquer. Ne le dis pas à mon grand-
père, ni à notre vénérable maître de
danse, mon départ ne fait plus événement, et je sors *incognito*.

Ce qui te paraîtra plus étrange encore,
c'est que cet usage qui m'avait d'abord
tant scandalisé me paraît à présent fort
raisonnable, du moins à Paris. Je conçois
qu'en province, où le commencement
d'une soirée ressemble à une invasion, le
départ à une levée en masse ; où le malheureux qui tenterait de s'échapper avant
que l'heure de la retraite eût sonné serait
montré au doigt et poursuivi comme un
coupable ; je conçois, dis-je, qu'une in-
fortunée maîtresse de maison fasse toute
espèce de frais de politesse dans ces
deux ou trois grands événements de la
soirée ; mais à Paris, où les allants et
venants se renouvellent sans cesse, où

la plupart des hommes ne font qu'entrer et sortir, ce qui, par parenthèse, me semble un des grands inconvénients de la société parisienne, ce serait infliger un cruel supplice à une pauvre femme d'exiger qu'elle fût dans un mouvement perpétuel de révérences, de bonjours et d'adieux, et de toutes les phrases banales qui s'ensuivent.

Tu vas me trouver terriblement Parisien quand je te dirai qu'il m'est venu souvent à l'esprit qu'il y a bien des soins et bien de l'argent perdu dans les éducations de province, et qu'il nous faudra quelque jour nous efforcer d'oublier la plupart des choses qu'on a pris tant de peine à nous apprendre. Je ne parle pas des choses essentielles : ce sont celles-là qu'il faut tâcher de ne pas négliger ; c'est un fonds qui reste, et que la mode, le temps, les lieux et les usages ne peuvent jamais atteindre !

Je te dirai aussi que chaque jour je m'éloigne peu à peu de la table de whist, je m'approche insensiblement de la table ronde, et j'y aurai, j'espère, bientôt une bonne petite place; soit dit sans vanité.

Tu comprendras, je pense, que mes

lundis et mes vendredis soient devenus mes jours de fête, et tu n'en concluras pas que je sois amoureux de madame de *** : sa manière d'être en exclut même la pensée.

Mais plus je vois cette famille et plus je m'y attache. Monsieur *** me paraît être le meilleur des hommes, ce qui n'exclut pas en lui beaucoup de finesse d'esprit ; son air de gaîté, de vivacité, de jeunesse, en contraste avec ses cheveux blancs, attire l'affection en même temps que le respect. Ses manières sont parfaites; et sous ce rapport il ne le cède en rien à son gendre, qui me semble le modèle achevé de l'homme de bonne compagnie. Quant à madame de ***, je ne rabats rien de ce que la première impression m'a fait penser d'elle... Sa bienveillance est universelle.

Peut-être celle de sa mère l'est-elle un peu moins. On sent que le désir de plaire s'est affaibli en elle avec l'espoir d'y réussir et qu'elle laisse à son cœur et à son esprit la liberté d'avoir leurs préférences. Je n'ai jamais pu découvrir si madame de *** a véritablement de l'esprit, ou si elle n'en a pas. Si parfois elle en montre, c'est tellement comme par hasard, et avec un tel air de distraction,

qu'on est toujours tenté de lui dire :
*Madame, ce que vous venez de dire
est beaucoup plus fin que vous ne
pensez.* Mais elle est affectueuse et
polie, et je ne lui en demande pas
davantage.

Me voici, je crois, arrivé au dernier
chapitre, ou du moins au terme de mon
séjour à Paris. Je vais bientôt te rejoindre. Je retrouverai avec une bien
vive joie mes amis, mes parents, mon
pays. La vie que je mène au sein des arts
et des plaisirs intellectuels a trop de
poésie pour ne pas exalter tous les sentiments naturels et vrais ; pour ne pas

doubler toutes les facultés de l'âme ! Si elle dégoûte de la province, elle fait aimer la campagne, l'intimité, l'étude et surtout la vie de famille qui repose si doucement de l'agitation du monde. Je crois que je reviens au pays de mes pères, sinon meilleur, au moins pas plus mauvais que je ne suis parti, et peut-être un peu moins gauche et un peu plus aimable. Tout Vendéen aime son pays ; mais c'est à Paris que j'ai appris à en être fier ; c'est à Paris que j'ai appris à sentir tout ce qu'il y a de sainte poésie dans nos mœurs, dans nos sites historiques et surtout dans nos ruines ! Oui, je reviens de Paris , meilleur Vendéen que je ne l'étais quand j'ai quitté la Vendée.

Tu me demanderas peut–être si je n'ai pas quelque petite affaire de cœur à te raconter ? Ah ! mon ami, j'ai une trop haute idée de l'amour pour traiter ce sujet légèrement et pour donner ce nom d'amour à quelques impressions fugitives qui ne peuvent laisser de traces ni dans le cœur ni dans la pensée.

Peut-être quelque jour, dans l'abandon de nos entretiens les plus intimes, pour-

rons-nous retrouver nos douces rêveries d'avenir, et composer ensemble cet
idéal d'angélique beauté auquel on voudrait pouvoir dévouer son amour et
sa vie (1).

(1) Voyez la dernière Esquisse.

ESQUISSES DE MŒURS.

LA SOCIÉTÉ PARISIENNE.

ESQUISSES DE MŒURS.

Providebam Dominum in conspectu meo semper.

Puisque tu le veux absolument, mon cher, je t'envoie mon livre d'esquisses. Ce sera plus simple et plus tôt fait que de t'écrire. Tu trouveras là mes impressions telles quelles, jetées à la hâte sur le papier, sans enchaînement et sans préambule. Oui, mon cher, moi aussi j'ai mon livre d'esquisses! non pas esquisses au crayon, représentant matériellement les objets, mais esquisses morales à la manière des grands moralistes des temps passés et des temps modernes. Comme tout moraliste, je voudrais pouvoir châtier les mœurs et les corriger, mais je n'ai pas cette espérance. Je me borne à retracer, pour toi et pour quelques amis, les traits les plus originaux de nos mœurs contemporaines. Si je puis amuser un instant, faire aimer ce que j'aime, mépriser ce que je méprise, admirer ce que j'admire, c'est avec joie, c'est avec bonheur que je m'écrierai : « *Et moi aussi, je suis peintre!* »

PREMIÈRE ESQUISSE.

—

LA MESSE D'UNE HEURE.

Non, je ne puis jamais l'oublier, c'est hier
que pour la première fois je vis la belle Aurélie!...

J'avais été souffrant le matin, et je me rendais languissamment à la dernière messe.

Presque en même temps, après moi, je vis arriver Aurélie...

C'est bien la belle des belles, et rien ne manque à sa rare et parfaite élégance...

Sa voiture est du meilleur goût, ornée de riches armoiries; les plus rares fourrures préservent du froid ses pieds délicats, si délicatement chaussés; les plus doux reflets ajoutent encore à tous les charmes de sa gracieuse figure,.... on pourrait se mirer dans l'ébène lisse et brillant de ses chevaux,... deux valets de pied, sans livrée, mais en bas blancs, s'empressent à la portière, pour l'aider à descendre, tandis que le cocher se prélasse en-

veloppé dans une épaisse fourrure,... les chevaux piaffent et se mutinent sur ce pavé
glacé où grelotent tant de pauvres gens, tant
de mendiants, attendant vainement une obole !

Le plus joli petit épagneul agite ses longues
soies, ses rubans et ses grelots, sous la blanche
main d'Aurélie, et c'est du son de voix le
plus doux qu'elle le console par le plus caressant adieu. Puis, s'enveloppant dans ses her-
mines, elle s'élance d'un pas rapide, craignant
d'être en retard pour la messe d'une heure, qui
l'arrache au repos accoutumé du matin. C'est
d'un pas rapide et précipité qu'elle monte les
marches de l'église, prend l'eau bénite, se signe,
se met à genoux et plonge sa tête entre ses deux
mains croisées. Rien n'égale la grâce de son élégant panache ; le goût le plus délicat ne saurait

rien reprendre au négligé charmant de sa gracieuse parure, et l'on reste ravi de son recueillement comme de toute sa personne. . . .

. . . .

. . . .

Mais, peu d'instants après, dans la même
église, je vis arriver à pied son vieux père !...

IIᵉ ESQUISSE.

———

UN BAL A LA MODE.

Dialogue entre deux amies (Fragment.)

. . . .

. . . .

Julie. — Il est vrai, Sidonie, tu fus bonne pour moi l'an passé, quand je te rencontrai aux eaux de Baden. Je retrouvai en toi cette amie de couvent qui m'était encore si chère, malgré tous ses dédains ; malgré ce long oubli, et ces trois années passées pourtant dans la même ville.

Mais cette année, pourquoi m'abandonner encore ? J'ai été te chercher vingt fois, et toi, ingrate, à peine m'as-tu donné un souvenir ! et cependant, tu m'avais promis que ma maison serait la tienne, que tes amis deviendraient les miens ! Nous devions faire toutes nos visites ensemble ; je devais toujours avoir une voiture attelée pour toi ! Ma loge à chaque théâtre devait être chaque soir à tes ordres ! Nous devions mettre en commun tous nos plaisirs !..... Mais tu as oublié tout cela, et ton cœur a repris pour moi toute sa froideur accoutumée.

Sidonie. — Moi, ma chère, mais je ne nie rien de tout cela. Je suis prête à te livrer encore tous ceux que tu nommes mes amis ; je suis prête à regarder encore ta maison, ta voiture, tes loges comme à moi ; je suis prête encore à mettre en commun tous nos plaisirs, à te présenter moi-même à toute cette bonne compagnie, à tous ces gens à la mode que tu brûles de connaître ! Est-ce ma faute à moi si tu t'entêtes à rester enfouie dans cette société qui n'est pas la nôtre, parmi tous les *gens que personne ne connaît ?* C'est bien la peine, en vérité, d'avoir trois cent mille livres de rentes, le plus bel hôtel de Paris, et la bonne volonté de donner des fêtes splendides !

Julie. — Ah ! Sidonie, que tu es injuste ! Parmi tous ceux que tu dédaignes, parmi tous ceux *que personne ne connaît*, dis-tu, il y a pourtant des gens bien distingués, ayant le goût des arts, des lettres, de la bonne conversation et de tout ce qui fait être de bonne compagnie. On trouve dans leurs demeures le luxe le mieux entendu, et le meilleur goût en toutes choses.

SIDONIE. — Mais je ne le nie pas, ma chère.

JULIE. — Il ne faut pas être trop exclusive. Peut-être y aurait-il moyen d'allier ensemble tout ce qui est bon, de fondre un peu ces diverses sociétés, qui ne se sont hostiles que parce qu'elles ne se connaissent pas. Ne pourrait-on pas essayer de prendre un peu, çà et là, ce qu'il y a de meilleur? C'est ainsi que fait l'abeille pour composer son miel.

S_IDONIE_. — Mais, ma chère, je n'ai rien à dire contre tout cela. C'est à toi de choisir et de prendre ton parti.... Il ne faut pas faire ici du sentiment et de la poésie. Tu veux être à la mode ou tu ne le veux pas.

J_ULIE_. — Mais, Sidonie, je voudrais pouvoir concilier un peu les choses. Je voudrais être polie; je voudrais ne pas être ingrate; je voudrais ne pas sacrifier à la mode plus qu'elle ne vaut.

S_IDONIE_. — N'en parlons plus, ma chère; reste dans ta société; reste dans ton monde; reste dans cette *caverne d'honnêtes gens* (1) qui t'est si chère. Tu m'avais parlé de te for-

(1) Mot de lord Byron.

mer une société, de donner des bals, de faire les listes ensemble, de te fier à moi pour bien choisir! N'en parlons plus. Reste dans ton monde, puisque tu t'y trouves si bien.

JULIE. — Mais, Sidonie.....

SIDONIE. — Ma chère, il n'y a pas de mais; la mode est inexorable.

JULIE. — Eh bien! voyons, commençons.

SIDONIE. — Ah! cela est bien heureux!

JULIE. — Eh bien! voyons, te dis-je, commençons.

SIDONIE. — Cela suffit, ma chère, j'ai ta

parole ; tu ne te dédiras pas ? Je vais faire les invitations et les envoyer.

JULIE. — Mais, Sidonie, encore faut-il bien que je sache qui j'invite chez moi.

SIDONIE. — Mais, ma chère, n'ai-je pas ta confiance ? Je pense que tu peux t'en rapporter à moi.

JULIE. — Oui, ma chère ; mais enfin, tu es par trop exigeante ; il faut bien que je sache, que mon mari sache les noms des personnes que j'invite chez moi.

SIDONIE. — Ton mari ! mais il ne les connaît pas !... Laisse-moi faire, te dis-je.

JULIE. — Non, Sidonie, non ; je ne puis

y consentir. Nous ferons la liste ensemble.

SIDONIE. — Allons, ma chère, puisque tu le veux absolument..., (*soupirant*) faisons la liste ensemble.

Sidonie s'assied près d'une table, prend une plume, du papier, s'établit bien à son aise, puis elle écrit précipitamment plus de cent noms sans s'arrêter.

Julie la regarde écrire, penchée tristement le coude appuyé sur la table.

JULIE. — Ah! Sidonie, je t'arrête à ce nom; je ne veux pas de cette femme.

SIDONIE. — Elle est à la mode, ma chère. (*Sidonie continue.*)

JULIE. — Ah ! je t'arrête encore, Sidonie ; cet homme n'est pas de bonne compagnie. Le bon goût, le bon sens, la bonne morale le repoussent.

SIDONIE, *continuant.* — Il est à la mode, ma chère.

Sidonie continue, écrit deux cents noms, puis s'arrête. — Voyons, dit-elle, à présent, épurons.

JULIE. — Épurons, soit, ma chère, mais aussi ajoutons. J'ai ma volonté, et je veux faire mes réserves.

SIDONIE. — Des réserves !.... ô ma chère, tu vas tout gâter !

JULIE. — Il y a des amis intimes que je ne puis me dispenser d'inviter.

SIDONIE. — Mais tu es folle, Julie..... des gens que personne ne connaît ! Ils gâteront ton bal, et s'ennuieront à mourir chez toi.

JULIE. — Peut-être s'ennuieront-ils, mais du moins ils ne me trouveront ni impolie ni ingrate.

SIDONIE. — Ma chère, n'en parlons plus. Qui t'oblige à donner des fêtes ? qui t'oblige à changer de société ? Reste dans ton monde, te dis-je. Quelle rage as-tu de vouloir être à la mode ?

JULIE. — Ah ! Sidonie, tu es cruelle.

Sidonie. — Moi ! non ; je connais le monde, je connais les gens à la mode, voilà tout.

Julie. — Eh bien ! voyons, capitulons. Je ne te demande qu'un bien petit nombre...... Ces premières personnes qui nous ont si bien reçues à notre arrivée en France !

Sidonie. — Non, tu n'auras pas ces gens-là.

Julie. — Ces amis si bons, si généreux pour nous, ces associés de mon mari ?

Sidonie. — Mais tu es folle ! non, tu n'auras pas les associés de ton mari.

Julie. — Ces premières compagnes de ma fille, ces charmantes personnes qui sont devenues ses amies ?

Sidonie. — Mais tu es folle, te dis-je ; il faudrait avoir leurs mères ; le père aussi, peut-être? Ah! c'est trop fort! Non, tu n'auras pas ces charmantes personnes.

Sidonie. — Mais ces amis si dévoués, qui, je m'en souviens, il y a trois ans, ont tant pleuré ma mère?

Sidonie. — Non, tu n'auras pas les amis qui ont pleuré ta mère.

Julie. — Mais les vieux amis de mon père, pour qu'il trouve du moins à qui parler chez moi?

Sidonie. — Non, tu n'auras pas les amis de ton père.

Julie. — Mais mon père s'ennuiera, mon père sera mécontent, lui si bon, si occupé de nous ! Cette idée troublera tout mon plaisir.

Sidonie. — Mais, ma chère, véritablement tu es folle. Ton père, à son âge, fera bien mieux de rester chez lui que de venir au bal. Il ne faut pas y penser.

Julie. — Mon père !

Sidonie. — Non, non, te dis-je.

Julie. — Mon père !

Sidonie. — NON, TU N'AURAS PAS TON PÈRE.

. . . .
. . . .

Et le pacte s'accomplit. Les invitations volent; on se les dispute. Le brillant hôtel se transforme en palais enchanté. Les fleurs s'amoncèlent; les forêts d'arbustes fleuris arrivent de toutes parts; les guirlandes, les bouquets s'enlacent. Le printemps et l'automne prodiguent leurs fruits confondus ! L'hiver offre ses sorbets et ses glaces; les parfums, les vins les plus rares, les sucs enivrants fument de toutes parts comme l'encens. Les flambeaux s'allument; les lustres étincellent, mille glaces les reflètent..... Les voitures se pressent à la porte, les chevaux hennissent, le pavé brûle, la foule se rassemble; les parures, les pierreries, les diamants brillent; les beautés rivalisent. Puis la danse s'anime; le galop, la mazourka, succèdent à l'anglaise et à la valse, et la plus mélodieuse harmonie répand ses plus doux, ses plus radieux accords dans cet air embaumé des plus suaves parfums.

Et le soleil se lève sur cette fête qui l'attendait pour finir.....

. . . .

. . . .

. . . .

Et la mère, du haut des cieux, voit ces enfants ingrats, et se réjouit d'avoir quitté la terre !...

IIIe ESQUISSE.

LE ROUT.

Un rout est la chose du monde qui prouve
le mieux que rien n'est bien hors de sa place.
En France, c'est un contre-sens. En Angleterre, c'est une brillante image de richesse,
de grandeur, et d'élégance, tout à fait en

rapport avec les mœurs aristocratiques du pays. Les Anglais, avec leur immense fortune, ne sauraient avoir les plaisirs intellectuels que goûtent en France nos compatriotes, même dans les plus humbles conditions ; non pas que les Anglais ne soient dignes de cette sorte de jouissance, mais la conversation n'est pas un plaisir à leur usage. Toutes leurs habitudes s'y opposent. Ils vivent pour eux ; ils étudient pour eux, sans nul souci de faire part aux autres de leurs idées personnelles ou de leurs connaissances acquises. Ils sont, en général, taciturnes et silencieux, et l'échange des pensées est un besoin qu'ils ne semblent pas connaître (1).

(1) A moins qu'il ne s'agisse d'intérêts positifs, de découvertes industrielles, etc.

La société pour eux, c'est la famille. Ils passent leur vie à voyager, emmenant avec eux, femmes, enfants, serviteurs. Ou bien ils se reposent noblement dans leurs splendides châteaux avec ce doux entourage. Le rapide séjour qu'ils font à Londres chaque année, ne leur laisse pas le loisir d'y former ces relations de société suivies, ces liaisons intimes, ces réunions familières, ces douces habitudes, que le temps seul peut former et qui donnent chaque jour les mêmes plaisirs qu'on a goûtés la veille. A moins d'un rare privilége et d'une recommandation particulière, il est difficile, surtout pour les étrangers, de pénétrer dans l'intimité d'une famille anglaise, et d'y être reçu familièrement à ces heures consacrées en France à la conversation et à la société. Ce n'est guère qu'à la promenade qu'on se rencontre, et les relations de politesse se réduisent presque à un échange de cartes de visite. Cependant, c'est une sorte de convenance pour un chef de famille, pour un grand seigneur, pour un riche banquier, pour un homme en place, de réunir chez soi, une fois par hasard, ceux à qui l'on croit devoir une politesse ou quelque souvenir.

Les repas, à Londres, sont pris trop au sérieux pour être offerts précisément comme plaisir. L'absence d'intimité ne fournit pas beaucoup à l'agrément des réunions peu nombreuses. Quand on n'a pas de jeunes gens à amuser autour de soi, et qu'on ne veut donner ni bals ni concerts, le *rout* est une sorte de plaisir tout fait, de *festivial* officiel, fort commode, et qui ne donne nulle peine. C'est un appel à toutes les personnes qu'on connaît pour venir s'amuser chez vous entre elles. Et s'il se trouve à Londres quelques - uns des nombreux étrangers dont on ait reçu quelques politesses dans le cours de lointains voyages, c'est un moyen facile de s'acquitter avec eux et de leur faire les honneurs de l'Angleterre, en étalant à leurs yeux tout ce qui peut les éblouir et leur donner une grande idée de la fortune et de la brillante existence de celui qui les reçoit.

Riches ameublements, salons spacieux, tableaux, raretés, galeries, serres embaumées, buffets splendides surchargés de lumières, de vaisselle d'or et d'argent, de rafraîchissements délicieux. Les fruits et les

fleurs les plus rares, et toutes les plus délicates recherches de l'élégance et de la richesse.

Puis toutes les beautés les plus à la mode.
Des parures étincelantes de diamants et de
pierreries. Des hommes célèbres, de riches
uniformes ou tout au moins de brillantes
décorations, des ordres, des cordons de toutes
les couleurs, et cette Jarretière si enviée!
Une foule dorée se coudoyant sur les plus
riches tapis, au son de la plus suave harmonie!

Puis, à la porte et dans toutes les rues
à l'entour, les chevaux piaffant, les riches
carrosses, les brillantes armoiries, les somp-
tueuses livrées, et les noms aristocratiques

de la vieille Angleterre , répétés par cent laquais échelonnés sur leur passage. — Voilà ce que j'appelle un *rout*, cette exhibition éclatante de toutes les richesses et de toutes les vanités.

Mais en France, où toutes nos vanités sont réduites au silence, aux regrets et aux souvenirs, où toutes nos richesses impérissables sont des richesses intellectuelles ; en France, où notre plaisir le plus délicat est cette conversation modèle que l'Europe nous envie ; en France, où le plus grand seigneur, où l'homme le plus fêté du moins, est celui que son esprit met le plus en valeur ; quel attrait peut avoir un *rout?* et pouvons-nous donner ce nom à ces réunions obscures qui ressemblent si peu à ce que je viens de décrire ?

Une foule mesquine entassée, étouffée dans d'étroits appartements (1) ; une réunion sans but, sans intérêt, sans conversation, sans plaisir, sans véritable élégance ; un bruit étrange et confus, une préoccupation puérile ; des femmes distraites, des hommes ennuyés, n'ayant d'autre pensée que l'empressement d'aller respirer ailleurs.

Ah ! si l'esprit français n'était au-dessus de ce fade passe-temps, oserions-nous parler *rout* en France, et rappeler ce qu'on nomme *rout* en Angleterre ?

______

(1) Il y a sans nul doute quelques exceptions que chacun s'empressera de signaler.

IVe ESQUISSE.

———

LES QUATRE HEURES.

Tout à côté du *rout*, et comme en contraste avec lui, nous voyons surgir une coutume plus analogue à nos mœurs et plus
d'accord avec le caractère distinctif de l'esprit français. Je veux parler de l'habitude

régulière que prennent la plupart des femmes, de recevoir chez elles vers la fin de la matinée, de *quatre à six heures.*

Dans ces réunions, d'ordinaire peu nombreuses, la femme règne en souveraine, et quelques habitués fidèles se groupent autour d'elle simplement pour causer. C'est comme une protestation de bon goût contre l'envahissement de ces assemblées si nombreuses, si dépourvues d'intérêt, dont toute conversation est bannie ; tant il est vrai qu'en France l'esprit et la grâce ne peuvent jamais entièrement perdre leurs droits !

C'est toujours une chose intéressante à observer que le progrès d'une mode, prenant rang de coutume et passant peu à peu dans les mœurs ! Les *quatre heures* me semblent devoir suivre cette marche, et je crois pouvoir prédire que c'est par là que l'esprit de conversation doit reprendre parmi nous tout son empire.

Sans doute, sous quelques rapports le souper devait être plus favorable encore à l'entraînement de ces conversations infinies, fruit délicat d'un heureux loisir ; à ces réunions brillantes, élégantes et choisies, qui ont porté si loin la renommée de la grâce et du bon goût de l'esprit français. Mais le souper n'est plus dans nos habitudes ; et par mille raisons trop nombreuses et trop sérieuses pour entrer dans le cadre de cette esquisse, il ne peut plus être dans nos mœurs. Le souper est rangé parmi les souvenirs aristocratiques du temps passé. Les révolutions et le gouvernement représentatif en ont détruit les éléments, avec les autres prérogatives du monopole et de l'aristocratie.

Faut-il le regretter, et ne doit-on pas lui préférer cette réunion de *quatre heures*, plus à la portée de tout le monde et dans lesquelles l'esprit peut se montrer plus naturellement dans tout son abandon, dans toute son originalité piquante? Non pas que ces réunions soient encore tout ce qu'elles peuvent être, mais il est aisé de prévoir tout ce qu'elles pourront devenir.

L'agrément en serait complet, si toutes les femmes, hors une seule, n'en étaient exclues ; mais peut-être cette absence qu'on regrette favorise-t-elle plus qu'on ne le pense l'unité si nécessaire à toute véritable conversation. Partout où se trouvent plusieurs femmes, le centre d'intérêt n'est plus unique, bientôt le cercle, même le moins nombreux, se divise en petites fractions; les *à parte*, les confidences, les causeries à voix basse s'établissent, et rien n'est plus nuisible à l'intérêt véritable de ce qu'on peut appeler conversation. Mais, excepté quelques rares visites, abrégées par la contrariété visible qu'elles inspirent, peu de femmes se mêlent à ces sortes de réunions, par la raison que presque toutes rentrent chez elles vers la même heure pour présider aussi leur petit cercle.

Je suppose que les femmes qui se donnent entre elles le doux nom *d'amies*, trouvent moyen de se voir le soir, ou bien à quelque autre heure plus intime de la journée. Je suppose qu'elles s'écrivent chaque jour de ces charmants billets du matin qui entretiennent si bien ces sortes d'amitiés féminines ; quoi qu'il en soit, la femme qui règne sur son cercle de quatre heures , ne paraît regretter l'absence de nulle compagne, ni de nulle amie.

Une autre condition également essentielle à l'unité de la conversation , est l'absence du mari .(Ce n'est pas le moraliste qui parle, c'est l'observateur).

Vers cette heure, la famille est dispersée, le mari est à ses affaires , ou bien à ses études, ou bien à la promenade , ou bien au *jokey club,* ou bien ailleurs... N'importe...

Peut-être brille-t-il de son côté aux *quatre heures* de quelque autre femme que la sienne. Car nul mari n'est assez mal-appris pour oser paraître chez lui pendant ces deux heures où sa femme reçoit.

Mais qu'il n'en *ait cure*, car dans ce bon siècle où tout est faux, superficiel et frivole ; où rien n'est pris au sérieux, où les vertus s'arrangent avec les habitudes qui plaisent ; où les sentiments eux-mêmes ont leur mesure et leur convenance, où la mode étend son sceptre de fer sur les consciences et sur les cœurs, peut-être rien n'est-il plus *moral*, dans l'état actuel de la société, que cette coutume de recevoir à quatre heures *pour causer*.

Ce n'est pas le monde, ce n'est pas l'intimité,

ce n'est pas l'amitié, ce n'est pas la confiance,
ce n'est pas le tête-à-tête absolu, mais c'est un
peu de tout cela. Juste ce qu'il en faut pour
servir de transition entre rien et quelque
chose...

Peut-être même peut-on espérer, pour les
femmes du monde, quelque perfectionnement
moral, quelque ombré de vertus résultant de
cet usage. D'abord l'obligation de lire un peu,
au moins les revues et les journaux, ne fût-ce
que pour pouvoir dire un mot de la nouvelle
du jour, ou du livre qui paraît ; instruction
superficielle il est vrai, mais qui pourtant
vaut mieux que rien...

Peut-être y gagneront-elles quelques habitudes de régularité, car pour être exacte à *ses*

quatre heures la femme la plus frivole, la plus légère et la moins sédentaire renonce à de plus dangereux plaisirs... Visites inutiles, emplettes ruineuses, promenades désœuvrées à pied, à cheval, en voiture; entraînement de tous les genres, paresse même, tout est sacrifié à ce devoir de convention, si essentiel à ses yeux. Elle en devient plus diligente et plus matinale. *L'exactitude est sa loi*, et vous l'entendez donner le beau nom de *fidélité* au soin aimable de ne pas manquer d'une minute ce rendez-vous universel qu'elle donne à tous ces amis prétendus.

Car, de même que Pythagore, Socrate et Platon avaient leurs émules et leurs disciples. De même qu'un *Sheridan*, un *Pitt*, un *Fox*, un *Chatam* doit pouvoir dire : « *Mes amis politiques,* » toute femme du monde aimable ou à la mode, doit pouvoir dire aussi : « *Mes fidèles amis de quatre heures.* »

Les premières heures de la journée sans doute sont consacrées aux devoirs essentiels, à la famille, au soin de la maison et des enfants ; la soirée au monde et à ses exigences ; mais dès trois heures tout autre soin est méconnu. Chaque femme rentre chez elle en toute hâte pour se préparer à ce règne de deux heures qui recommence chaque jour pour elle.

Il n'est pas de réunion à laquelle une maîtresse de maison imprime plus naturellement son caractère. Sa bienveillance inspire la bienveillance. L'impertinence enseigne et propage l'impertinence autour d'elle. Le sarcasme et l'ironie s'efforcent de plaire à la moqueuse ; et chez la femme qui aime à entendre médire, le cercle des *quatre heures*, soyez-en sûr, est une école de médisance et de calomnie.

Chez la femme de bien, chez la vraie mère de famille, pour qui les quatre heures sont véritablement la fin d'une matinée laborieuse ; le retour de visites de bienséance ou de charité ; le repos de devoirs accomplis dans sa maison ou hors de chez elle, vous voyez arriver successivement les vieux amis et la famille : le mari revenant de sa promenade ; les enfants, les petits-enfants et les gendres ; et tour à tour rester à dîner sans façon quelque fidèle habitué des quatre heures.

Chez la mère élégante, chez la femme du

monde, habile à tout concilier, c'est l'heure où tous les devoirs finissent pour elle, où les enfants vont se distraire à la promenade de l'application du matin; où le sceptre maternel passe aux mains des gouvernantes et des femmes de chambre. C'est l'heure où l'amitié vient consoler des labeurs de la maternité et des soucis de la famille.

Chez la femme politique (car il y a des femmes politiques) vous voyez arriver tour à tour, et passer successivement, le ministre affairé, l'homme d'état silencieux, l'orateur triomphant, le député loquace avec son butin de votes, de scrutins, d'amendements, d'interruptions brutales et de scandales politiques.

C'est là que prend sa source ce ruisseau,

grossi le soir, en passant par la ville, de grandes nouvelles , de petits événements , d'axiomes incontestables, de prévisions certaines démenties dans tous les journaux le lendemain...

Six heures ont sonné et les amis préférés ne se séparent pas encore... — Un pair de France a promis de venir annoncer la fin d'un grand procès, et la condamnation peut-être de quelque grand coupable !

Chez la savante deux ou trois érudits viennent discuter et résoudre à ses pieds quelque grand problème.

Chez la femme bel esprit, on peut voir se réunir chaque jour les coryphées de la littérature; les prétendants à quelque renommée. C'est là qu'un jeune poëte ignoré grandit à l'ombre de quelque médiocrité célèbre. C'est là qu'on désigne d'avance à la postérité les gloires qu'elle ne confirmera peut-être pas ! c'est là qu'on choisit et qu'on nomme l'heureux successeur de l'académicien qui respire encore. C'est là que tous les beaux esprits se cotisent , pour trouver quelque idée nouvelle, échappée aux plus beaux génies des temps passés. Mais en attendant qu'ils la trouvent, ils sont d'accord pour proclamer que notre siècle est le grand siècle !

Chez la coquette et la femme à la mode, c'est un essaim de papillons et d'abeilles. Chacun a butiné pour elle, et son miel se parfume de la plus délicate essence.

C'est là que l'on discute gravement la fête du soir ou la parure nouvelle....

C'est là que l'on prépare en riant ces grands désordres, ces grands scandales suivis de tant de larmes !

C'est là que la grâce et le dédain se distillent ensemble. Breuvage enivrant , qui trouble la raison, engendre les amours et les haines que le temps efface et venge en passant.

Je ne parlerai pas de ces *quatre heures* où règnent et se complaisent la fatuité, l'ignorance et la sottise. A ces sortes de réunions il faut appliquer ces paroles du Dante : *Non ragioniam di lor. Ma guarda et passa.*

Chez la femme aimable et vraiment digne de ramener le goût délicat de la bonne conversation en France , on peut voir se réunir chaque jour, fidèles à son gracieux accueil, tous ceux qui savent écouter et causer. L'homme du monde, le littérateur , l'artiste célèbre , l'homme politique, le grand seigneur, l'étranger de bonne compagnie, tous s'empressent de venir chez elle et de s'y montrer aimables. Rien n'est exclu du cadre élastique de son agréable causerie ; rien , si ce n'est la médisance, le commérage et le mauvais goût. Elle a des regards bienveillants pour la timidité modeste, et ne craint pas la rivalité de quelques autres femmes plus jeunes et plus jolies. Un vieil ami peut toujours venir confiant auprès d'elle, et l'aïeul aussi peut y trouver un doux regard et le plus gracieux sourire. Oui, si l'on

cause encore quelque part agréablement en
France, c'est *aux quatre heures* de la femme
aimable et de bonne compagnie.

Peut-être quelque autre femme plus timide
et moins appréciée, sans en être pourtant moins
aimable, attend-elle dans la solitude ces prétendus amis qu'elle a si souvent conviés en vain.
C'est en vain qu'elle a prodigué pour eux toutes
les recherches de l'élégance et du luxe... C'est
en vain que les fleurs les plus fraîches et les plus
rares s'épanouissent, embaumant l'air qu'on
respire auprès d'elle de leur suave parfum...
Elle est seule ! la mode n'a pas sonné l'appel !...

Inutilement parée de mousseline et de den-
telles on peut se la représenter plongée dans
un grand fauteuil, ses jolis pieds croisés sur

un riche coussin; elle travaille négligemment à quelque élégante broderie; ou bien, le front appuyé sur sa main, elle lit avec distraction; regarde souvent à la pendule, et voit à regret s'écouler ces deux heures qu'elle avait destinées au plaisir.

Ah! qu'elle mette à profit du moins, pour la réflexion et pour l'étude, ce temps qu'elle dérobe aux frivoles préoccupations du monde, et que de quatre à six heures, elle sache goûter les douceurs du repos et de la solitude!

Peut-être encore pourrait-on voir quelque autre femme, plus sérieuse ou plus exclusive, passer volontairement, *presque* seule, ces deux heures consacrées au rendez - vous quotidien qu'il est convenu d'appeler *les quatre heures.*

V· ESQUISSE.

LES FUMEURS DANS LES SALONS.

Au sein du quartier le plus paisible et le plus éloigné du mouvement, du tumulte et du bruit , s'était formée une société de gens de bonne compagnie, heureux de passer ensemble ces heures inoccupées que laissent la

fortune et l'éloignement des affaires. Là ,
dans un vaste hôtel , des salons somptueux
leur prodiguaient soir et matin, selon la sai-
son , le jour, la chaleur, la fraîcheur et l'es-
pace. Une bibliothèque choisie leur fournis-
sait de douces études, et tous les journaux
et toutes les revues leur apportaient chaque
matin l'intérêt puissant de la politique, et l'intérêt piquant de la vie parisienne. Les cartes,
le billard , les jeux de toute espèce variant
les plaisirs, charmaient, tous les instants, et
faisaient oublier les peines. Des rafraîchissements délicieux et variés étaient à profusion
offerts ; et pour comble de bien , la plus
constante harmonie régnait dans cette heureuse demeure. Là, tous les âges réunis semblaient rivaliser de politesse et d'égards. Là
se voyait encore le respect pour la vieillesse

et pour les traditions du passé. Là se trouvaient les modèles et les émules de cette urbanité que l'on rencontre si rarement ailleurs.
Là toutes les opinions semblaient n'en former
qu'une, tant elles étaient modérées et conci-
liantes. Là toutes les discussions étaient
douces, et cette société composée d'éléments
divers semblait une réunion de vieux amis
et de pères de famille entourés de leurs
fils... Quand un jour une rumeur soudaine
s'élève au sein de ce tranquille séjour. *Place
aux fumeurs ! place aux fumeurs !*

Quel est ce bruit insolite ? N'a-t-on pas
prévu, même pour les fumeurs, tout ce qui
peut être raisonnablement accordé aux goûts
différents d'un grand nombre de personnes
réunies ? Des salons placés à un autre étage,

et l'isolement que doivent tant souhaiter ceux qui se livrent à cet étrange plaisir ? *Place aux fumeurs ! place aux fumeurs !* redisent tous les échos étonnés. — L'assemblée reste d'abord interdite. Les partis bientôt se divisent, les anciens du cercle, les nestors; les plus âgés, le grand nombre enfin, veut s'opposer à la jeunesse envahissante, mais la faction des fumeurs l'emporte. *Place aux fumeurs ! place aux fumeurs !* est le cri de triomphe.

Et voilà de nombreux ouvriers qui s'avancent, renversant tout sur leur passage. Lambris dorés, boiseries sculptées, toute la richesse et l'élégance des temps passés, tombent et disparaîssent sous un épais nuage de poussière et de décombres. Les anciens salons se res-

sèrent, les joueurs se pressent, les livres s'a-
moncèlent ; le doux repos, le doux loisir et le
silence sont désormais bannis de ce séjour....

Serrez vos rangs, fidèles habitués de ce
cercle. Anciens amis, heureux de vieillir si
doucement ensemble ! il faut agrandir les
salons où doivent venir s'étendre mollement
sur de riches carreaux les membres engourdis
des fumeurs.

Élevez d'épaisses murailles contre ces enfants du siècle sortis de votre sein. Élevez
d'épaisses murailles contre cette noire fumée,
contre cette vapeur infecte ! Élevez d'épaisses
murailles contre cette engourdissante ivresse,
contre ces attitudes négligées, et contre le
cynisme de cette triste gaieté, analogue à ce
triste et fastidieux plaisir.

Mais, dira-t-on, sans doute cette scène se passait dans quelque contrée barbare, ou dans un siècle grossier dont le nôtre n'a plus, heureusement, conservé nulle trace.

Non, cette scène se passait dans le plus noble faubourg de la plus riche cité, et dans l'an de grace 184...

VI. ESQUISSE.

UN JOUR D'ÉMEUTE A PARIS.

J'entends battre le rappel ! et je crois entendre le tocsin ! J'entends les cris : « *Fermez vos boutiques !* » et voici déjà le cliquetis des armes. J'écoute le roulis des voitures redoubler de vitesse et s'évanouir en s'éloignant... Je vois les enfants et les femmes rentrer avec effroi dans leur demeure.... et chacun se hâter et courir, et peu à peu les rues rester désertes comme à l'approche d'un grand orage !

Et pourtant ce n'est pas le feu du ciel ! ce n'est pas l'ouragan, ce n'est pas l'aquilon !

C'est une horde effrénée qui s'avance en poussant des cris. Quelques ouvriers, quelques jeunes gens bien vêtus marchent pêle-mêle avec des gens en guenilles. Des hommes à figures sinistres les accompagnent silencieusement.

Qui les guide ? que veulent-ils ? que demandent-ils ? Nul ne le sait. Les grands mots

Liberté, *Egalité*, ne sont plus pour personne des mots de ralliement. Ils ont perdu, en passant dans nos lois, leur puissance perturbatrice. *Pillage* est le mot d'ordre qu'ils ont reçu tout bas... si bas que le plus grand nombre d'entre eux ne l'a pas même entendu...

Le cardinal de Retz disait en parlant du peuple : « *Qui l'ameute l'émeute?..* »

Ils le savent bien les instigateurs de désordre ! C'est en effet d'un petit ameutement qu'est sortie ce matin cette grande émeute dont la paix du jour doit être troublée !

Ainsi quelquefois d'un petit point noir, à

peine visible sur l'azur du ciel, doit sortir l'éclair et la tempête.

Malheur donc à qui ameute le peuple, et le détourne de son travail... Malheur à qui le trompe en l'insurgeant contre le riche ; car ce n'est pas le riche qu'atteint l'émeute, c'est le pauvre... c'est sur le pauvre du moins qu'en retombe tout le poids...

Le riche... voyez-le derrière les vitres de sa croisée regardant passer l'émeute... ou bien, regardez venir cette voiture élégante roulant librement dans ces mêmes rues naguère obstruées par l'émeute... c'est le riche, éclaboussant sur son passage le pauvre émeutier repentant que l'on conduit en prison.

Hier cet émeutier, c'était un honnête

homme! Sa femme et ses enfants vivaient de son travail... ou bien c'était un jeune étudiant, l'amour de sa mère, l'espoir de sa famille... Aujourd'hui c'est un criminel, un prisonnier, un insensé que la société repousse ; car rien n'est plus impopulaire que l'émeute, et tous les intérêts s'unissent pour triompher d'elle, et pour venger la société qu'elle menace.

Notre Seigneur a dit : « *Il y aura toujours des pauvres.* » Pour compléter cette parole, il faut ajouter : « *Il y aura toujours des riches.* » Richesse et pauvreté sont les échelons nécessaires de cet édifice qu'on appelle l'ordre social.

Vouloir le renverser serait folie. La victoire coûterait bien cher au triomphateur ! il serait enseveli lui-même sous les ruines qu'il aurait faites.

Quand le tremblement de terre a ébranlé la montagne, la cabane qu'elle abritait est écrasée, et le ruisseau tari ne coule plus dans la plaine.

VIIe ESQUISSE.

PARIS LE LENDEMAIN DE L'ÉMEUTE.

Aujourd'hui tout est rentré dans l'ordre...
Le commerce suit son cours... La ville a repris son mouvement, et le monde parisien
son imprévoyante sérénité ! Quelques coupables, quelques victimes égarées expient sous

les verroux l'effroi d'un moment que leur impuissante folie a causé... Les instigateurs de l'émeute sont rentrés dans leurs ténèbres, et l'on se rappelle à peine, comme un mauvais rêve effacé, leur sinistre apparition.

Voilà du moins la superficie des choses ! Mais si nous pénétrons plus avant, que de misères, que de souffrances, que de larmes nous verrons suivre cette funeste journée !

Cette émeute n'a duré qu'un jour et n'a présenté nulle gravité !

Et pourtant les prisons se remplissent, et sont devenues trop étroites pour le nombre de coupables ou de prévenus que chaque instant y amène !... les travaux sont sus-

pendus, les ateliers sont fermés; des orphe-
lins, des veuves désolées, privés de leur
unique soutien, pleurent et rougissent à la
pensée d'aller désormais mendier dans la rue
ce pain qu'un père, un mari laborieux, jusqu'à présent, leur avait gagné, et tandis que
les vrais coupables s'enfuient ou se cachent,
de pauvres gens entraînés, presque innocents
du mal qu'ils ont causé, attendent en prison
la justice des hommes; pressant de tous
leurs vœux l'arrêt si lent, si incertain, qui
doit les rendre à leur famille, ou les en séparer pour jamais.

Cette émeute n'a duré qu'un jour! et
pourtant si nous pouvions pénétrer par la
pensée dans l'intérieur de ces maisons où
tombe comme la foudre cette funeste nou-

velle qu'un père, un mari, un frère, un ami, un fils peut-être, est compromis dans l'émeute, quelle inquiétude et quel désespoir !

Peut-être il va revenir dans sa famille ce jeune étudiant, ce fils adoré, apportant la honte et la douleur là où son retour devait causer une joie si vive ! il est chassé de l'école, sa carrière est brisée, et sa vie ne sera plus qu'un long repentir et un triste désœuvrement !

L'émeute n'a duré qu'un jour !... et peut-être le sang a-t-il coulé ? Peut-être une victime innocente sera tombée, frappée au cœur par la balle, tirée au hasard sans intention et sans but !...

L'émeute n'a duré qu'un jour ; mais une pauvre mère va pleurer toute sa vie cet enfant bien-aimé que personne n'a vu mourir !

L'émeute n'a duré qu'un jour ; mais pendant tout un jour la terreur a été universelle. — Pendant tout un jour le commerce est demeuré suspendu... les boutiques ont été fermées. La confiance a été ébranlée. La Bourse est restée déserte. Les théâtres n'auront fait nulle recette... Les relations avec la province ont un instant été interrompues. La faillite peut-être s'en est suivie... la faillite cette calamité occulte du pauvre aussi bien que du riche !.. Les étrangers, qui arrivaient en foule pour voir le printemps en France, se seront arrêtés à la frontière, tout prêts à retourner dans leurs pays, effrayés

à la vue de nos désordres toujours renais-
sants...

Que de transactions, que de plaisirs inter-
rompus et ajournés !

Plus de fêtes, plus de bals, au moins pendant quelques jours, et cette pluie d'or qui
tombe des salons où l'on danse a cessé tout
à coup de féconder l'industrie !...

Qui pourrait calculer au juste les suites
déplorables d'une seule journée d'émeute à
Paris ; et qui en souffre plus que le pauvre,
l'ouvrier, l'artisan et le marchand ?

Et pourtant j'écarte de ma pensée les
complots ténébreux, les trahisons, les machi-

nations infernales, les grands criminels, les
chaînes, les cachots, les tribunaux qui in-
struisent, les échafauds qui se dressent peut-
être; je veux peindre simplement une journée d'émeute à Paris...

Mais, dans l'ordre moral, comment retracer les conséquences d'un tel malheur et
d'un si funeste exemple?

La désunion des familles, les reproches
incessants, les plus douces affections du cœur
brisées et méconnues; les imprécations dé-
naturées d'un fils contre son père; d'une
femme contre son mari; des pères et mères
contre leurs enfants; le sentiment du devoir
ébranlé; les idées sérieuses, raisonnables,
les principes durables, sur lesquels reposent

les sociétés, mis en question et discutés par l'inexpérience, la rébellion et la folie! et tous les devoirs de l'honnête homme et du chrétien méconnus; et la religion trouvée impuissante à calmer les haines, à maîtriser les consciences! la religion, qui pourtant a seule des paroles pour combler la distance qui sépare la pauvreté et la richesse! la religion qui seule parle au riche des misères du pauvre, et seule peut lui commander l'humilité! la religion dont la mission sur la terre est d'unir tous les cœurs par les doux liens de la charité et de l'amour!

O malédiction sur l'instigateur de l'émeute! qu'il soit haï de tous... mais surtout qu'il soit haï du pauvre!!!

VIIIe ESQUISSE.

LES CONTRASTES.

J'habite un quartier fort dévot. J'ai suivi cette année régulièrement à ma paroisse tous les exercices du carême, et plus exactement encore la retraite de la semaine de la Passion.

Le père... était le prédicateur de cette re–

traite. Son air, son ton, son geste, sa diction, le son pénétrant de sa voix, le caractère expressif et grave de sa physionomie, avaient, dès le premier jour, attiré toute mon attention à sa parole. Tout l'auditoire semblait subir la même impression que moi. Jamais, je le pense, prédicateur ne fut plus religieusement écouté ; jamais retraite ne fut plus assidûment suivie... L'intelligence du prêtre semblait avoir pénétré dans l'intérieur de nos maisons, dans le secret de nos familles, dans le plus profond mystère de nos cœurs et de nos consciences. C'était du haut de la chaire, la plus pure morale pratique, revêtue de la plus haute éloquence... c'étaient de tous les côtés dans l'église des regards, des sourires, des signes de tête approbateurs.... Chacun semblait se dire : oh ! que cet homme me connaît bien ! oh ! qu'il a parfaitement rai-

son ! oh ! qu'il possède une profonde connaissance du cœur humain ! oh ! que du fond de
sa retraite il a bien jugé ce monde qu'il n'a
jamais vu ! oh ! que les paroles de notre Seigneur
contre le monde et ses scandales ont trouvé
là un digne interprète ! et chacun les redisait
en sortant de l'église, ces paroles ! chacun
criait : *Anathème contre le monde !* Dans la
rue même on se le redisait encore, et chacun
répétait à la louange du prédicateur : Oh ! qu'il
parle bien ! oh ! qu'il nous a dit de grandes
vérités !.. oh ! qu'il a parfaitement raison !...

Voilà, me disais-je une retraite bien pro-
fitable ; sans doute elle produira des fruits
abondants, et si toutes les paroisses de la capitale ont été dotées de tels prédicateurs, nous
allons être témoins d'une réforme sérieuse

et durable dans les mœurs des Parisiens.

Le premier jour de la retraite, ne sachant que faire de ces heures de la soirée, de cette surabondance de loisir que me laisse à Paris, loin de ma famille, ma vie oisive et solitaire, j'allai faire quelques visites dans ce même quartier, dans cette même paroisse, où chaque matin je suis si édifié de l'exactitude et de l'empressement des fidèles!

Je trouvai quelques personnes. Le texte de nos conversations fut naturellement la prédication du matin, dont le but essentiel avait été de combattre le danger des mauvaises lectures, et de condamner les romans.

Sur cette table ronde qui occupe le milieu

de chaque salon, je vis pêle-mêle livres,
journaux, revues, albums...

J'ouvris au hasard et machinalement le
premier livre qui me tomba sous la main;
puis un autre, puis un autre encore. C'étaient
pour la plupart des romans, et précisément
ces ouvrages bien connus que le prédicateur
avait si vivement condamnés le matin ; et
dans tous les salons où j'entrai ce soir-là,
à mon grand étonnement, je fis la même
remarque !

Le lendemain, par une de ces contradictions dont je me croyais seul capable ,
après avoir entendu le matin un éloquent
sermon contre les spectacles , et contre le
scandale de cette sorte de plaisir en carême,

désœuvré, j'allai le soir à l'Opéra Italien. A ma grande surprise, je reconnus, non-seulement dans les stalles, mais dans les loges et dans les galeries, un grand nombre des auditeurs qui m'avaient semblé le plus touchés de la prédication du matin !

Le troisième jour, plus coupable encore, j'acceptai chez un Anglais de mes amis une invitation de bal. Ma conscience me le reprochait bien un peu ; mais je capitulai avec elle et j'allai au bal.

Je croyais n'y trouver que des étrangers ; mais, à ma grande surprise encore, je trouvai là beaucoup de personnes que j'avais remarquées le plus habituellement à ma paroisse.

Nous avions écouté, approuvé, admiré ensemble la parfaite justesse des paroles tombées du haut de la chaire contre les parures immodestes; mais je n'aperçus pas le moindre changement sur ce point entre ce que je voyais alors et ce que j'aurais pu voir la veille !

Il en fut à peu près ainsi chaque jour de cette semaine. Le matin je n'étais pas seul édifié, et le soir je ne cédais pas seul à quelque entraînement coupable.

C'est donc en vain que le prédicateur avait prodigué les trésors de son éloquence pour combattre nos faiblesses, nos défauts et nos vices ?... Pour ranimer dans tous les cœurs le saint enthousiasme du devoir et de la piété !

c'est en vain qu'il avait peint en traits ineffables la sainte union du mariage, les saints devoirs de la famille et de la maternité ; Paris, cette moderne Babylone, n'en retentit pas moins chaque jour des mêmes scandales pour l'expiation desquels notre Seigneur est mort.

Je me demande souvent pourquoi cette parole divine, si féconde aux premiers temps de l'Église, est devenue pour nous si stérile ! La rosée du ciel tombe-t-elle donc parmi nous sur un sable aride, ou les fleurs qu'elle arrose ne produiront-elles plus de fruits !

C'est toujours la lumière puisée aux mêmes sources ; c'est toujours le texte évangélique ; et la raison ornée de tout ce que l'art de l'éloquence enseigne ; c'est l'intelligence supérieure mise à la portée des faibles; c'est aussi l'intelligence qui écoute, attentive à la sainte parole. De part et d'autre il y a lumière et bonne volonté.

Pourquoi donc nos cœurs restent-ils glacés? Pourquoi l'onction, ce trait divin qui passe du ciel à la terre, n'échauffe-t-elle plus les âmes? Quel ennemi caché s'oppose donc en moi au triomphe de l'amour et de la vérité?

Ce n'est pas l'indifférence. Non, je cherche, je médite et je m'inquiète. Ce n'est pas le doute, ce n'est pas l'ironie, ce n'est pas l'esprit d'opposition et d'hérésie. Non, dans notre siècle nul ne proteste, et si nos pères ont invoqué tour à tour Luther, Calvin, Rousseau, Voltaire, Condorcet, Saint-Simon, Fourier, Robespierre ou Napoléon, que sais-je? nous autres, enfants du siècle, nous ne demandons qu'à aimer et à croire, et *saint Vincent de Paule* est celui que nous invoquons.

Pourquoi donc cette sécheresse, cette froideur et cette impuissance? Ah! qui me dira où sont les sources pures où je puis retremper et mon cœur et ma foi?

Dans les associations de charité où le nom de saint Vincent de Paule nous convie, j'apprends à soulager la misère, mais je ne sais pas consoler celui qui pleure. Je vais aux œuvres de charité comme le soldat à la patrouille.

O mon Dieu, le désenchantement de tout
ce qui n'est pas elle ferait-il donc toute ma
charité? Ne sentirais-je plus vibrer dans ma
poitrine cet écho divin de toute souffrance
humaine, la compassion, lien sympathique et
mystérieux dont le Tout-Puissant connaît seul
le secret? Ce siècle de lumière est-il donc un
siècle maudit? Le raisonnement et l'examen
ont-ils donc desséché mon cœur? Ne puis-je
donc croire ni douter? Ne puis-je donc aimer
ni haïr? O mon Dieu, qu'est devenue mon
âme? Suis-je donc tout intelligence?..

Mais, tandis que l'inquiétude me dévore et
que ma plainte s'exhale, Dieu, sans doute,
sait bien distinguer dans la foule quelque âme
plus heureuse, recueillie dans son amour.
Il bénira toujours l'humilité soumise, et tou-

jours sa bonté aura des grâces fécondes pour l'inaltérable candeur du cœur aimant qui veut être à lui!..

IXᵉ ESQUISSE.

L'IDÉE FIXE.

Une consultation de médecin à Paris.

En province, quand nous sommes malades, nous consultons le médecin de la famille. Il est notre voisin, notre ami peut-être. Il a pu observer notre enfance et suivre le développement progressif de toute notre organisation physique.... Il connaît les habitudes de notre vie, et sait quelles sont les influences morales qui ont pu réagir sur nous... Il a du loisir enfin... Il peut écouter notre plainte et prendre intérêt à nos souffrances. L'affection même, l'affection (ce dictame) peut mêler son baume salutaire à l'amertume du breuvage prescrit...

A Paris, rien de tout cela n'est possible ; à Paris où tant de soins s'accumulent, où chacun se presse et s'agite, où le médecin, plus que nul autre, est entraîné dans ce mouvement des choses qui laisse à peine le temps de sentir la vie, qui distrait même des plus vives douleurs et détache le cœur des plus chers intérêts !

La charité elle-même, qui va chercher la misère dans ses réduits obscurs pour la nourrir et la vêtir, n'a pas le temps d'écouter ses plaintes, et s'éloigne d'elle à la hâte sans essayer de la consoler.

Si la charité n'a pas le temps de compatir, qu'attendre de l'indifférence?

Il y a quelques mois, me sentant malade, je songeai sérieusement à consulter un médecin. Mon ami le plus cher voulut me le choisir lui-même; il voulut aussi m'accompagner chez lui pour soutenir, disait-il, mon courage. Il se riait cependant de mes plaintes. Sa gaîté, sa jeunesse, sa santé florissante, son heureuse nature, semblaient défier l'inquiétude et la maladie; ce mouvement juvénile, cette surabondance de vie, m'inspiraient une sorte d'impatience. Un tel contraste est une fatigue pour l'être souffrant qui ne demande que du repos et du silence, et qui donnerait toutes les distractions du monde pour un peu de sympathie.

Nous fîmes longtemps antichambre chez le docteur ***, ou, pour parler plus juste, nous traversâmes antichambre, salle à manger et salon avant d'arriver à la bibliothèque, *salon d'attente* élégant et spacieux, ou nous vîmes rangées et assises plus de vingt personnes attendant le moment d'entrer, chacune à leur tour, dans le sanctuaire où le docteur donnait ses audiences. Il y avait bien quelques petits passe-droits, et l'on pouvait aisément observer que les femmes les plus richement mises ou les plus élégantes entraient toujours de préférence aux autres, sous prétexte de n'avoir qu'un *simple mot* à dire.... Mais passons.

Ces audiences si longtemps attendues n'é-taient pas longues, car notre Esculape était un de ces médecins célèbres dont les instants se paient à prix d'or : aussi, franchement, brusquait-il un peu trop les choses; ou bien, son coup d'œil rapide et sûr, jugeant à l'instant votre mal, votre complexion, votre vie tout entière, et les influences diverses que vous avez dû subir, il n'hésite pas une minute à prescrire le remède infaillible qui doit vous soulager. Sa science et ses lumières ne sont contestées par personne; mais, pour une observation attentive, pour des soins, pour un intérêt suivi, pour des ménagements et des égards proportionnés à la susceptibilité de vos organes, pour des paroles consolantes et sympathiques, il n'y faut pas prétendre.

A voir les riches offrandes qui lui sont incessamment offertes, à voir le respect de ses disciples, et le nombre de malheureux qui viennent chaque jour, *même de bien loin*, consulter sa sagesse, on pourrait peut-être le comparer à quelque oracle célèbre des temps passés, mais jamais à l'un de ces génies bienfaisants que l'antiquité rangeait parmi ses dieux !

Après avoir longtemps attendu, notre tour d'entrer dans le sanctuaire arriva : j'expliquai le plus vite que je pus mes souffrances, les symptômes de mon mal et l'objet de ma visite; j'abrégeai le plus possible mes explications; car, pendant que je parlais, je voyais notre docteur regarder attentivement sa montre, comme pour s'assurer qu'elle ne variait pas d'une seconde, et qu'elle était exactement d'accord avec la pendule.

« *Monsieur* (me répondit-il, sans tourner les yeux vers moi, et toujours attentif à « sa montre) : *Ce que vous avez n'est rien...* « *quelques bains, quelques verres d'oran-* « *geade, de la diète et de l'exercice, vous* « *rendront promptement la santé.* »

Je voulus répliquer, me sentant véritablement fort souffrant.

« *Je vous le répète, Monsieur, ce n'est*
« *rien, et je n'ai pas de temps à perdre,* »
me dit assez impérativement le médecin.

« *Quant à monsieur, c'est une autre*
« *affaire* (dit-il en se tournant vers mon
« ami), *le cas est grave, et je lui dois toute*
« *mon attention.* »

« Moi, Monsieur, je me porte à merveille,
« dit mon ami étonné !

« *Monsieur* (dit le médecin sans l'écouter),
« *vous devez éprouver des éblouissements,*
« *de la plétore après le dîner, de l'engour-*
« *dissement le soir, un sommeil agité la*
« *nuit... et...* »

« Monsieur, je n'éprouve rien du tout, et
« je vous le répète, je me porte à mer-
« veille. »

« *Monsieur, croyez que je ne me trompe*
« *pas.... je sais ce que je dis.... le cas est*
« *grave!!!...* » Et tout en parlant il écrivait
une longue ordonnance.

Mon ami se promenait à grands pas dans
la chambre.... il rougissait et pâlissait tour à
tour; il était fort agité, et je voyais clairement
qu'une révolution fâcheuse s'opérait en lui.

Quand le docteur eut fini d'écrire, je lui
demandai de combien j'étais redevable.

« *Oh! monsieur, me dit-il, votre mal*

« *est si peu sérieux que je me ferais scru-*
« *pule d'exiger le prix d'une consultation*
« *ordinaire, et je serai très - reconnaissant*
« *de ce vous voudrez bien juger conve-*
« *nable.* »

Fort aise de m'en tirer aussi heureusement, je pris une pièce de cinq francs dans ma bourse et je la mis poliment sous un des flambeaux qui étaient sur la cheminée.

« *Quant à monsieur* (dit le médecin en « présentant à mon ami l'ordonnance qu'il « venait d'écrire), *le cas étant beaucoup* « *plus grave, je dois considérer cette ordon-* « *nance comme la prescription d'un trai-* « *tement à suivre et d'un régime à* « *observer.* — *Ce genre de consultation*

« *se paie quelquefois fort cher !... Mais*

« *jamais moins d'un ou deux napoléons.*

« C'est une mauvaise plaisanterie, dit mon

« ami, furieux. Je vous le répète, monsieur,

« je ne suis pas malade. Je ne venais pas

« vous consulter pour mon compte, mon-

« sieur ; j'accompagnais simplement mon

« ami chez vous, monsieur.....

« *J'en suis fâché*, dit le docteur avec

« quelque sorte de raison; *il fallait m'avertir*

« *à temps. Vous avez écouté mes paroles,*

« *vous avez reçu mes conseils, vous m'avez*

« *laissé écrire l'ordonnance qui les pres-*

« *crit, en un mot vous avez accepté la*

« *consultation tout entière* (1). »

(1) Le fond de cette Esquisse est exactement vrai.

Je voulus intervenir ; mais mon ami a trop de noblesse et de dignité pour discuter longtemps ces sortes de choses. Il jeta sur la table une pièce d'or, emportant avec lui, non l'ordonnance, qu'il déchira, mais l'impression fatale de la sentence qu'il venait d'entendre prononcer.

Depuis ce temps je le vois changer et dépérir chaque jour ! tout l'inquiète, l'agite, l'irrite et le tourmente. Ma santé même lui fait mal ; à mesure qu'elle renaît la sienne s'affaiblit. Il voit en moi, il croit voir en moi du moins, la preuve irrécusable de l'infaillibilité du médecin. Sa maladie, sans doute, est imaginaire, mais son état est digne de pitié : il n'ose plus croire à rien. Il doute de lui-même ; il doute de sa force ; il

doute de son appétit et de son sommeil ; il
doute de sa raison qui lui dit qu'il n'est pas
sérieusement malade ; il récuse les asser-
tions de la science quand elles ne sont pas
d'accord avec l'opinion qui le condamne; il
repousse les distractions du plaisir. L'étude
a perdu son charme. L'amitié n'est pas
écoutée quand elle lui conseille de chercher
loin de Paris un air plus favorable et des
impressions plus douces. La religion même
est impuissante !... pour lui la charité est
sans douceur! pour lui la prière est frappée
de tiédeur et de stérilité. Sa maladie imaginaire est son idée fixe, et l'illusion funeste,
de jour en jour, se transforme en réalité...
Chaque jour rive sa chaîne, et l'attache
invinciblement à cet oracle trompeur dont
sa faiblesse a fait l'arrêt du destin.

Montaigne parle dans ses *Essais* des effets surprenants de l'imagination. J'ai souvent regardé ses récits, peu vraisemblables, comme un jeu brillant de son esprit. J'en ai douté, ou bien je les ai cru sans les comprendre... quelquefois je les ai compris vaguement, sans chercher à me les expliquer. A présent je les crois , je les comprends , je me les explique à merveille. L'imagination frappée devenant le puissant mobile qui réagit sur tout notre être, quel phénomène merveilleux ou terrible pourrait nous étonner !....

L'idée fixe, ce poids accablant qui pèse sur l'intelligence , ce martyre sans espérance et sans phase, ce désordre tranquille, ce mal invincible qui peut engendrer la folie, ne peut-elle pas aussi, par une réaction fatale, porter dans les organes de la vie, le trouble, la maladie, la mort ?

Ah ! plaignons, plaignons le malheureux atteint d'une idée fixe, nous le verrons languir, souffrir et mourir, ainsi qu'on voit dépérir sur sa tige l'arbre encore vert dont la foudre a frappé la cime !

. . . .

. . . .

Ces observations ne s'appliquent pas d'une manière exclusive et directe à la société parisienne, mais ne peut-il être permis à l'auteur de ces Esquisses d'agrandir un peu son cadre, et de mettre aussi Paris dans le cercle des généralités ?

X. ESQUISSE.

LES ÉCRIVAINS SANS LECTEURS.

Ce qu'il y a de plus rare à rencontrer dans la société, c'est une personne qui n'écrive pas. Cette rage d'écrire, dont tout le monde est atteint, est un des traits caractéristiques de notre époque; et ce qui est plus remar-

quable encore, c'est que tous ces livres publiés chaque jour trouvent à peine quelques
lecteurs. Jamais on n'a tant écrit, jamais on
n'a si peu lu.

Sans doute, par de rares exceptions, quelques auteurs écrivent encore pour le triomphe
d'une idée ou d'une opinion, ce qui est tout
simple. Sans doute, quelques malheureux
cherchent dans cette innocente industrie une
honorable ressource contre une honorable
pauvreté ; car plus que jamais l'esprit est
devenu *marchandise*, mais marchandise bien
peu recherchée !

Ou bien encore quelque heureux élu du
Parnasse cède à cette impulsion du génie à
laquelle on résisterait en vain ; mais le plus

grand nombre, sans conviction, sans nécessité, sans inspiration du génie, et presque sans espoir d'être lu, écrit simplement pour écrire.

On écrit pour l'enfance, on écrit pour la jeunesse, on écrit pour les jeunes filles, on écrit pour les mères, on écrit pour les jeunes femmes, on écrit pour l'éducation, on écrit pour les mœurs et pour la morale, on écrit pour la postérité, on écrit pour le prix Monthyon et pour tous les prix académiques promis au plus heureux ou au plus digne ; on écrit pour le peuple, on écrit pour les ouvriers, on écrit pour les loteries, on écrit pour les pauvres, on écrit pour les affligés, on écrit pour tout ce qui souffre ; chacun offre ainsi un spécifique assuré contre quelque douleur, et par le moyen d'une officieuse *réclame*, chacun vante bien haut la grande puissance de *son orviétan*.

Mais, peine inutile, espoir chimérique et trompeur, car des lecteurs et des acheteurs nul n'en doit trouver. La plus grande marque d'amitié qu'on puisse obtenir est d'arriver à faire lire les titres des chapitres de son ouvrage à l'ami qui veut bien l'accepter. Le dévouement ne saurait aller jusqu'à l'avertissement ou à la préface, et si vous revenez dans un an, vous pourrez couper vous-même les feuillets de votre livre.

Quant à fixer l'attention sur le but et la pensée de l'auteur, sur la suite et l'enchaînement des idées, sur la progression de l'intérêt, sur les finesses et les délicatesses du

style, sur le développement des sentiments et
des caractères, sur tout ce qui fait enfin le
véritable mérite d'un ouvrage, il n'y faut
pas penser.

Pour les vers, c'est bien pis encore; on
baille en les voyant, nul ne s'avise de les
lire, encore moins de les acheter.

Mais les poëtes et les écrivains ne sont pas
gens à se décourager aisément. Ils écrivent,
écrivent encore, et la presse gémit sans cesse
sous les coups redoublés des assaillants intrépides. Il semble véritablement que la littérature de nos jours ait reçu mission divine,
non pas d'éclairer la société, mais de l'encombrer, de l'étouffer sous cette profusion
de livres qui s'amoncèlent chaque jour, non-

seulement chez les imprimeurs, chez les éditeurs et chez les libraires, mais sur les quais, dans les passages, dans les greniers, dans les cargaisons lointaines, dans les boutiques d'épiciers, que sais-je, partout enfin, partout... excepté dans les bibliothèques.

Il faudra que le temps soit un grand redresseur de torts pour remettre tous ces amours-propres en lumière selon leur mérite et leur rang ; et la postérité aura fort à faire de démêler ses favoris et ses élus parmi tous ces génies méconnus et délaissés !

Ce qui se passe sous nos yeux rappelle sans cesse cette réponse de M. Michaud. Quelqu'un lui demandant son avis sur je ne sais quel livre : « Mais, dit-il, je ne l'ai pas lu, et je ne

« connais personne qui l'ait lu tout entier. Il
« y a des gens, dit-on, qui en ont lu trois ou
« quatre lignes ; d'autres six, d'autres huit ou
« dix ; mais pour le lire d'un bout à l'autre,
« on a calculé qu'il faudrait quatre mille per-
« sonnes. »

Et cependant on écrit toujours, car il faut
bien être de son siècle. On écrit avec un
vague espoir d'être lu, par une sorte d'amour
instinctif et *désintéressé* de la gloire ; de cette
gloire à laquelle le plus grand nombre sait
bien qu'il n'atteindra pas... Et moi qui écris
ceci, je cherche en vain quel démon me
pousse, et je me demande avec inquiétude :
Trouverai-je un ami pour me lire?

XIe ESQUISSE.

LES QUÊTEUSES.

Une mode qui a quelque chose d'analogue à cette rage d'écrire, est cette fièvre
de charité qui s'est répandue partout, de
Paris à la province, de la ville aux faubourgs, de la haute société à la bonne com-

pagnie, de la bonne compagnie à tous les rangs et à tous les états, car s'il n'est pas donné à tout le monde d'être de la haute société, il est permis à chacun de vouloir faire partie de la bonne compagnie. Heureuse émulation quand elle a la charité pour but, mode salutaire et féconde en bienfaits, qui a sa source pure dans les inépuisables trésors de la charité !

Mais si des hommes sérieux prennent généreusement en main les rênes de ces associations de bienfaisance, de ces établissements de charité publique, qui se fondent et se multiplient chaque jour ; si des âmes d'élite, dégagées des liens trompeurs du monde, ou devinant le vide et le néant de tout ce qui n'est pas charité, se sont dévouées à elle ; si quelques hommes supérieurs ont été trouvés dignes par la Providence de marcher les premiers à cette haute et sainte mission , ils ont été suivis de nombreux émules. La jeunesse de nos écoles est venue sur leur trace demander à la charité d'heureux loisirs ; le désœuvrement une pieuse et honorable garantie contre de dangereux passe-temps ; la vieillesse une consolation contre les mécomptes et les peines ; et les femmes aussi, ardentes à la charité, veulent lui consacrer quelques-uns de ces instants donnés trop souvent naguère à de vains et frivoles plaisirs, ou bien à la mollesse et à l'oisiveté.

Sans parler de ces bonnes œuvres, de ces pratiques de charité qu'elles exercent sûrement dans l'ombre, et qui n'ont que Dieu pour témoin, nous voyons les femmes du monde, même les plus élégantes et les plus frivoles, travailler sans cesse pour les pauvres ; elles brodent, elles dessinent, elles peignent, elles écrivent, elles vendent, elles chantent, elles jouent la comédie, elles dansent même pour eux. Les billets de loterie à faire, à placer, à distribuer autour d'elles ; les quêtes, les invitations de bal ou de concerts ; que sais-je ? les lettres à écrire pour convoquer à jour fixe à telle ou telle fête, ou dans telle ou telle église la charité ou la générosité publique, ce sont là leurs pieuses occupations et leurs édifiantes industries. Chaque misère a sa bienfaitrice et chaque bienfait est payé d'un plaisir.

Tous ces jolis doigts distillent l'or, et cet

or se répand ensuite dans les prisons, dans les hôpitaux, dans les greniers, dans les ouvroirs, dans les ateliers d'apprentissage, partout enfin où se trouve quelque bien à faire et quelque misère à soulager. Sorte de *parfilage* à la mode, qui vaut bien le *parfilage* inutile et ruineux du temps de nos grand'-mères.

Sûrement, au point de vue du ciel, cette charité n'est pas la charité sérieuse, évangélique et sainte et que la religion inspire et bénit. — Mais quelle chose de la terre serait parfaitement pure d'alliage, prise au point de vue du ciel?...

Les pauvres aussi qu'elle soulage ne prennent peut-être pas fort au sérieux le sentiment de la gratitude et le souvenir du bienfait. Ils n'ont jamais baigné de leurs larmes cette main invisible qui leur fait du bien ; ils n'ont jamais imprimé sur elle le baiser de la reconnaissance. Ils n'ont jamais appris à leurs enfants à la reconnaître et à la bénir. Mais n'importe! le bien se fait et la misère est soulagée.

Peut-être aussi se mêle-t-il quelques abus et même quelques scandales à cette ardeur de bienfaisance active. La frivolité quelquefois en fait un vain passe-temps ; la coquetterie en fait une amorce, et consacre peut-être au désir de plaire de folles dépenses qu'une charité mieux entendue pourrait peut-être employer plus utilement de toute autre manière. Mais n'importe ! le bien se fait et la misère est soulagée.

Peut-être toutes ces séductrices de charité apprennent-elles trop bien à connaître, *au profit des pauvres*, le prix d'un regard, d'un sourire, d'une espérance ou d'un bouquet... une *fleur symbolique* devient entre leurs mains un véritable trésor ; une Pensée se paie au poids de l'or, un *Vergiss-mein-nicht* est sans prix !!!...

Peut-être le clergé voit-il avec une secrète douleur prendre ce cours insolite et détourné à cette source de charité véritable qui se versait jadis entre ses mains pour s'épancher abondamment ensuite, au nom de la religion, sur toutes les souffrances. Mais dans sa sagesse le clergé se soumet au temps ; le bien se fait, la misère est soulagée, la religion se tait et se console.

Peut-être la famille et les enfants et tous les devoirs essentiels de la vie sont-ils trop sacrifiés à ce mouvement de charité. Mais le bien se fait, et la misère est soulagée.

Peut-être les maris, ces éternels mécontents, ces éternels censeurs, ces témoins glacés des vertus les plus édifiantes de leurs femmes, se plaignent-ils quelquefois, avec quelque raison pourtant, de cette surexcitation d'activité, de ce surcroît de dissipation qu'autorise cette forme de la charité. Peut-être se récrient-ils trop amèrement, mais avec quelque justice, contre les représailles, *ruineuses*, disent-ils, que leur attirent les attaques réitérées de leurs trop charitables moitiés contre la générosité du prochain. N'importe ! le bien se fait, et la misère est soulagée.

Les maris ne me semblent donc pas fort à plaindre de cette ardeur de charité. Il pourrait leur arriver de plus grands malheurs, et je crois que, tout bien calculé, ils y trouvent encore à gagner.

Mais si je me plais à rendre hommage à toutes les formes de la charité, si j'aime à bénir tous les bienfaits, si quelques noms révérés, mêlés à toutes les bonnes œuvres et à tous les bons exemples, m'inspirent, partout où je les trouve, l'admiration et le respect, je n'en conserve pas moins dans mon cœur un saint respect aussi pour la charité réservée et timide qui, s'enveloppant de dignité et de modestie, se cache soigneusement aux yeux des hommes, et s'embellit encore aux yeux de Dieu de tous les charmes de la pudeur...

Mais je veux parler de la charité et non de la pudeur. La pudeur !... vertu qui s'ignore et qu'on alarme en la cherchant ! grâce mystérieuse, charme indéfinissable et puissant qui se dérobe à nos hommages, et qui défend qu'on l'analyse.

XIIe ESQUISSE.

QUELQUES RÉFLEXIONS SUR LE MONDE.

Plus j'observe ce monde parisien, ou plutôt cette société d'élite et cette bonne compagnie, dont les traits sont, je crois, à peu près partout les mêmes, plus je trouve qu'elle sait revêtir de superficies charmantes le fond de misère et d'imperfection inhérent à l'humaine faiblesse...

Je vois d'abord une parfaite politesse.

Mon intention est de ne parler ici que dès bons modèles, et de ranger parmi les exceptions tout ce qui ne rentre pas dans mon cadre; car, en voulant peindre la bonne compagnie, je ne m'arrêterai pas à peindre ceux qui s'y trouvent peut-être, mais qui me semblent peu dignes d'en faire partie.

Je vois donc une parfaite politesse... une abnégation complète... une générosité qui rougirait de toute mesquine épargne... une bienfaisance toujours prête à donner... une obligeance toujours disposée à rendre service.

Je vois les habitudes et les pratiques de
religion les plus régulières ; je vois le sentiment de l'honneur devenir le mobile des
plus nobles et des plus grandes actions.

Je vois un goût exquis, le tact le plus
fin de toutes les bienséances, et cette recherche de toutes les délicatesses qui semblerait devoir annoncer aussi toutes les délicatesses de l'esprit et du cœur.

Cette grâce extérieure, cette perfection de
la forme, cette civilisation exquise, ne semble-
raient-elles pas devoir faire de cette société
choisie une sorte de cité d'élite, digne des
regards de Dieu ?...

Ce qui me frappe surtout dans ce monde

où je vis, c'est sa parfaite justice et la parfaite équité de ses jugements en toute
chose!!... Oui le monde est juste, quoiqu'on
dise souvent le contraire, et je crois que les
gens qui le nient, s'ils étaient véritablement
équitables, tourneraient contre eux-mêmes leur
propre mécontentement.

Le monde, après tout, c'est chacun de
nous, c'est nous tous, c'est un tout composé
dans son unité d'éléments divers. Je ne pous-
serai pas l'optimisme jusqu'à prétendre que
tous ces éléments soient bons; mais je crois
qu'il en est du monde comme d'un immense
parterre dont le jugement collectif est toujours la justice. la raison, le bon sens
même... Le monde, sans doute, exige à la
rigueur ce qu'il croit lui être dû, ce qu'il

appelle les convenances, les bienséances, les obligations du monde!... Mais il sait aussi rendre avec équité ce qu'il croit dû aux autres.

S'il n'accorde pas aisément ses approbations et ses hommages, s'il discute sévèrement les prétendus droits de la médiocrité ambitieuse, il sait placer à leur rang le vrai mérite et les vertus incontestables. S'il poursuit de son ironie et de son dédain les prétentions vaniteuses, il reconnaît et signale les traits indélébiles de la supériorité intellectuelle et morale... Noblesse de l'âme qui impose à tous le respect... Sans pitié pour l'affectation et le mensonge, il ne se trompe pas aux sentiments vrais; s'il attend avec exigence les soins et les égards de la jeu-

nesse et du bonheur, il sait prendre généreusement sa part de toutes les véritables
peines; il sait revenir avec constance dans
cette demeure où la souffrance, la vieillesse,
de tristes deuils, ou bien un long enchaînement de devoirs, retiennent forcément
ceux qui l'habitent; il sait reconnaître fidèlement la porte que la Providence a marquée
du sceau du malheur !...

Et pourtant c'est là ce monde que Jésus-
Christ condamne ! c'est là ce monde contre
lequel l'église crie *Anathème !* c'est là ce
monde dont il faut redouter les maximes!
c'est là ce monde qu'on doit fuir, si l'on
veut conserver la paix de l'âme! c'est là
ce monde dont la vanité garde la porte,

comme pour empêcher l'Esprit de Dieu d'y
pénétrer !

Cependant, quand je vois cette perfection
de la forme et de la surface, je me
demande s'il n'y a pas là pour nous un bien
haut enseignement caché sous des apparences
frivoles !

Cet empire si grand que nous avons sur
nous-mêmes pour dissimuler nos défauts,
pour adoucir à l'extérieur les aspérités de
notre caractère et les emportements de nos
colères, ne prouve-t-il pas bien éloquemment cette toute-puissance que nous possé-
dons contre nous-mêmes ; et ne pourrions-
nous pas nous efforcer de faire passer jusqu'à
notre âme cette grâce extérieure, figure

trompeuse d'une perfection idéale, qui, si elle était réelle, serait digne des regards de Dieu....

Je m'arrête, car je n'ai pas mission pour m'ériger en moraliste, et pour célébrer cette grâce de l'âme que je ne possède peut-être pas aux yeux du Seigneur ; mais je puis du moins imiter un instant ce *muzzlin des Musulmans*, humble enfant pris dans la foule, dont la tâche facile est d'appeler les fidèles à la méditation et à la prière !

XIIIe ESQUISSE.

LE CANDIDAT ARCHÉOLOGUE,

ou

L'ARCHÉOLOGUE CANDIDAT.

Un honnête Parisien vivait en paix dans le quartier Latin. Il était jeune encore, sa fortune était indépendante, et, dans sa sagesse, il savait allier aux plaisirs de la société les plaisirs plus doux encore de l'étude et de la retraite. Amant passionné (disait-il) de la science , cet amour préservait son cœur et sa raison de toute dangereuse atteinte... Cependant il se sentait secrètement tourmenté d'une vague inquiétude, d'un désir violent et inavoué ! il voulait parvenir...

Parvenir !... mais à quoi, direz - vous ? Il est heureux, il est jeune , il est riche, il est indépendant, il aime l'étude, la science et les arts ! Que peut-il désirer encore ? Eh ! mon Dieu ! cela se devine, il voudrait être député...

Être député, dans le siècle où nous sommes, ce n'est pas seulement avoir une occupation honorable, ce n'est pas seulement donner un but sérieux à sa vie, la dévouer aux in-

térêts de son pays et surtout aux intérêts
du département qu'on représente...

Être député, c'est dire : *mes commettants...*
c'est être recherché, fêté, choyé, non-seulement par ses protégés, mais par les ministres
et par les rois... c'est avoir un titre à ajouter à son nom sur une carte de visite ou
sur un passe-port... c'est pouvoir montrer
tout son mérite et toute sa valeur personnelle... c'est sortir de cette classe moyenne,
de cette plèbe obscure où l'amour-propre et
le génie se trouvent si à l'étroit... c'est être
un peu de la cour, un peu de la haute
société, un peu homme d'état, un peu roi !...
un peu toute chose...

Je ne parle pas du bonheur de pouvoir

peut-être faire quelque heureux, bonheur
bien compensé par l'ennui des importuns
et par le chagrin amer que cause l'ingratitude...

Je ne parle pas de l'horizon sans bornes
de l'ambition, et des rêves de l'espérance...
Qui n'a pas été bercé et trompé par eux!..

Quoi qu'il en soit, notre archéologue avait
un ami ministre, que les labeurs de la science
ne lui faisaient pas négliger. Le ministre
remarquait souvent que pour un érudit,
pour un amant passionné de l'étude, son
ami d'enfance hantait beaucoup ses salons.
Il s'étonnait d'entendre si fréquemment annoncer à haute et intelligible voix ce nom
prosaïque, ce nom sans valeur, qui ne pré-

sentait rien, pas même un vote... il voyait, s'il faut le dire, avec une sorte d'impatience tourner autour de lui, *de lui*, *dans tout l'éclat de sa gloire ministérielle*, ce satellite obscur qu'il eût vu, sans beaucoup de regrets, disparaître tout à fait de son orbite : quand une circonstance imprévue rendit tout à coup toute sa valeur à cette sainte amitié d'enfance...

La chambre émanée des élections de 18... fut condamnée à une dissolution prochaine, et les élections de 18... furent publiquement annoncées à la France.

Je ne saurais dire par quelle inspiration

soudaine notre archéologue parut au ministre tout à fait propre à faire un candidat ministériel. Il l'observe et l'étudie, et ne tarde pas à découvrir dans son cœur des trésors cachés d'ambition, tandis que de son côté l'humble archéologue découvrait chaque jour avec attendrissement, dans son ancien ami le ministre, de nouveaux trésors de bienveillance et d'amitié.

Les deux amis ne tardèrent pas à s'entendre, et le pacte fut bientôt conclu.

Tout le monde sait mieux que moi comment ces sortes de choses se mènent.

Tant y a que les deux amis devinrent inséparables, ne pouvant se lasser de se dire et de se redire de mystérieuses paroles, et n'ayant plus à eux deux qu'un intérêt, un cœur et une âme... car un candidat ne désire pas plus vivement son propre triomphe que le ministre ne désire le triomphe de son candidat. Chacun admirait cette union rare et parfaite : union modèle, que les liens les plus sacrés ne comportent pas toujours !

Il n'y avait pas à penser, pour notre protégé, aux colléges électoraux de Paris. L'influence gouvernementale échoue d'ordinaire contre les colosses industriels qui les dirigent.

Notre ministre dressa donc ses batteries du côté de son pays natal : c'était une de ces heureuses provinces où toutes les opinions et tous les intérêts se fondent et s'harmonisent si bien que, vue à distance, on pourrait la croire *sans couleur ;* mais, vue de près, elle présente, comme toutes les œuvres du Créateur, mille nuances variées que l'esprit le plus exercé aurait peine à saisir ; que le pinceau le plus habile ne saurait peindre.

Le ministre avait là un autre ami, notaire dans la ville de..., chef-lieu du département.

Depuis la fin du siècle dernier, entre ministre et notaire la distance n'est pas immense.

Ce fut à cet *ami le notaire* que le

ministre adressa son *ami le candidat*, lui découvrant, sous le sceau du secret, ses projets ultérieurs, lui demandant, au nom de l'amitié (l'amitié d'un ministre!...) tous ses bons offices pour l'homme distingué dont le voyage avait, disait-il, un double but, la science et la politique; et dont lui ministre voulait faire le candidat ministériel dans les élections prochaines.

Notre candidat archéologue se procura bien de son côté quelques bonnes petites lettres de recommandation; de sorte que le voilà parti bien lesté de protections, de science et d'espérance.

Chemin faisant il étudiait son rôle, se promettant bien de cacher l'orgueil de ses pro-

jets sous l'humble modestie d'un antiquaire.
« Je saurai, disait-il, parler à chacun son
« langage; je ferai de la politique avec les
« hommes prétendus sérieux, de l'agricul-
« ture avec les campagnards; je raconterai
« des histoires aux jeunes filles, des légendes
« aux vieilles femmes; je donnerai des mé-
« dailles aux petits enfants, et je mettrai,
« j'espère, tous les cœurs dans les intérêts
« de mon humble candidature. »

Il s'était fait adroitement devancer par la
lettre de recommandation du ministre au
notaire, de sorte qu'il n'eut plus qu'à se
présenter pour être sûr d'être reçu selon
ses mérites, c'est-à-dire selon l'amitié et les
projets du ministre.

« Monsieur, dit-il au notaire, je viens visi-
« ter votre beau pays, je viens admirer vos
« anciens châteaux, je viens explorer vos
« églises... je viens respirer cette poussière
« classique... »

Mais, monsieur, dit à son tour le notaire,
d'après ce que me mande Son Excellence,
peut-être vaudrait-il mieux étudier les intérêts locaux ; mes concitoyens sont très-
positifs, et...

« Vous ne m'avez pas laissé achever, dit
« l'archéologue, j'allais arriver aux intérêts
« locaux, au progrès des lumières, à la
« marche triomphatrice de l'industrie : le
« simple archéologue n'a pu se dépouiller
« tout à coup du vieil homme !... Je ne suis

« pas encore candidat, monsieur ; mais, pour
« le devenir, je suis très-disposé à me lais-
« ser diriger par votre expérience et vos
« lumières. »

La confiance s'établit bientôt de part et
d'autre, et le candidat en herbe écrivit sous
la dictée du notaire une de ces précieuses listes
bien connues de tous les candidats passés ,
présents et futurs, contenant les noms des
bourgs et bourgades , chefs-lieux d'arrondis-
sements , avec les noms des électeurs plus
ou moins influents ; le tout annoté au crayon
des mots significatifs : *bon, très-bon, douteux, médiocre, détestable.*

Muni de ces précieux documents , avec
beaucoup d'autres renseignements explicatifs,

et de nombreuses lettres de recommandation pour tous les maires, adjoints, percep-
teurs, juges-de-paix, aubergistes, maîtres de
poste, etc., etc.

Notre archéologue obtint encore de la
pieuse bonté de la femme du notaire une
recommandation toute particulière pour le
curé de chaque paroisse, ou pour la mère
du curé, ou pour sa tante, ou pour sa sœur,
ou pour sa nièce;... puis il fit ses adieux à
ces braves gens, qui aimaient déjà sincèrement en lui le candidat du ministre.

« Monsieur, lui dit le notaire en lui
« serrant la main, je ne saurais trop vous
« recommander la prudence. Ménagez bien

« le terrain, étudiez bien toutes les nuances
« d'opinions diverses... »

« Je vous le promets, dit l'archéologue,
« je ne suis pas aussi peu expérimenté que
« vous le supposez ; et, tout en restant
« fidèle à mes convictions profondes, je
« saurai bien varier la phrase selon l'occur-
« rence. Aux uns je dirai : Je viens visiter
« votre belle province, je viens admirer
« vos anciens châteaux, je viens explorer
« vos églises, je viens prier aux mêmes
« autels où vos pères ont prié ; je viens res-
« pirer sur cette terre classique le saint
« amour de nos rois et le respect de toutes
« les traditions du passé. Je viens étudier
« à leur berceau ces coutumes féodales, ces
« mœurs patriarcales, dont le présent pleure

« si amèrement le souvenir et les bien-
« faits. »

« A d'autres je dirai : « Je viens visiter
« votre riche et beau département, je viens
« méditer dans vos églises, je viens respirer
« dans la poussière de vos châteaux abattus
« cette haine de la féodalité et de la tyran-
« nie, ce saint amour des vertus civiques
« et des libertés nouvelles qui de nos jours
« font les grands citoyens, etc., etc. »

Le notaire trouva la nuance assez sentie
et ne lui en demanda pas davantage.

« S'il réussit, se dit la femme, la reli-
« gion aura là un bien éloquent interprète !
« S'il réussit, pensa le notaire, ces pou-

« mons-là pourront être bien utiles aux inté-
« rêts du commerce ! »

Tout en cheminant, notre voyageur à pied, couvert de cette poussière classique qu'il brûlait de respirer, arriva le soir dans une paroisse amie ; paroisse exceptionnelle et bénie des anges, où le maire, le juge-de-paix, le percepteur, les habitants et le curé vivaient dans une union parfaite.

Il alla droit au presbytère... Grâce à ses lettres de recommandation, grâce surtout à l'hospitalité du curé et de sa famille, il fut reçu comme l'enfant de la maison. L'église, la sacristie, les caveaux souterrains, les reliquaires n'avaient pas de secrets qui ne lui fussent pieusement découverts...

Le maire, de son côté, fit aussi de son mieux pour faire valoir aux yeux de notre antiquaire les richesses archéologiques, peu nombreuses à la vérité, de cette petite bourgade. Mais il remarqua, non sans étonnement, que notre savant paraissait beaucoup plus occupé des intérêts du présent que des traces du passé, qui ont tant d'intérêt aux yeux mêmes des simples observateurs.

Le curé et le sacristain avaient fort bien remarqué aussi la froideur de l'étranger pour les pierres tumulaires et pour les plus saintes reliques, mais chacun garda pour soi ses observations : il y a tant d'indulgence dans la vraie piété, et dans l'esprit des honnêtes gens !

Le voyageur n'en fut pas moins bien reçu, ni moins fêté. Après les ablutions d'usage, après un sobre repas, rendu meilleur par la bonté des fruits, la douceur du laitage et la fraîcheur de l'eau, il fut conduit vers le soir dans la plus belle chambre de la maison (la chambre destinée aux étrangers), chambre proprette et virginale où tout respirait le calme et la pureté. Les rideaux des croisées et du lit étaient blancs, et le linge, d'une blancheur égale, sentait l'iris et la violette.

Quand notre voyageur eut détendu ses membres fatigués dans ce lit si moelleux et si frais, il se complut à savourer délicieusement ce profond silence, ce calme universel qui semble si doux à l'habitant des villes le premier soir qu'il passe à la campagne !.. Puis il éleva son âme au Seigneur ! puis il se sentit saisi d'un dégoût si profond pour les agitations du monde, pour ses troubles et ses vanités, qu'il se demanda s'il n'était pas fou de s'agiter ainsi pour perdre ce repos dont il sentait si bien le prix ?

Pourtant, se dit-il, si je n'avais pas entrepris ce voyage, dans cette belle province, aujourd'hui je ne goûterais pas toutes ces impressions champêtres qui charment si délicieusement mon âme ! il ne faut pas prendre l'inaction avant la fatigue ; et ce repos me paraîtrait moins doux si je ne l'avais pas un peu gagné !

Jacta est talea, se dit-il en plongeant son

front brûlant dans le duvet de son oreiller.

Puis il s'endormit profondément de ce sommeil réparateur, nulle part plus tranquille et plus doux que dans ce presbytère de village.

Ainsi, je le suppose, dans quelque paisible solitude s'endormit César la veille du jour où il passa le Rubicon !...

Le lendemain, avant l'aurore, notre dormeur fut réveillé par le chant du coq.... Pressé de continuer sa route, il s'habille à la hâte, il ouvre sa croisée qui donnait sur les champs, il regarde le soleil se lever sur cette douce campagne; il entend de toute part ce champêtre murmure qui ouvre chaque matin les travaux du jour ; il savoure toutes ces simplicités agrestes... puis il s'agenouille un instant devant un christ couronné d'épines qu'il n'avait pas remarqué dans sa chambre, la veille avant de se coucher. Puis enfin il reprend son bâton de voyageur , son bagage d'archéologue , et ses soucis de candidat.

Les habitants de ce village se réunirent au maire , au curé et à sa famille, pour combler de vœux et de bénédictions l'étranger qui les avait ainsi visités. En le regardant s'éloigner l'on se mit à deviser, selon l'usage :

« *C'est un beau parleur, notre voyageur* « *à pied*, dit le maire.

« *Oh! oui, c'est un bien beau parleur!*
« dit la nièce du curé avec exaltation.

« *Il est vrai, c'est un beau parleur,* dit
« à son tour le curé sans exaltation. »

J'ai souvent observé qu'un seul mot peut
suffire pour exprimer beaucoup d'idées, selon
l'inflexion variée qu'on lui donne.

Quoi qu'il en soit, partout où notre candidat s'arrêta l'opinion qu'il laissait après lui
se résumait par ces mots : *C'est un beau
parleur !*

Mais, à vrai dire, pour l'esprit exercé qui
connaît tant soit peu le monde, cette phrase
aurait eu à peu près la même signification

que celle de ce père dans je ne sais quelle comédie, qui, après avoir bien écouté la demande d'un prétendu gendre, et l'énumération de tous ses titres à obtenir la préférence, lui tend la main avec affection, en lui disant malicieusement :

« Touchez là, mon ami, vous n'aurez « pas ma fille.

Tout en cheminant et se berçant de flatteuses espérances, notre archéologue visitait sur sa route les églises et les châteaux. Partout les sacristains et les concierges faisaient à peu près les mêmes remarques. Pour un *savant* il regardait bien superficiellement les traces du passé, et s'inquiétait beaucoup des intérêts éphémères du présent !...

Puis il était généreux !... Mais il peut y avoir plusieurs variétés d'érudits, comme il y a plusieurs variétés de toutes choses !... D'encore en encore, notre candidat en herbe aperçut de loin la petite ville, chef-lieu du canton où devait se faire l'élection prochaine, à laquelle il avait un si grand intérêt. C'est là qu'il doit frapper les grands coups ! mais il est muni de bonnes lettres de recommandation et se rassure.

Il faut dire ici, pour l'intelligence de ce qui doit suivre, que cette jolie petite ville ressemble à un quai bien situé au soleil. Le reste de la ville n'est qu'une sorte de labyrinthe fétide, composé de petites rues, d'étroits passages, réceptacles de la misère ou de la plus pauvre industrie. Tout ce qui prétend vivre ou respirer demeure sur le quai. Là toutes les maisons sont neuves, riantes, blanches, couvertes d'ardoises, tapissées de fleurs et de plantes grimpantes, avec de jolies palissades vertes formant devant la maison une sorte de petit jardin renfermé, d'où s'exhalent les suaves parfums du chèvrefeuille, de la julienne et du réséda. Deux auberges, qui pourraient prendre le nom d'hôtels, tant elles sont bien tenues, se disputent les étrangers qui visitent cette jolie petite ville : *le Cheval rétif* et *le Cheval blanc.* Mais toutes les maisons se trouvent si rapprochées l'une de l'autre, que les deux *coursiers rivaux* sont presque porte à porte.

Notre candidat était bien sûr de trouver

un ami dévoué dans l'aubergiste du *Cheval blanc.* Le notaire était son protecteur, son bailleur de fonds, et la providence visible de son auberge et de sa famille. Il avait dû recevoir d'avance une lettre qui devait l'avertir, le mettre dans la confidence des projets ultérieurs du ministre, du notaire et du voyageur. Celui-ci, d'ailleurs, avait étudié en route sa liste annotée. Les mots : *très bon* étaient restés dans sa mémoire... mais suivis de ceux-ci : *esprit libéral et progressif...*

En entrant dans la ville, il aperçoit de loin sur une enseigne un beau cheval blanc cabré. Bon, se dit-il, voilà bien mon cheval blanc !... Et, plein de confiance, il entre sans recourir à son lorgnon, dont l'aide salutaire

lui eût fait lire sur la même enseigne ces
mots gravés aux pieds du coursier cabré :
Au Cheval rétif.

Notre candidat se présente avec la bonne
grâce que donne la confiance. « La lettre de
« recommandation n'est pas arrivée , mais
« n'importe , il n'en est nul besoin pour
« être bien reçu , et toutes les portes s'ou-
« vrent au nom du notaire ami et protec-
« teur... »

On établit l'étranger dans une bonne
petite chambre donnant sur la rivière ; on
lui sert la plus belle anguille, le vin de l'*endroit* le plus renommé. Le linge est blanc ,
le dîner appétissant , et rien d'essentiel ne
manque au service.

L'aubergiste , encouragé par notre candidat, s'assied en face de lui. La conversation s'engage, la confiance s'établit bien vite ; confiance dont un seul, sans s'en douter, fait tous les frais ?

« Je viens, dit-il , visiter votre riche et beau département... » (*Voyez page* **223.**)

Il achevait à peine sa tirade libérale , quands des coups de fouet retentissants , suivis d'un grand bruit de voiture et d'un grand mouvement dans toute la maison, annoncèrent à l'aubergiste l'arrivée du marquis de *** , propriétaire héréditaire du plus beau château et des plus grandes propriétés de cette province. Le marquis était attendu , son appartement et son dîner étaient pré–

parés ; il venait faire une course légère à la ville et devait le soir même retourner chez lui.

Notre candidat recourt aussitôt à sa liste... il trouve le nom du comte de *** annoté de ces mots, *ultra-royaliste*, et sans faire attention au titre différent, l'identité du nom l'abuse. Il bénit son heureuse étoile qui lui fait rencontrer si juste et si à point l'un des hommes les plus considérables et les plus influents du pays, et, sans plus ample informé, il se fait annoncer au marquis.

Une lettre du notaire avait dû le prévenir et lui demander sa bienveillance pour le candidat archéologue, dont le voyage avait un double but.

« Le marquis n'avait pas reçu de lettre,
« mais elle sera sans doute arrivée chez lui
« depuis son départ...

« N'importe, dit le marquis, notre notaire
« est un si honnête homme, nous lui portons
« un si grand intérêt, que nous nous plaisons
« à traiter ses amis comme les nôtres. »

Encouragé par tant de bienveillance, notre
voyageur s'explique :

« Je viens, dit-il, visiter votre belle pro-
« vince... » (*Voyez page* 222.)

Le marquis, trop poli pour l'interrompre,
attendit patiemment la fin de la tirade (qui
lui parut un peu emphatique); après quoi il

témoigna obligeamment à son hôte son empressement à lui faire lui-même les honneurs des antiquités de son château et de tous les châteaux du voisinage. Il offre une place dans sa voiture, calèche découverte des plus élégantes ; et notre candidat, fêté, choyé, bercé des plus flatteuses espérances, arrive en triomphateur, au coucher du soleil, caressé par la brise du soir, dans l'un des plus beaux châteaux moyen-âge qui restent encore sur la terre de France.

La lettre annoncée n'était pas venue, et l'étonnement en fut grand de part et d'autre.

Cependant le marquis tint parole et fit civilement à notre archéologue les honneurs de tout ce qu'il connaissait d'antiquités dans le canton ; mais s'il souffrit avec la plus touchante indulgence les distractions involontaries du candidat archéologue, et son inattention marquée sur les souvenirs historiques les plus intéressants de la province, il n'en fut pas ainsi quand, au retour d'une longue excursion, il lui fit voir par la plus grande chaleur du jour, avec une véritable ardeur de propriétaire, son château dans ses moindres détails, sa bibliothèque, sa galerie, sa chapelle, ses jardins potagers, ses serres chaudes, ses fleurs, ses ananas, ses *magnonneries*, son parc, ses garennes, son haras, ses hautes futaies, son chenil, ses pressoirs, ses bergeries, ses filatures, ses usines, ses moulins et ses fermes... Il le conduisit partout, exigeant partout la plus scrupuleuse attention.

Partout *monsieur le marquis* était reçu chapeau bas, avec les plus doux témoignages de respect et de reconnaissance ; les vieillards lui parlaient de ses pères ; les enfants envoyaient des baisers à *monseigneur ;* les femmes remerciaient *monseigneur* de sa grande bonté de venir visiter ses *vassaux....*

Ces bonnes gens disent encore : *monseigneur* et *ses vassaux !...* fit observer le marquis avec une douce et indulgente ironie...

Enfin il fallut quitter ce fortuné séjour et rentrer dans le positif de la candidature.

Au moment de faire ses adieux et de monter dans cette même voiture qui devait le reconduire où elle l'avait pris, notre candidat, un peu inquiet, demanda humblement au marquis s'il pouvait compter sur *l'honneur* de son suffrage et sur *l'honneur* de sa protection aux élections prochaines...

Monsieur, dit le marquis, je suis au *désespoir*, mais le comte de ***, mon parent, dont nous redoutions un peu les tendances ultra-monarchiques, vient de s'engager à voter avec la gauche, et nous lui avons promis nos suffrages...

Notre candidat désappointé ne songea plus dès lors qu'à s'assurer l'honnête aubergiste et ses amis.

Puis-je compter sur vous et les vôtres ? lui demanda-t-il en arrivant chez lui.

Monsieur, vous me voyez au regret de refuser quelque chose au protégé de mon protecteur, mais un riche manufacturier de notre ville, ayant consenti à se mettre sur les rangs pour donner une voix de plus à la droite, nous nous sommes tous engagés à lui...

Notre archéologue avait fait une méprise... L'aubergiste *du Cheval rétif* était ultra-royaliste ; le grand seigneur était libéral...

Avis aux candidats, aux archéologues, aux voyageurs et aux observateurs.

XIVᵉ ESQUISSE.

LES ÉTRANGERS A PARIS

EN 1842.

Quand l'orage a passé sur la terre, tout
se ressent de son courroux ; mais qu'un
rayon de soleil paraisse au ciel , et tout
reprend dans la nature la fraîcheur et la
sérénité.

Quand le tremblement de terre ou le vol-
can, ces grands phénomènes, ces grandes
révolutions du monde physique, ont tout renversé, ce serait en vain peut-être qu'on chercherait à retrouver, dans la poussière du
passé, les fragiles monuments de l'orgueil ou
du génie. Ils auront disparu à jamais, ense-
velis sous leurs décombres; mais la terre,
après quelques jours de calme et de repos,
reparaît plus féconde et plus belle; le Tout-
Puissant laisse bientôt tomber, sur ce point
du globe ébranlé, ses trésors inépuisables
et ses métamorphoses charmantes. La prairie
est encore émaillée de fleurs, les champs
ont repris leur verdure, et les bois leur
feuillage; l'oiseau a refait son nid; la
montagne semble avoir repris sa place;
l'apaisement des eaux succède à l'ébranle-

ment de la tempête ; le fleuve a reconnu ses bords ; le ruisseau suit paisiblement son cours, et comme la fourmi rentre dans la fourmilière, l'océan calmé obéit à ses grèves, et rentre dans son lit.

Quand l'enfant prodigue a goûté tous les vains plaisirs du monde, essayé de toutes les folies ; quand son âme a subi ce grand désordre de l'inconstance et de l'entraînement des passions, fatigué de mécomptes, d'erreurs et de trompeuses espérances, il revient à son père goûter au sein de la famille cette paix qu'il a vainement cherchée ailleurs : ainsi, tout ce qui respire sur la terre, tout ce qui resplendit au ciel, tout ce qui sortit des mains du Créateur, gravite vers l'ordre, et tend à prouver, chacun selon sa sphère, que l'ordre universel est la suprême volonté.

Il en est ainsi de notre France : elle aussi a subi son temps de désordre, d'épreuve et de malheur !... Ce serait en vain peut-être qu'on chercherait à retrouver les vestiges des siècles passés parmi les ruines que les révolutions ont faites. Les institutions de nos pères, les monuments de leurs richesses, les chimères de leurs vanités ont été emportés par l'orage ; mais il restera toujours sur la terre de France l'œuvre du Créateur et son indestructible empreinte.... notre beau pays., notre doux climat, notre bravoure, notre heureux caractère, notre douceur de mœurs et notre urbanité si vantée ; il restera toujours au fond de tous les cœurs ce besoin d'ordre et d'harmonie imprimé par la Providence à tous ses ouvrages... besoin impérieux, rendu pour nous plus vif et plus sensible encore par l'odieux souvenir de tous les malheurs et de tous les crimes qu'engendrent les révolutions... Enfants prodigues et égarés, nous revenons volontairement à l'ordre, nous demandons le bonheur à la religion et à la sagesse. C'est en vain qu'on voudrait nous imposer un autre joug, le temps de l'erreur est passé.

Quand les étrangers de tous les pays, attirés par l'attrait du mot *France*, pensent à venir visiter notre belle patrie, les souverains s'inquiètent, les rois absolus s'alarment, les mères craintives hésitent à laisser venir leurs enfants au pays des révolutions et des séditieuses folies...

C'est en vain... le papillon volera toujours au soleil; la fleur s'exhalera toujours au zéphyr; le ruisseau coulera toujours à sa pente; les yeux chercheront toujours la lumière; l'intelligence cherchera toujours la vérité; l'étranger, quel que soit son siècle, son âge ou son pays, voudra toujours voyager en France !

Mais que la tendresse des mères, que la prudence des rois se rassurent, qu'ils ne craignent plus rien de la contagion de nos exemples; désormais c'est à l'irréligion seule à la redouter.

Oui, tous ces étrangers que nous voyons chaque année venir en foule demander à la France ses modes nouvelles et ses plaisirs, trouveront encore parmi nous quelques hauts enseignements à méditer, et quelques vertus dont nous leur offrirons aussi le modèle.

Est-ce donc là, se diront-ils, ce pays livré au désordre et à l'anarchie? cette école active de révolte et d'impiété? Où sont-ils ces révolutionnaires, ces rebelles et ces impies? sans doute ils se cachent, honteux de leur défaite, rêvant encore peut-être le mal qu'ils n'ont pu faire. Mais, c'est bien là ce beau pays que nos pères ont visité; *c'est bien l'aimable et doux pays de France*, et la France sera toujours la plus heureuse patrie...

Sans doute ces étrangers trouveront encore parmi nous la trace ineffaçable de nos malheurs, et la terre où nous marchons jonchée de grands débris; mais ils assisteront au glorieux spectacle de tout un peuple tendant visiblement à rentrer dans l'ordre; de tout un pays cherchant à se régénérer.

Ils verront parmi nous cette époque de renaissance morale, et ce retour aux idées qui constituent les sociétés. Ils nous verront dans les villes et dans les campagnes bâtir partout des maisons élégantes et commodes, si ce n'est plus des châteaux; achever en paix nos arcs de triomphe; relever nos églises et nos établissements utiles; et remplacer par un palais cet archevêché, renversé dans une orgie d'irréligion et d'anarchie!...

Ils trouveront sans nul doute nos institutions nouvelles bien incomplètes, bien vacillantes encore, mais pourtant déjà passées dans nos mœurs, imposées au respect de l'univers, et prenant rang, aux yeux de tous, parmi les choses que le temps confirme et consacre.

Ils verront la prospérité toujours renaissante de nos campagnes, et nos jeunes villageois, soldats toujours prêts à quitter les habits du laboureur.

Ils respireront parmi nous l'air de l'indépendance, mais ils observeront nos fautes et profiteront de nos erreurs.

Ils verront la presse et l'industrie abusant contre elles-mêmes de la liberté qui leur est laissée. Et partout et toujours ils verront l'esclavage et la défaite suivre l'abus de la force ou l'abus de la liberté.

Ils trouveront encore parmi nous quelques vertus héréditaires, et aussi quelques vertus nouvelles que nous devons à l'expérience et au malheur; des cœurs dévoués et fidèles, et chacun de nous professant librement dans nos maisons la religion de nos souvenirs ou le culte de nos idoles.

Ils trouveront encore des fils soumis, des femmes aimables, et beaucoup de bons ménages à opposer à quelques grands scandales.

Ils trouveront encore des salons où l'on cause, et toujours ces modèles inimitables de cette élégance, de cette politesse, de ce bon goût et de cette bonne grâce en toute chose que nul ne songe à nous disputer.

Ils verront les riches et les heureux de la terre moins occupés de leurs jouissances que des misères du pauvre.

Ils verront une jeunesse indépendante et inoccupée, modérée au plaisir, ardente à l'étude, invincible à la charité (1).

Sans doute ils verront aussi des exemples

---

(1) On croira trouver peut-être quelque contradiction entre cette esquisse et l'esquisse VIIIe; cependant les deux sont exactes et prises d'après nature; mais dans des quartiers différents et à plus d'une

contraires..... ils ne trouveront pas toujours l'emploi de nos soirées conforme aux pieuses impressions du matin. L'homme sera toujours un composé de contradictions et d'antithèses !

Sans doute la séduction de nos arts et de notre industrie ne manquera pas de tendre ses piéges à leur sagesse, et les directeurs de nos théâtres, les artisans sans nombre de nos plaisirs n'auront pas trop à se plaindre peut-être de l'austérité de leurs mœurs ! ils assisteront à nos spectacles et à nos fêtes. Mais ils céderont aussi quelquefois à la con-

année de distance, il y a contraste et non contradiction. L'auteur de ces esquisses n'a pas d'ailleurs la prétention de peindre l'état permanent des choses, mais simplement d'esquisser rapidement une situation de la société et l'impression qu'il en reçoit.

tagion de notre amour pour le bien... ils voudront prendre leur part de toutes nos bonnes œuvres et contribuer généreusement à toutes nos quêtes, à toutes nos loteries, à toutes les inventions de notre charité. Ils s'étonneront souvent de notre zèle et de notre ferveur pour les pratiques de notre religion, et, dans leurs souvenirs de voyageurs, ils rediront à leur retour les plaisirs du *carnaval à Rome*, et l'édification du *carême à Paris*.

Ils verront un clergé honoré, plus éclairé qu'il ne l'est nulle part ailleurs, et la religion d'autant plus grande aux yeux des hommes que, respectée de tous, nul ne semble plus la protéger.

Ils verront avec étonnement un peuple

respectueux, une société d'élite se presser ensemble aux portes de nos églises ; ils suivront cette longue file de voitures élégantes qui leur montre le chemin de notre cathédrale; ils se mêleront à la foule empressée ; ils entendront avec nous, dans un pieux recueillement, nos orateurs chrétiens ; ils assisteront à nos retraites salutaires.

Ils auront été témoins naguère de cette communion mémorable où 1800 *jeunes gens* ont été vus communiant ensemble au même autel ; recevant la sainte hostie des mains du même prêtre, de ce prêtre qui pendant six semaines, trois fois par jour les avait si éloquemment évangélisés ; ils le verront, ce prêtre radieux, n'ayant plus de voix que pour bénir, offrir au Très-

Haut son triomphe, et s'humilier devant lui du fond de sa conscience, du saint orgueil qu'il ressent involontairement dans son cœur...

Et chacun de ces voyageurs remportera dans son pays le souvenir de cette belle journée !...

Peut-être tous ces jeunes néophytes qui donnent à la terre un si édifiant exemple , et au ciel un si doux plaisir , ne marcheront-ils pas toujours d'un pas égal et sûr dans la route du bien ! peut-être, malgré la sincérité de leur foi, leur cœur cédera-t-il encore à l'inconstance et à la fragilité de sa nature ! peut-être le plus grand nombre d'entre eux subira-t-il encore ce combat que les passions se livrent en notre âme et dans lequel la vertu ne triomphe pas toujours... Peut-être quelques philosophes, quelques vieillards voltairiens, ces incrédules obstinés des vertus de la jeunesse, prédiront-ils avec raison quelque rechute à leur faiblesse ! mais qu'un seul de ces jeunes gens persévère, et Dieu sera béni !...

Qu'un seul de ces étrangers, témoins de ce pieux spectacle, en médite sérieusement la grandeur ; qu'un rayon de vérité l'illumine, et Dieu encore sera béni ! qu'un seul d'entre eux remporte caché dans les replis de son cœur l'étincelle consacrée sur laquelle doit souffler l'Éternel, et quelque jour, des

bords de la Tamise aux bords de l'Erax et
de la mer Caspienne, des millions de voix
catholiques chanteront avec nous gloire à
Dieu !...

XVe ESQUISSE.

LE 8 MAI 1842.

Ce fut un sinistre jour que ce 8 mai 1842 !!!

Et pourtant le soleil s'était levé radieux !

Le printemps prodiguait ses fleurs et sa

verdure ! La campagne était fraîche, riante et parée !

C'était le second dimanche de mai, et les grandes eaux jouaient à Versailles !...

Versailles ! ce palais merveilleux, avec ses jardins enchantés, ses eaux limpides, ses mille statues et son amphithéâtre de forêts, offrait réuni (à la lettre et sans hyper-bole), tout ce que l'art le plus ingénieux peut ajouter à la plus riche nature...

Soixante mille Parisiens (dit-on), pris parmi les heureux et les riches, s'étaient parés de leurs habits de fête, avides d'aller respirer l'air embaumé du printemps. Les voitures et les chemins de fer ne pouvaient suffire à leur empressement de quitter la ville, et d'aller passer à Versailles cette belle journée, promise tout l'hiver à la famille, aux serviteurs et aux enfants...

Une foule élégante et joyeuse se promenait dans ces belles allées, dans ces bosquets, dans ces parterres émaillés de fleurs... Le mouvement et la vie, répandus de toute part, prêtaient encore une grâce nouvelle à tous ces lieux déjà si beaux...

Les parures printanières, les robes blanches, les voiles, les ombrelles, les écharpes aux mille couleurs, se multipliaient à l'infini, reflétés dans les bassins et les canaux, avec les jets d'eau, les orangers, les vases sculptés, les fleurs, les statues et le balancement du feuillage...

Et quand le bassin de Neptune, avec ses innombrables fusées d'eau, rassembla la foule sur les gradins gazonnés de ses bords, il sembla vraiment voir, dans une glace transparente, le ciel réuni à la terre par un immense amphithéâtre de fleurs.

Et chacun s'en allait ravi, émerveillé, de ce beau spectacle...

Et les étrangers célébraient à l'envi les charmes et les plaisirs du printemps en France...

Et la nature entière semblait sourire à cette belle journée ! ! !..

Le voyage, le matin, avait été une fête... le retour, à la fraîcheur du soir, devait être une fête plus douce encore...

On le croyait, du moins !

La nuit venait, et l'empressement était grand alors de quitter Versailles et de retourner à Paris. Chacun cherchait la voiture qui devait le reconduire, ou le chemin de fer le plus rapproché de son quartier. On se pressait, on se précipitait aux embarcadères, et chaque convoi emmenait un millier de voyageurs !

Les uns dans les berlines fermées, les autres dans les wagons découverts, fatigués, se reposaient mollement des plaisirs de la journée, charmant le retour par de joyeux récits... s'enivrant encore de riants souvenirs, d'air, de fraîcheur et de vitesse...

Quand tout à coup une commotion terrible apporte subitement la terreur et la mort !

L'explosion fut plus prompte que la pensée : une explosion de feu, de noire fumée, d'eau bouillante, de charbons embrasés ! ! !

C'était l'incendie, c'était la torture, c'était la mort sous toutes ses formes les plus hideuses. C'était, pour plus de cent personnes, tous les tourments de l'enfer en un seul instant et sur un seul point.

Comment dépeindre ce que les yeux ne sauraient contempler, ce que l'imagination même peut à peine comprendre?

Essayons cependant de rappeler quelques épisodes touchants, parmi tant de scènes dont il ne reste nul souvenir, et qui n'ont eu que le ciel pour témoin.....

« Vingt-cinq personnes ont été ensevelies toutes vivantes sous un wagon découvert, complétement retourné par la commotion. Elles sont mortes étouffées, mutilées, écrasées, brisées, sans qu'une seule plainte ait pu être entendue!

« D'autres malheureux mouraient abandonnés, appelant en vain les secours de la science et de la religion! tardifs secours, qui venaient cependant à la hâte.

« D'autres, jetés, brisés, à quelques pas du désastre, en reprenant leurs sens, ont cru assister à tous les tourments et à tous les feux de l'enfer.

« D'autres s'enfuyaient éperdus, et tombaient suffoqués pour ne plus se relever.

« D'autres, plus à plaindre, se relevaient frappés de démence!

« D'autres ont été plus malheureux encore!!

« Un père, apprenant à Paris ce désastre,

vient chercher et réclamer son fils.... on lui dit qu'un jeune homme de ce nom a été transporté blessé dans une chaumière voisine. Il y court, il y vole; il se précipite sur le lit où le jeune homme repose..... « Mon fils! mon fils! » s'écrie-t-il en le serrant dans ses bras... ce n'était pas son fils! c'était un jeune homme du même âge à peu près, et portant le même nom que le sien..... Son fils à lui ne s'est pas retrouvé!

« Il y avait là aussi un autre fils que sa mère attendait. Il se hâtait de revenir, pour être exact au rendez-vous qu'elle lui avait donné !....

« Il y avait un vieillard qui avait voulu

revoir la campagne une fois encore avant de mourir !

« Il y avait des familles entières...

« Des petits enfants...

« Des jeunes pensionnaires dont c'était la première fête !...

« Des étrangers venus de lointains pays...

« Des voyageurs et des savants illustres (1).

« Des femmes et des jeunes filles dont on avait contraint la répugnance et la peur...

(1) Tout le monde a cité M. Dumont-Durville.

« Il y avait là des esprits tourmentés et préoccupés de l'avenir !...

« Il y avait peut-être des méditations profondes...

« Il y avait des cœurs pleins de bonheur et d'espérance...

« Il y avait des inquiétudes et des rêves !!! Un instant a tout enfoui dans le passé !

.   .   .   .

« Deux jeunes mariés, unis de la veille, ont été frappés, se tenant par la main. Leur anneau de mariage portait la date du 7 *mai* 1842 ! Tel devait être pour eux le lendemain de ce jour de bonheur !.. » Ne les plaignons pas, ils sont morts ensemble !

Il en est de bien plus malheureux, que ce funeste jour a séparés pour jamais de ce qu'ils aimaient le plus sur la terre.

. . . .

Si l'on ne peut songer à décrire les souffrances, les tortures, les morts si douloureuses, comment se représenter à soi-même le côté moral, intime, de cette terrible scène ?...

L'effroi, la surprise, les séparations subites, les regrets déchirants, le désespoir, les adieux éternels, les prières ferventes ! Et les dévouements sublimes ! et les turpitudes honteuses de l'égoïsme et de la peur ! et les angoisses sympathiques de l'impuissante compassion !... Comment se figurer la terreur des malheureux qui se trouvaient renfermés dans les voitures qui n'ont pas été atteintes, mais qui pouvaient l'être d'un instant à l'autre ! et les transitions subites de l'effroi et de la délivrance ! et les cris de désespoir, et les cris de détresse, et les cris de salut, et les grâces rendues au Seigneur !

Mais, comme si la Providence eût voulu frapper les esprits par une grande image résumant, dans un centre d'unité, l'intérêt puissant de toutes ces scènes d'horreur, une femme, que nul n'a reconnue, et dont on ignore le nom, une femme jeune et parée, est restée seule, visible à tous les yeux, sur le sommet de ce bûcher enflammé.... Éperdue, elle s'écriait : *Sauvez-moi! sauvez-moi!...* mais nul secours humain ne pouvait arriver à elle!... il fallait la regarder mourir sans pouvoir songer à la sauver!... Alors, au lieu de perdre ses derniers instants en espérances vaines et en plaintes inutiles, elle s'est jetée à genoux, a croisé ses mains sur sa poitrine, et n'a plus regardé que le ciel... offrant ainsi à la terre l'image parfaite d'une sublime résignation...

Puis, enveloppée d'un voile de flamme et de fumée, elle est tombée dans le gouffre, foyer brûlant de l'incendie, et sa cendre s'est mêlée aux autres cendres qui le lendemain marquaient la place où le feu avait tout con—sumé. Elle est morte de la mort des saintes et des martyres ! Puisse le Seigneur l'avoir reçue au nombre de ses élus!

Cependant, parmi les cendres et les ossements, quelques objets matériels ont été retrouvés. Touchants débris, qui tous ont un sens pour l'esprit sérieux qui les médite; pour l'affection attentive qui veut y trouver un souvenir, un renseignement, un vestige..... des bijoux, des bagues, des anneaux de mariage, des chaînes, des bracelets, des pommes de cannes dorées et ciselées.... tous les hochets de l'élégance et de la richesse... des montres... plus de vingt montres! toutes arrêtées à la même heure !... Il faut que la commotion ait été bien vive, ou la chaleur bien intense, pour fixer ainsi l'aiguille sur l'heure fatale : 5 *heures* 3/4 ! ! !

Voilà donc tout ce qui restait, le soir, de tant d'infortunés qui s'étaient éveillés le matin pour une fête ! ! !

O vous qu'ils ont aimés, *ne les oubliez pas !*

.   .   .   .

Et nous, qui naguère les avons vus mourir, ayons toujours aussi une prière, une pensée pour eux !... que ce souvenir de la terre arrive jusqu'à eux au séjour de douleur, d'espérance ou de félicité parfaite qu'ils habitent en ce moment !

Et puisque nous leur survivons, peut-être pour un seul jour, que leur malheur nous soit un avertissement salutaire !..... qu'il soit pour tous une leçon de prudence, mais aussi de prévoyance chrétienne....... n'attendons pas la mort et ses lugubres angoisses.....

VEILLONS ET PRIONS !

XVIᵉ ESQUISSE.

LE POÈTE JASMIN A PARIS

AU PRINTEMPS DE L'ANNÉE 1842.

Madame de Sévigné ne dit-elle pas que
les gens qui écrivent leurs souvenirs ou leurs
mémoires ressemblent à ceux qui mangent
des cerises? Ils commencent par choisir, puis
finissent par tout prendre.

Sous ce rapport, il vaudrait mieux écrire après beaucoup d'années, et revenus de l'impression première; les souvenirs alors (pour me servir d'une comparaison analogue) devraient ressembler à ces grappes de raisin conservées pendant un long hiver. Les grains défectueux sont tombés l'un après l'autre; il y a bien des lacunes à la grappe, mais les grains flétris, qui y tiennent encore au printemps, étaient sans doute les plus sains et les meilleurs!...

Cependant, puisque je me constitue l'historien des scènes de la vie parisienne qui se passent chaque jour sous mes yeux, essayons de nous mettre au point de vue de l'avenir, pour retracer quelques souvenirs récents, en les dégageant, s'il est possible, de tout ce qui n'est pas digne de rester dans la mémoire...

L'actualité, comme on dit à présent, donne un vif intérêt aux événements passagers dont peu de jours effacent le souvenir... et l'à-propos, cette grâce de tous les temps, prête un mérite et un charme de plus aux plus grandes et aux moindres choses !...

Tâchons surtout de ne peindre que des généralités, même à l'occasion d'un nom propre (*le seul à peu près, je crois, qui se trouve dans cet ouvrage...*). Peignons, si nous pouvons, le cœur humain avec ses faiblesses, la société avec ses mérites et ses travers... l'homme avec ses incohérences...

mobiles et inépuisables modèles, dont les traits fugitifs et variés offriront pourtant, partout et toujours, des similitudes éternelles...

Je veux donc parler de Jasmin et de son séjour à Paris.

La postérité ne saura peut-être pas son nom !... et l'avenir demandera peut-être bientôt : Qu'est-ce que Jasmin ?...

Jasmin est un grand poëte que Dieu a fait naître en 18... parmi les Gascons et parmi les coiffeurs de la ville d'Agen...

Jasmin tient de son pays une verve brillante, une originalité vraie, un esprit vif et fin, une repartie franche et prompte. Le brûlant soleil du Midi colore et parfume les fruits et les fleurs que sa fertile imagination prodigue... son âme est ardente... il est poëte enfin...

Il est poëte !...

Faut-il le féliciter? faut-il le plaindre?...

Serait-on poëte si l'on n'était fatalement soumis à toutes les impressions si variées dont se compose ce rêve orageux ou pénible qu'on nomme l'existence?...

Serait-on poëte si l'on n'apportait à la vie une de ces organisations fébriles prédestinées à souffrir?...

Les plus doux sentiments du cœur ne sont-ils pas pour le poëte ce qu'est le ciel reflété par une mer orageuse? Des dards étincelants, et des fragments de lumières célestes, brisés et confondus...

N'est-ce pas le poëte enfin qui doit surtout dire à ceux qu'il aime, instruments sacrés de ses joies et de ses peines, de son bonheur et de ses souffrances :

Remplissez vos destins, je vous apporte un cœur!...

Cependant un grand poëte, qui ne craint pas de rivaux et qui prodigue en roi les encouragements et les éloges, a dit le premier :

« Jasmin est un grand poëte... »

Et la louange, si banale dans sa bouche, s'est trouvée cette fois signifier quelque chose...

Tout Paris, ou, pour parler plus juste, ce monde intellectuel et de bon goût qui se nomme *tout Paris*, voulut connaître Jasmin, chacun répétant à l'envi : *C'est un grand poëte.*

Jasmin fut donc à Paris, je ne dirai pas le *lion*, ce mot est usé, mais je dirai *l'enfant gâté :* paroles qui ne passeront, pas tant qu'il y aura des enfants et des mères.

Peut-être en disant bien moins, exprimerai-je encore mieux ma pensée... Jasmin fut reçu comme une mode nouvelle, originale et piquante, importée par quelque coryphée de l'élégance parisienne.

En arrivant à Paris, où tant de lettres l'avaient convié, où tant de louanges plus ou moins sincères, plus ou moins exaltées, l'avaient si souvent encouragé à venir, Jasmin commença par accepter quelques invitations modestes chez des amis ou connaissances ; et chez des gens vraiment amateurs de belle et bonne poésie... La plupart étaient de ses compatriotes... D'abord on le jugea, puis on le patronisa, puis on le *salonisa*, comme il le disait plaisamment lui-même ; et son nom grandi, répété d'écho en écho, le fut bientôt dans les salons les plus célèbres et les plus à la mode, et jusque dans les palais des rois !

Il faut rendre justice à Jasmin : s'il est avec raison glorieux de son génie et de ses succès, il ne paraît pas connaître le sentiment puéril qu'on nomme la vanité. Les grandeurs ne l'éblouissent pas ; il semble ne tenir nul compte des distinctions arbitraires qui forment les rangs dans la société... Pour lui, l'échelle sociale se compose des différents degrés plus ou moins élevés de l'esprit et de l'intelligence ; et comme il se trouve lui-même placé à l'un de ces degrés qui satisfait son amour-propre et laisse le grand nombre au-dessous de lui, partout il se sent à l'aise et respire en liberté.

Les rois de la poésie sont les seuls rois qu'il adore... Il n'est pas humble, il est enthousiaste, respectueux, *sympathique*, naturel, original, sincère et reconnaissant ; le convenu n'existe pas pour lui.

Enfin Jasmin ne ressemble à personne, et par cela seul il doit plaire à tous, dans ce monde blasé où tout se ressemble, où toutes les idées et tous les sentiments ont passé sous le même cylindre.

D'ailleurs Jasmin n'est pas un de ces poëtes exclusif, mélancolique et rêveur que l'on puisse comparer à la harpe éolienne, inintelligente et muette quand le souffle de l'harmonie ne la fait pas vibrer.

Jasmin a de l'esprit en prose aussi bien qu'en vers.

Il faut même ajouter, pour bien le faire connaître, que Jasmin n'est pas dépourvu d'adresse gasconne, et de ce bonheur d'à-propos qui donne du prix aux moindres choses... Il sait louer malgré sa franchise... il flatte avec bonhomie et rondeur, et rien n'est plus comique à observer que ses boutades d'exaltation et d'enthousiasme, où se retrouve toujours le poëte, *mais aussi quelquefois le Gascon.*

Par un sentiment délicat, la première fois que Jasmin parut à Paris dans un salon littéraire, il lut son poëme de *l'Aveugle* chez un aveugle célèbre, et tous les cœurs lui tinrent compte de ce touchant à-propos.

Son poëme de *la Charité* fut lu par lui

devant des personnes qui tiennent à honneur d'être pieuses et charitables.

Un autre à-propos, dit-on, lui fait plus d'honneur encore. (De celui-là je ne parlerai pas, car je ne veux pas parler politique.)

Appelerai-je *à-propos*, *adresse ingénieuse, humilité*, l'heureuse idée d'avoir appelé ses poésies imprimées : « *ses Papillotes?* »

On dit qu'ainsi Jasmin le coiffeur, tout en faisant ses *barbes* et ses *tonsures*, tire un très-bon parti des inspirations éthérées de Jasmin le poëte....

Honorable industrie dont je le félicite et

le loue (que ce soit modestie vraie, adresse,
ou gasconnade).

Pour en revenir au poëte et aux lectures
qu'il a faites de ses œuvres à Paris, quand
Jasmin va commencer à lire, il explique
d'abord, en français, tant soit peu mêlé de
gascon, le sujet du poëme, de la chanson
ou de la ballade... On est ainsi d'avance à
peu près au courant du fond des choses.
Puis on suit comme on peut la poésie. On
écoute, on comprend, on croit comprendre,
on devine, on s'exalte, on loue, on admire
ce langage harmonieux et doux qui charme
l'oreille et touche le cœur...

On admire aussi peut-être quelque peu
l'*idéal* et l'*inconnu* !... Mais quelle réalité si

charmante pourrait valoir les poétiques mystères de l'*idéal* et de l'*inconnu?*

On dit que ce langage (je ne veux pas appeler patois l'idiome consacré par le génie) compte, depuis quelques années surtout, des poëtes et des écrivains dignes de renom. Jasmin, sans doute, ajoutera encore à l'éclat de cet idiome.

M. Guizot a dit quelque part :

« Nul ne peut calculer l'influence que
« peut avoir un grand homme sur les idées
« et sur les événements de son siècle ! »

Ne peut-on pas dire avec une égale raison (et sans application directe) « que nul

« ne peut deviner d'avance l'influence que
« peut avoir un grand poëte sur le langage
« parlé dans son pays?... »

Mais si vous voulez, avant de quitter
Jasmin, le connaître tout entier avec son
cœur d'honnête homme, et aussi avec son
âme de poëte, cette urne d'or dont toutes
les vibrations sont harmonie... lisez et tâchez
de bien comprendre ses souvenirs; vous
trouverez là toutes les révélations de ses
sentiments intimes, et les traces de sa vie
depuis son enfance jusqu'à son apogée.

« Étant encore enfant, dit-il, j'étais allé
« un jour chercher du bois mort dans
« la forêt.... je m'endormis au pied d'un
« chêne.... je rêvai que j'étais roi.... en

« m'éveillant je vis au soleil qu'il était
« tard ; je me hâtai de retourner à la
« maison ; dans le chemin je rencontrai
« mon grand-père, vieux et infirme, porté
« sur un brancard par deux de nos voi-
« sins... il m'appela pour m'embrasser et
« me donner sa bénédiction... je lui de-
« mandai où il allait ; il me répondit qu'on
« le menait à l'hôpital :

. . . .

« C'est là, dit-il, que vont mourir tous
« les vieillards de notre famille.

. . . .

« J'appris ainsi que j'étais pauvre! !! »

Rien pourrait-il être plus touchant que ce rêve d'enfant et ces contrastes? et quel apologue pourrait égaler cette simple histoire d'un pauvre enfant devenu poëte, et enrichi par son génie?

Bientôt, comme on peut le supposer, Jasmin ne put suffire aux invitations, aux honneurs, aux plaisirs qui lui étaient chaque jour et incessamment offerts à Paris...

La ville et les faubourgs voulurent, pour fêter Jasmin, imiter les salons et les palais.

Les coiffeurs parisiens, justement fiers de leur confrère agénois, lui offrirent un splendide banquet.

Les Agénois qui se trouvaient à Paris ne voulurent pas être en reste, et, pour la première fois, peut-être, se sentant glorieux de leur illustre compatriote, ils s'efforcèrent aussi de le fêter... Ce fut à qui serait invité ; on se dit *Agénois* pour assister à la fête...

Versailles se plaignit de ne pouvoir fêter Jasmin à son tour.

Enfin, rien ne manquait à la gloire de Jasmin, quand il fallut songer à quitter Paris.

Une meilleure tête que la sienne aurait bien pu tourner ; mais si Jasmin eut un instant de folie, ce ne fut pas folie d'orgueil...

Jasmin ne sentit que du bonheur, et ne devint fou que de joie !

Heureux Jasmin ! il est confiant ; il croit aux paroles, il croit aux serrements de mains, il croit à la bienveillance parisienne et à sa durée !... il croit à tout ce mirage !

Il croit aux louanges, il croit à l'amitié, il croit au dévouement, il croit à l'amour... peut-être même à la constance !.... Heureux Jasmin !

.   .   .   .

.   .   .   .

Dans sa naïveté d'homme de génie, il raconte lui-même que ses amis, sa femme

et sa famille lui disaient souvent : *Jasmin,
ne va pas à Paris ;* mais lui, plein de confiance et de foi, il avait voulu venir, et la
réalité avait de beaucoup surpassé tous ses
rêves !....

Heureux Jasmin, que de choses il allait
avoir à raconter au retour !....

Quand le *Caraïbe* s'est vu dans l'eau, on
raconte qu'il conserve toujours, ineffaçable,
dans sa mémoire, cette première image de lui-
même, aux jours heureux de sa jeunesse...
Il n'a pas l'idée du changement qu'apportent
les années. Si plus tard il se revoit encore
à quelque source pure, ne se reconnaissant
plus, il ne comprend pas, il ne croit pas
que ce soit encore lui-même.

Que Jasmin se souvienne du *Caraïbe*.....
qu'il conserve aussi dans sa mémoire ce souvenir heureux de lui-même et de ses succès
à Paris.... qu'il ne vienne plus se mirer à
ces eaux fugitives et trompeuses : elles ont
emporté bien loin cette réalité douce et charmante que ses yeux y ont vue naguère.....
Peut-être, si quelque jour il revenait s'y mirer
encore, le pauvre Jasmin ne reconnaîtrait
plus sa propre image....

Et pourtant on dit que Jasmin, toujours
confiant, veut revenir à Paris...... Pauvre
Jasmin !....

.   .   .   .

On dit qu'il veut y amener sa femme ; lui

faire prendre aussi sa part de sa gloire et de ses triomphes !... la faire connaître à ses nouveaux amis ! !...

Pauvre Jasmin ! ! !.....

DOUBLE ESQUISSE.

—

Celle que je rencontre au bal est gracieuse
et séduisante. Elle a tour à tour, selon sa
parure ou selon sa fantaisie, la douce lan-
gueur des blondes ou l'attrait piquant des
brunes, et tantôt de la gentillesse et tantôt
de la majesté. Ses cheveux sont si bien

arrangés sur son front, ses doigts délicats en réparent si bien le moindre désordre ; il y a toujours tant d'harmonie entre sa personne et sa parure, qu'on jurerait qu'elle est belle, quoiqu'à vrai dire je la croie à peine jolie...

Celle que je rêve ne se doute pas qu'elle est charmante. Ses cheveux, dont tous les reflets sont doux, flottent au hasard sans le moindre arrangement sur son front et sur ses épaules.... De grosses boucles naturelles et inégales retombent sans cesse sur son visage, et c'est tout simplement en secouant vivement sa tête en arrière qu'elle les remet en place, et dégage à nos regards charmés ses beaux yeux, ses joues roses, son front pur, virginal et charmant....

Celle que je rencontre au bal est née sans doute à la ville, peut-être même à Paris. Son teint, toujours égal, ne s'est pas épanoui au soleil.... Elle n'a pas respiré, dans son enfance, cet air pur et frais qui vivifie toute chose.... Jamais elle ne cueillit elle-même, sous la rosée du matin, le bouquet si bien nuancé qu'elle porte à sa ceinture, et sa plus belle fleur, peut-être, n'a pas toujours été pour sa mère !

Celle que je rêve a vu le jour à la campagne ; ses lèvres enfantines ont respiré chaque jour l'air éthéré du matin ; elle a grandi parmi les fleurs. Les roses de son teint se sont épanouies au grand air et retrempées souvent dans cette onctueuse rosée qui précède le soleil. Toujours la plus matinale, toujours la plus attentive aux premières nouvelles qu'apportent l'aurore et le printemps, la première fleur éclose est toujours découverte par elle, et toujours en triomphe elle en fait la surprise à sa mère.

Celle que je rencontre au bal, trop occupée d'elle-même, craint trop de déranger l'harmonie de sa gracieuse parure. Ses yeux baissés passent tour à tour de sa garniture à son corsage, de sa ceinture à son bouquet... les fleurs même qui forment cet odorant bouquet sont assorties entre elles, et se marient avec symétrie.

Celle que je rêve cueille sans choix toute fleur qui se trouve sous sa main, et, sans s'inquiéter de nulle harmonie, elle se pare

au hasard de roses, de bluets, de violettes
ou de coquelicots. L'art le plus innocent est
ignoré par elle ; mais la nature lui donna
mille grâces charmantes ; une secrète pudeur
l'enveloppe de ses voiles. Sa ceinture, nouée
négligemment, dessine à peine sa taille flexible. Sa robe monte presque jusqu'à son men-
ton ; ses épaules... nul ne les a jamais vues !...

Celle que je rencontre au bal préfère, je
crois, le bal à la danse ; elle connaît déjà le
plaisir d'une aimable causerie.

Celle que je rêve aime à danser pour danser. S'il était possible qu'elle s'ennuyât quelque part, ce serait au bal ou dans le monde ;
mais son esprit fin, qui serait ironique si
elle n'était bonne et pieuse, qui un jour sera

observateur, lui fait trouver du plaisir à toutes choses.

Celle que je rencontre au bal a tous les talents du monde.... Je l'ai vue dans un cercle brillant rivaliser avec les *Fodor* et les *Cinti*, et leur disputer nos transports.

Celle que je rêve ne rivalise avec personne ; elle jette au vent ses modulations et ses accords... ou bien sa voix jeune et fraîche, mais peut-être un peu *stridente*, chante franchement à l'église le *Gloria*, l'*O Filii*, l'*Exaudiat* ou le *Magnificat*. On pourrait surprendre de pieuses larmes, semblables à des gouttes de rosée transparente, dans ses beaux yeux levés au ciel, quand elle chante le *Stabat mater*, ou le *De Profundis*.

Celle que je rencontre au bal est mélancolique, est rêveuse.... Peut-être un jour
aura-t-elle des caprices et des vapeurs : peut-
être même se dira-t-elle *incomprise !*....

Peut-être, dans l'engourdissement de la
fortune et du bonheur, nommera-t-elle
l'égoïsme : *prudence* et *raison;*... peut-être
le dévouement lui semblera-t-il folie.

Celle que je rêve est rieuse et pourrait
sembler étourdie. On la voit pourtant quelquefois interrompre ses jeux ou sa course
légère, pour rester attentive au son des
cloches dans le lointain, ou bien à cette
mystérieuse harmonie qu'apporte la brise en
passant.... Puis tout à coup reprendre ses
jeux ou sa course, tourner en rond, sauter

à la corde, poursuivre une mouche ou bien un cerceau, et faire mille espiégleries enfantines à son chien ou à son chat pour les forcer à courir ou à danser.

Un soir, que je ne puis jamais oublier, j'ai vu celle que je rencontre au bal, béqueter sur son épaule un serin privé qu'elle aimait ; puis, dans une longue allée de jardin, se mettre à courir légèrement. Ses cheveux bouclés frémissaient sur son beau cou d'albâtre : sa robe blanche et légère flottait au souffle du zéphyr... Mais le serin, immobile et fier, restait fidèle à ce piédestal mobile et charmant....

Atalante eût éprouvé sans doute un peu de jalousie.

Le papillon de la fable, au front pur de Psyché, eût envié ce trop heureux serin !...

Celle que je rêve ne calcule ni ses mouvements, ni ses heures. Une fleur nouvelle à cueillir, une mouche à poursuivre, ce sont là ses grandes raisons. Ses rires joyeux font envoler tous les oiseaux du bocage. L'heure qu'elle préfère est toujours celle des abeilles ou des papillons... Elle aime le bourdonnement poétique de la nature en plein midi. On la voit, sans souci de son teint, courir au grand soleil parmi les fleurs et les lavandes, pêle-mêle avec les abeilles, les oiseaux-mouches et les papillons ; puis, toute rouge et toute haletante, venir recevoir ensemble gronderies et caresses, imposant forcément aux baisers de sa mère son front chaste et brûlant...

Puis, le lendemain, elle recommence à poursuivre au grand soleil les oiseaux-mouches, les abeilles et les papillons...

Celle que je rencontre au bal, malgré tous ses talents, est sujette à l'ennui. On la voit, paresseuse et nonchalante, étendue sur un sopha, chercher dans les livres nouveaux, dans les romans à la mode, une distraction perfide et dangereuse.

Celle que je rêve ne connaît pas l'ennui et n'a jamais lu de romans... mais elle sait presque par cœur les plus beaux vers de nos plus grands poëtes : les chœurs d'*Esther* et d'*Athalie*, et les fables de La Fontaine. Quelques passages aussi de la belle prose de Bourdaloue, Bossuet, Massillon, Fléchier, Fénelon,

Bernardin-de-Saint-Pierre ou Châteaubriand ; quelques traits délicats des Caractères de La Bruyère, et même peut-être aussi quelques-unes des Pensées de Pascal...

Celle que je rencontre au bal voudra sans doute épouser un grand seigneur, ou bien un millionnaire...

Celle que je rêve voudra faire bon ménage et pouvoir aimer son mari ; elle priera sa mère de le lui bien choisir, et priera Dieu de bien inspirer sa mère...

Celle que je rencontre au bal sera sans doute un jour une élégante, une femme du monde, un patron de mode, une *lionne* peut-être !... La frivolité la prendra pour modèle... on citera son bon goût, son esprit, son salon, ses bonnes œuvres, ses amitiés illustres...

Celle que je rêve passera sur la terre inaperçue : à peine les pauvres soulagés par elle sauront-ils son nom. Chérie de sa famille, aimée et révérée de ses amis, le monde ne la connaîtra pas...

Celle que je rencontre au bal, quelque jour, peut-être, sur un théâtre de société, voudra jouer la comédie ; elle pourra consentir à révéler au monde son intelligence et son âme ! à laisser deviner jusqu'à quel point elle peut être sensible !..... Un cercle ravi pourra contempler ses attraits et compter les battements de son cœur !

Celle que je rêve cache ses émotions comme ses charmes, et ne peut, sans rougir, penser qu'on la regarde.

Celle que je rencontre au bal sera long-temps encore, même après la jeunesse, l'émule et la rivale de ses filles. Jamais elle ne laissera voir ses rides ; jamais ses cheveux ne seront blancs ! jamais elle ne possédera cette dignité résignée que donnent la piété et la raison. Jamais elle ne cessera de demander aux vaines distractions du monde ce bonheur que la religion seule peut donner, et je crains pour elle qu'elle ne sache pas vieillir.

Celle que je rêve n'aura jamais nul artifice, mais toujours, selon son âge, elle se montrera ; et toujours aussi, selon son âge, la bonté lui prêtera son charme indéfinissable. L'indulgence sera son esprit, la charité remplira sa vie, la religion fera son bonheur. Ses enfants seront toujours sa plus belle parure, et, par son exemple, ils apprendront près d'elle à vivre et à mourir.

Si jamais celle que je rencontre au bal subit les épreuves de la vie, si jamais elle survit à ceux qu'elle aura aimés, je n'en doute pas, sa douleur sera sincère ; mais bientôt elle se consolera. Le monde encore lui offrira ses distractions et ses fêtes, et ses amis oseront encore lui parler bonheur !

Celle que je rêve saura conserver silencieusement dans son âme d'inconsolables douleurs. Toujours à ses souvenirs elle restera fidèle... et quand elle ira rejoindre au ciel les objets si chers de sa tendresse et de ses larmes, ceux qui sauront pénétrer au fond de son cœur pourront y lire.... « *Je meurs parce qu'ils ne sont plus !* »

Pour mon repos, puissé-je ne pas voir trop souvent celle que je rencontre au bal !

Pour mon bonheur, que la compagne de ma vie ressemble à celle que j'ai rêvée !

FIN DES ESQUISSES.

RÉSUMÉ.

FIN DE L'ÉTÉ
ET RETOUR DE LA CAMPAGNE A PARIS EN 1842.

Résumé des événements dignes de mémoire qui depuis six mois ont occupé la société.

Voici l'hiver et ses sombres menaces !... déjà l'aquilon se fait entendre ; déjà les arbres des boulevards, des Champs-Élysées et des Tuileries, se décolorent ; et déjà les feuilles flétries volent sur nos têtes ! on voit couler plus rapides les eaux grossies de la Seine ; d'épais brouillards enveloppent Paris chaque matin ; une noire poussière détrempée assombrit les promenades et les rues..... les oiseaux voyageurs se rassemblent pour s'en aller au loin chercher des climats plus doux ; et tout annonce dans la nature que les beaux jours sont finis...

On peut voir aussi se rouvrir successivement ces maisons et ces hôtels déserts, dont les riches habitants vont bientôt quitter leur demeure d'été.

Chacun, sans doute, va reprendre ses affections avec ses habitudes, et l'inconstance des saisons va rassembler encore pour quel-

ques mois, ceux qu'elle sépare au printemps chaque année.

Verrons-nous reparaître sur la scène du
monde tous ceux qui l'occupaient l'an dernier ?.... Les héros des salons élégants, les
coryphées de la mode seront-ils encore les
mêmes ? Les mêmes liaisons, les mêmes
intimités, les mêmes réunions habituelles
subsisteront - elles encore ? et La Bruyère
n'aurait-il plus raison, s'il disait aujourd'hui
ce qu'il disait il y a cent cinquante ans ?....

*« Deux années cependant ne passent
« pas sur une même coterie. Il y a tou-
« jours, dès la première année, des se-
« mences de divisions, pour rompre dans
« celle qui doit suivre..... Il n'est, en fort*

« *peu de temps, non plus parlé de cette*
« *nation, que des mouches de l'année*
« *passée.* »

Il y a six mois, quand je vis cette insouciante société parisienne se disperser au
printemps pour aller ailleurs chercher d'autres
plaisirs, je me demandai tristement : « *Rever-*
« *ront-ils tous Paris ?* la plupart n'y revien-
« dront-ils pas avec des habits de deuil ?
« bien des gens, même parmi les plus
« jeunes, ne manqueront-ils pas à l'appel ?
« Qui pourrait prévoir quelles seront les vic-
« times que la mort aura choisies ?... »

Après ces six mois d'été, de séparations
et d'absence, je cherche dans ma pensée si
l'avenir gardera quelque mémoire des événe-

ments qui nous ont occupés. Ce que nous avons vu, entendu, senti, admiré, ou pleuré, serait-il donc à jamais enfoui dans les sombres profondeurs d'un éternel oubli ?

Voyons dans l'ordre moral et dans la religion... voyons dans la littérature, dans les arts, dans la politique, et dans l'histoire du monde, ce qui restera de ces six mois qui viennent de s'écouler....

Dans l'ordre moral et dans la religion ? je trouve *l'inauguration de l'église de la Madelaine ;* ce temple destiné tour à tour à toutes les gloires passagères du temps et des révolutions !... Dieu n'a pas voulu permettre que cette merveille de l'art fût consacrée à d'autres gloires que la sienne, et tombât bientôt en poussière, comme tous ces monuments éphémères que la religion ne recouvre pas de son ombre éternelle. Grâce à cette divine Providence, les siècles à venir conserveront ce monument précieux. Protégés par elle, les noms des artistes qui l'ont érigé seront préservés d'un prochain oubli; et le nom de celui à qui sont dues les portes colossales de cette église; passera d'âge en âge, buriné de sa main, sur le bronze où les commandements de Dieu sont sculptés (1).

(1) M. Truquetti. Les portes de l'église de la Madelaine sont les plus grandes portes de bronze connues. On ne peut les comparer, dit-on, qu'à celles du *baptistère de Florence*, chef-d'œuvre immortel de *Ghiberti*. Les commandements de Dieu, et divers sujets tirés de l'histoire sainte, remplissent les compartiments, ou caissons, de ces portes magnifiques.

La postérité conservera fidèlement le souvenir de cette journée, où la *Madelaine*
fut consacrée au culte catholique ; elle l'as-
sociera au souvenir, non moins mémorable,
des conférences de Notre-Dame (1) et des
autres prédications, si fécondes en résultats
salutaires, en retours édifiants, qui ont
retenti dans nos églises, et signalé cette
année 1842. Ce triomphe consolant de la
religion, après tant de combats qui lui ont
été livrés depuis plus d'un siècle, se perpé-
tuera dans la mémoire, avec les pieuses et
miraculeuses souvenances qui réjouissent le
ciel et l'église, après avoir étonné l'incrédulité sur la terre....

Dans la littérature ? Nul ne peut dire en-

(1) Par M. l'abbé de Ravignan. Voyez la page 268, esquisse IVe.

core, ce me semble, quel sera le chef-d'œuvre que la renommée, trouvera digne des échos de l'avenir.

Dans les arts? *La salle de Constantine*, livrée naguère à Versailles aux admirations de la foule, cette belle et glorieuse page de notre histoire militaire, a placé le nom du grand artiste auquel elle est due (1), parmi les noms illustres, inscrits dans ce palais, consacré à toutes les gloires de la France.

Un portrait célèbre, dû aussi au pinceau d'un grand maître (2), à peine achevé, et déjà consacré par la mort de celui dont il retrace les traits, rangé désormais au nombre

(1) M. Horace Vernet.
(2) Le portrait de M. le duc d'Orléans, par M. Ingres.

des portraits historiques, passera d'âge en
âge à la postérité, comme un legs pieux
fait par notre siècle aux siècles à venir...

Dans la politique? Parlerai-je de nos débats parlementaires? de nos divisions de
partis? de quelques discussions animées? de
quelques éloquentes paroles? Le temps efface
vite la mémoire des vains discours des
hommes, et mêle bientôt le souvenir de
leurs discordes au souvenir de leurs malheurs !...

Dans l'histoire ?..... Dans l'histoire, je
trouve *la mort de monsieur le duc d'Orléans*. Oui, l'histoire conservera la mémoire de ce jeune prince, né si près du

trône, mais dont le destin n'était pas d'y monter.

« Chacun, touché d'un tel événement
« et d'une si funeste mort, ne se rappel-
« lera plus que les aimables qualités du
« duc d'Orléans ; sa jeunesse, qu'on avait
« vue brillante de tant de beauté et de
« grâce ; ces manières si nobles et si douces,
« cette bienveillance d'âme, et cet accueil
« encourageant qui lui attiraient si faci-
« lement des amis ; cette bravoure calme
« et sûre ; ce savoir et ces talents, si rares
« dans les princes ; cette parole élégante et
« facile, qui lui faisait dire et répondre à
« chacun ce qu'il y avait de plus conve-
« nable et de meilleur (1). »

(1) Voyez dans l'histoire des ducs de Bourgogne, par M. de Barante,

Oui, l'histoire redira son nom, son heureuse jeunesse ; son doux et fécond mariage, et le bonheur qu'il eut d'aimer et d'être aimé... Ses fortunes diverses, ses brillantes espérances, sa mort rapide, ces hautes destinées foudroyées !... cette tête si chère, brisée sur le pavé, et ces chevaux emportés, d'ordinaire si faciles à conduire ! qu'à ce moment suprême rien ne saurait arrêter ! ! !

L'histoire aussi redira ses touchantes obsèques. Les larmes de ses amis, la douleur de sa famille, et de cette mère désolée, qu'on a vue parmi la foule, appuyée sur un vieillard aussi malheureux qu'elle, suivre à

le récit du meurtre du duc d'Orléans, page 94, IIIᵉ volume, année 1407.

pied le corps sans vie de son enfant (1) ; inquiète, attentive, tremblante au moindre choc... comme si son fils pouvait encore souffrir !... Et la Muse qui conserve les traits d'éloquence simple et touchante, inspirée par un sentiment vrai (2), n'oubliera pas ces paroles :

« *La France s'incline devant cette mère,*
« *qu'elle n'essaie pas de consoler.* »

La veuve aussi du duc d'Orléans sera chère aux filles de mémoire, et désormais une autre *Valentine* partagera les poétiques hommages qui, depuis quatre siècles, s'a-

____

(1) Porte par des soldats sur un brancard.
(2) M. de Lamartine.

dressent à *Valentine de Milan* (1), héroïne de tant de touchantes élégies ! et qui, dans l'accablement de sa douleur (bien qu'elle fût mère), avait pris pour devise : « *Plus « ne m'est rien, rien ne m'est plus !...* »

Peut - être plus malheureuse encore, du moins madame la duchesse d'Orléans n'a pas, comme *Valentine*, à demander justice de la trahison et de l'assassinat.

Les siècles heureux et les bons rois sont si rares, que le peuple garde longtemps un souvenir de prédilection à ces jeunes princes, grandis auprès du trône, et qui n'ont pas

(1) Valentine de Milan, veuve du duc d'Orléans, mort à Paris, en l'année 1407, assassiné traîtreusement par les ordres du duc de Bourgogne.

régné. Leur mémoire se perpétue avec les calamités publiques, leur nom béni se mêle à toutes les larmes et à toutes les misères ; et la postérité, injuste peut-être en leur faveur, attribue aveuglément à la fatalité de leur mort tous les malheurs qui l'ont suivie : tant il est naturel au cœur de l'homme de regretter ses espérances détruites, en les comparant aux réalités qui l'ont déçu !...

Ainsi le règne d'Auguste et les siècles suivants ont pleuré *Marcellus* ; ce jeune Marcellus, que sa mort prématurée, objet de tant de larmes, a rendu immortel, et fait monter au rang des héros que Virgile a chantés !... Peut-être, en effet, s'il eût vécu, la douceur de son règne, féconde en bienfaits et en généreux exemples, eût épargné

au peuple romain les règnes odieux de
Tibère et de Caligula..... et plus tard, de
tous ces monstres couronnés, élus par des
soldats en délire.

Ainsi, dans les temps modernes, et dans
un siècle rapproché du nôtre, la mort du
duc de Bourgogne, de l'élève de Fénelon, a
laissé dans notre histoire un vide funeste,
que cent cinquante ans plus tard les révolutions ont rempli.

Ainsi l'avenir, si de nouveaux malheurs
l'attendent, donnera peut-être aussi de longs
regrets à ce règne en espérance, qui ne devait pas s'accomplir !...

Bien loin de ce trône héréditaire, dont

plusieurs siècles de possession semblaient devoir lui assurer la paisible jouissance, une autre famille royale en deuil a pleuré dans l'exil la mort que nous déplorons. On les a vus, au pied des autels, ces nobles exilés, offrir des prières et des larmes pour ce prince infortuné, que la mort a frappé loin d'eux !...

Sublime communion de douleurs et de prières ! exemple auguste, philosophique et chrétien, dont l'histoire aussi gardera fidèlement la mémoire ! ! !

A l'exemple de cette famille de rois, le monde se prosterne devant ces grands coups de la Providence, que nul ne cherche à expliquer ; nul ne voudrait soulever le voile funèbre qui recouvre les sombres mystères de l'avenir, et nul ne serait assez téméraire pour oser y chercher une menace, ou bien une espérance !

Ainsi dans un esquif, battu par la tempête, tous les passagers prosternés s'humilient dans un commun effroi !... Quand l'orage gronde sur toutes les têtes, qui pourrait oser dire : « *Ce n'est pas moi que* « *menace la foudre !* »

FIN DU VOLUME.

TABLE.

DES MATIÈRES.

IIIe ESQUISSE.

FIN DE LA TABLE.

ERRATA.